As minas do rei Salomão

Henry Rider Haggard

As minas do rei Salomão

tradução, prefácio e notas
Samir Machado de Machado

todavia

*Este despretensioso porém fiel registro
de uma aventura notável
é aqui respeitosamente dedicado
pelo narrador,
ALLAN QUATERMAIN,
a todos os meninos grandes e pequenos
que o lerem.*

Se a aventura tivesse um nome,
por Samir Machado de Machado **9**

Nota do tradutor **42**

Introdução **43**

1. Encontro Sir Henry Curtis **45**
2. A lenda das minas de Salomão **56**
3. Umbopa entra para nosso serviço **67**
4. Uma caçada de elefantes **80**
5. Nossa marcha deserto adentro **91**
6. Água! Água! **107**
7. A Estrada de Salomão **120**
8. Entramos em Kukuanalândia **138**
9. O rei Twala **148**
10. A caça às bruxas **163**
11. Damos um sinal **178**
12. Antes da batalha **194**
13. O ataque **206**
14. A última batalha dos Grisalhos **217**
15. Good fica doente **236**
16. O Lugar da Morte **248**
17. A câmara do tesouro de Salomão **261**
18. Perdemos a esperança **274**
19. O adeus de Ignosi **286**
20. Encontrados **297**

Notas **304**

Se a aventura tivesse um nome

Samir Machado de Machado

Isso pertence a um museu!
Indiana Jones e a última Cruzada

Henry Rider Haggard era um medíocre burocrata inglês na África, filho de um advogado e uma poeta, o menos ilustre entre dez irmãos — todos com carreiras notórias no Exército ou na administração colonial, enquanto seu pai, que o considerava idiota demais para valer o gasto com sua educação, dizia que ele nunca seria mais que um verdureiro. Aos dezessete anos, falhou nos testes para o Exército, enquanto dois irmãos passaram. Tentou fazer exames para uma carreira diplomática, mas se distraía demais frequentando círculos de sociedades ocultistas e espiritualistas. Aos dezenove, seus pais arranjaram para que trabalhasse (de graça) como secretário de um vizinho, Sir Henry Bulwer, recém-designado governador da colônia de Natal, na África do Sul, irmã pobre da muito mais próspera colônia da Cidade do Cabo.

A experiência o transformou: estava presente quando os ingleses anexaram o território holandês do Transvaal — foi ele próprio quem ergueu a bandeira britânica naquele dia. Transferido para um posto judiciário, passou a acompanhar juízes e funcionários públicos por uma região em constante mudança, conforme os Estados europeus negociavam entre si a divisão do continente africano na Conferência de Berlim de 1874-75, ápice do período conhecido como "Partilha da África". Escapou de morrer nas mãos de nativos matabeles, furiosos com a tomada de seus territórios, passou a odiar os colonos bôeres holandeses e registrou suas experiências em artigos que escrevia para os jornais de Londres. De volta à Inglaterra, casou-se e teve quatro filhos, três meninas e um menino, Jack, que para seu desespero morreu de sarampo aos dez anos.

Então decidiu investir na literatura. Literalmente, pois precisou pagar do próprio bolso para ter suas primeiras obras publicadas: primeiro um livro de não ficção sobre a África, solenemente ignorado; depois um romance dramático tipicamente vitoriano, *Dawn*, criticado até por seu irmão Andrew, que também nutria ambições literárias, seguido por *The Witch's Head*, que chegou a ser mais bem recebido, apesar da tiragem de somente quinhentos exemplares. E a história teria sido diferente se, durante uma viagem de trem para Londres, um de seus irmãos mais velhos, John, não o tivesse desafiado: "Quero ver você escrever algo tão bom quanto *A Ilha do Tesouro*. Aposto cinco xelins que você não consegue". Lançado dois anos antes, o livro de Robert Louis Stevenson era uma sensação: um romance de aventuras de enredo dinâmico e escrita elegante, elogiado por público e crítica, e que atraía leitores de todos os sexos e idades — mas também um fenômeno de vendas sem precedentes, que havia enterrado o modelo de negócios do pomposo romance realista vitoriano, publicado em três ou mais grossos volumes, em prol de novelas curtas vendidas em um único volume.

Seis semanas depois, Haggard tinha um manuscrito em mãos. Com um enredo dinâmico e direto, que mesclava suas experiências de juventude na colonização da África com misticismo bíblico, violência catártica e sexualidade vitoriana reprimida, seguiu-se um roteiro hoje conhecido: primeiro, a recusa de diversas editoras para um material tão incomum, até encontrar a que aceitasse a publicação em troca de 10% das vendas, em vez do habitual cachê fixo. Depois, a aposta alta: cartazes e painéis em Londres anunciaram "o livro mais impressionante já escrito".

O sucesso foi instantâneo e o livro se tornou um fenômeno. Lançado em 30 de setembro de 1885 pela Cassell, esgotou sua tiragem de 2 mil exemplares em menos de um mês, precisando ser reimpresso em outubro, e de novo em novembro, e dezembro, a um ponto em que as gráficas já não conseguiam dar conta, e no primeiro ano havia vendido cerca de 30 mil exemplares. A crítica literária, porém, detestou o livro: apontou a simplicidade da prosa e alguns erros básicos — um implausível eclipse solar com uma hora de duração, corrigido em edições posteriores para um eclipse lunar —, mas, sobretudo, horrorizou-se com o tom irônico e casual com que Haggard descrevia cenas de violência extrema, algo imperdoável ao senso de cavalheirismo inglês. "Nem o tempo nem a mudança das marés fará o sr. Haggard melhor do que qualquer escritor de *penny dreadfuls*", acusou um crítico. O *Church Quarterly Review* o apontou como líder da "cultura do horrível", enquanto o *Fortnightly Review*, que acusava seus livros de "chafurdarem em abatedouros humanos", apontava seu sucesso como sinal do deplorável apreço das massas por "intoxicações baratas", como aquela propiciada pelo gim vagabundo.

O fato é que Haggard havia criado um novo subgênero de romances de aventura, o dos *mundos perdidos*, algo que já vinha sendo delineado aos poucos — no *Relato de Arthur Gordon Pym*, de Edgar Allan Poe, e na *Viagem ao centro da Terra*, de Júlio Verne. E um subgênero que ele próprio refinaria em obras seguintes, com o sucesso ainda maior de *Ela: uma história de aventura* (1886), onde aventureiros ingleses encontram, no interior da África, a poderosa e dominadora Ayesha, feiticeira persa de 2 mil anos "linda além de qualquer descrição", que governa uma cidade perdida por meio de terror e tortura e por eles é conhecida como "Ela-que-deve-ser-obedecida". Acreditando que seu amor ancestral reencarnou no apolíneo rapaz inglês que protagoniza o enredo, Ayesha quer convencê-lo a casar-se com ela para, assim como Drácula, invadir e dominar a Inglaterra. Freud achou a leitura terapêutica e recomendou a uma paciente.

O que Haggard descobriu foi uma fórmula de sucesso, uma que incluía cidades perdidas, tronos usurpados, feiticeiros malignos, julgamento por combate, tesouros inalcançáveis que precisavam ser deixados para trás e amores condenados. Mapear o alcance de sua influência seria um trabalho hercúleo. Contudo, pode-se afirmar com bastante segurança que, sem Allan Quatermain, não haveria Indiana Jones, Lara Croft ou Nathan Drake. Do mesmo modo a feiticeira Ayesha inspirou dois de seus maiores admiradores, J.R.R. Tolkien e C. S. Lewis, a criarem respectivamente a Galadriel de *O Senhor dos Anéis* e a Feiticeira Branca de *As crônicas de Nárnia*. Suas ruínas perdidas inspiraram autores como Edgard Rice Burroughs, Rudyard Kipling, Artur Conan Doyle, H. P. Lovecraft e Robert Howard, cujo bárbaro Conan e seu universo de espadas e feitiçarias podem ser antevistos nas batalhas violentas e cavernas sombrias de Haggard. Mais recentemente, Michael Crichton e Alan Moore fizeram cada qual sua releitura da obra de Haggard. E o mais importante: praticamente não há, até hoje, filme, seriado, quadrinhos ou videogame que não deva algo à estrutura narrativa organizada por Henry Rider Haggard naquelas seis semanas após ser desafiado pelo irmão.

O que, olhando com atenção, torna-se bastante problemático.

Os meninos do império

Rider Haggard era fruto da sociedade e da época em que viveu. No caso, uma sociedade que não apenas via a si mesma como o ápice da civilização em termos culturais e raciais, mas também, graças ao crescente nacionalismo, no caso inglês via-se como superior mesmo às demais nações vizinhas que a rodeavam: ser um cavalheiro inglês era o grau máximo que um homem poderia atingir sobre a face da Terra, segundo eles próprios. Pois em meados do século XIX, o Império Britânico estava no auge. O domínio dos mares após as Guerras Napoleônicas e o controle dos mercados graças à primazia na Revolução Industrial o fizeram acumular um poder sem precedentes até então na história da humanidade, superando a Roma dos césares ou a Espanha do Século de Ouro — da qual usurpou o epíteto de "o império onde o sol nunca se põe" — e dominando um quarto do globo. E se somar-se o território do império britânico, suas colônias, protetorados e commonwealth, com o das demais potências europeias, o mundo entrava no século XX estando com 85% de sua área sob domínio da Europa.

Mas nem sempre o inglês teve a si mesmo em tão alta conta. É importante lembrar, como faz Sérgio Buarque de Holanda, que até o século XVIII e antes da industrialização ocorrida no período vitoriano, quem perguntasse a um inglês o que ele achava de seu próprio povo, veria que não tinham boa opinião de si próprios: "O inglês médio não tem presente nenhum gosto pela diligência infatigável, laboriosa, dos alemães, ou pela frugalidade parcimoniosa dos franceses", disse Thomas Mun, deão da catedral de St. Paul. "A indolência é vício que partilhamos com os nativos de algumas terras quentes, mas não com qualquer outro povo do Norte da Inglaterra." É somente a partir do século XIX que a cultura inglesa reescreve sua própria autoimagem.

A literatura popular, nesse ponto, surge como ferramenta de construção de uma nova identidade nacional, e por motivos bastante práticos. A demanda do império por mais recursos vinha acompanhada da necessidade de criar novos mercados consumidores: eis, então, a função das colônias, fontes de constantes conflitos tanto com os povos nativos quanto com os colonizadores rivais. E para isso eram necessários soldados e administradores.

Mas havia um problema: se as fábricas inglesas atraíam cada vez mais trabalhadores, as condições de trabalho nas fábricas e de vida nos bairros pobres eram precárias, o trabalho infantil era desregulado. Crescia nas cidades inglesas o número de jovens inquietos, sem estudo e cada vez mais agressivos e desordeiros — que os ingleses, apropriando-se de uma expressão irlandesa, chamavam *hooligans*. E na opinião corrente da época, a culpa por isso não era da baixa qualidade de vida desses jovens, mas sim do entretenimento que consumiam.

A tradição de culpar o gosto popular pelas condições de vida e pela violência urbana, ao invés de considerar aquele consequência destas, é antiga. E antes dos videogames, da televisão, dos quadrinhos ou do cinema, havia a literatura de massa: os *penny dreadfuls*, revistas baratas de enredos sensacionalistas sobre crimes e assassinatos, reais ou fictícios. Precursoras dos *pulps*, essas publicações eram a evolução natural dos panfletos com relatos da vida de piratas e criminosos que se vendiam durante as execuções públicas do século XVIII, e que depois passaram a serializar os primeiros romances de horror gótico.

Os *dreadfuls* eram massivamente populares num período em que a divisão de classes do Reino Unido era tal que não havia ponto de contato cultural entre a elite e a classe operária. E essa elite ficou alarmada, passando a acreditar que a classe trabalhadora era "tão selvagem, doentia e populosa quanto o 'lixo' que leem". Na imprensa, proclamava-se que "esgotos dessa autoproclamada imundície entopem as ruas de cidades britânicas, e enxames de pobres estão por toda parte consumindo essa coisa perigosa". As sugestões de que os jovens lessem livros moralizantes de cunho evangelizador, como os da escritora infantil Anna Laetitia Barbaud, mostraram-se infrutíferas. Histórias de retidão moral provavam-se cada vez mais impopulares entre jovens de todas as classes. Mesmo os leitores adultos, incluindo-se os de classe média, buscavam cada vez mais as histórias de aventura romanescas como forma de lazer.

A preocupação possuía uma base concreta: esses rapazes logo se tornariam soldados, funcionários públicos e eleitores. A leitura dos meninos era um componente da formação identitária do império. Com o aumento da população de classe operária na segunda metade do século XIX, a criança, especificamente os meninos, era vista como um perigo à nação e precisava ser treinada não somente para "ler as coisas certas", mas para tornar-se um cidadão (e um eleitor) responsável. Nas palavras de um articulista inglês da época, tais meninos constituíam "uma raça imperial, e devem ser educados tendo em vista o poder que irão exercer; todo inglês deve saber algo sobre os interesses da Inglaterra, sendo herdeiros de tão esplêndida herança".

Dessa preocupação nasceram dois modelos educacionais distintos e, ainda assim, intrinsecamente ligados. O primeiro foi o escotismo como proposto por Baden Powell, com sua ênfase na disciplina e em educação de sobrevivência. E o outro foi a literatura de aventura para garotos, que, como observou o pesquisador Joseph Bristow, levava os meninos ingleses "em áreas da história e da geografia que os posicionassem no topo da escada racial e ao leme do mundo". Edward Said lembra, em *Cultura e imperialismo*, que nem o imperialismo nem o colonialismo são simples acúmulo ou aquisição territorial. Sua força motriz está na crença ideológica de que "certos territórios e povos precisam e imploram pela dominação", motivo pelo qual o vocabulário da cultura imperial do século XIX está repleto de termos como "raças servis" ou "inferiores", "povos subordinados", "dependência", "expansão" e "autoridade", assim como ideias sobre culturas (e sua validação) estavam subordinadas (e criticadas ou rejeitadas) a partir das experiências imperiais.

Não é que a literatura de aventuras tenha nascido com um propósito exclusiva e explicitamente educacional, muito pelo contrário. O sucesso de livros como *A Ilha do Tesouro* ou *As 5* *do rei Salomão* se deve em muito à confluência de fatores que fez com que tais livros caíssem no gosto do público (e coubessem em seus bolsos). Com o avançar do século, a literatura que uma geração denunciava como imprópria, a geração seguinte já saúda com certa nostalgia. Aos poucos, percebeu-se que havia, afinal, jovens criminosos que nunca leram um *penny dreadful*, e outros que leram sem que isso tivesse influência alguma. E apesar da oposição inicial da crítica em relação à obra de Haggard, sua habilidade e imaginação ao conduzir a ação narrativa eram mais importantes do que a violência que retratava. E numa história de aventura, o elemento mais importante é sempre ela, a ação. "O perigo é a matéria de que tratam esses romances", disse Stevenson, "o medo, a paixão de que escarnecem; e os personagens são retratados apenas na medida em que dão vida ao sentido de perigo e incitam a impressão do medo. Acrescentar outras características, ser esperto demais, soltar o coelho do interesse moral ou intelectual enquanto estamos correndo com a raposa do interesse material não é enriquecer, mas aniquilar sua história. O leitor estúpido só se ofenderá, e o leitor inteligente perderá o fio da meada."*

Nesse sentido, Allan Quatermain se mantém o personagem ideal da aventura imperial de então: agressivo, nobre, acostumado às durezas dos espaços inexplorados e fiel aos seus amigos. Gary Hoppenstand observa que ele era, tanto para Haggard quanto para seus leitores, a metáfora perfeita da Grã-Bretanha de então: uma pequena ilha que, apesar de sua

---

* Stevenson manifestou sua visão sobre as diferenças entre a novela analítica e o romance de aventura no ensaio "Um humilde protesto", escrito em resposta ao ensaio de Henry James, "A arte da ficção", que por sua vez já era resposta a outro, de Walter Besant. Os dois eram amigos e apreciavam mutuamente a obra um do outro. As divisões entre o estilo realista e o estilo romanesco eram um assunto quente do momento, que também contou com uma desastrada intervenção de Rider Haggard.

geografia diminuta, governava um império que contornava o globo. E quando impérios atingem seu ápice, é natural que passem a se preocupar com sua eventual queda. A ideia de que o Império Britânico alcançara seu limite e precisava ocupar--se mais de sua administração do que de sua expansão, antes que sucumbisse ao próprio peso, começava a germinar no final do século XIX.

Era natural, portanto, que a imagem das ruínas de antigos impérios exercesse impacto sobre o público inglês. E talvez não tenha sido coincidência que os exploradores ingleses tenham sido substituídos, ao longo do século XX, por seus equivalentes norte-americanos, conforme o poder imperial britânico, exaurido após duas guerras mundiais, passou a ser exercido pelos Estados Unidos. Ou, como melhor expressa o jovem William na aventura marítima *Masterman Ready* (1841), de Frederick Marryat: "Irá a Inglaterra algum dia cair e ser de tão pouca importância quanto Portugal é agora?".

Colonizando o entretenimento

O curioso é que as minas do rei Salomão existiram, embora provavelmente não fossem minas, certamente não pertenceram a Salomão, e tampouco eram de origem mediterrânea. A cidade que serviu de capital medieval ao Reino de Zimbábue, um complexo de enormes estruturas de pedra que indicam a presença de uma cultura sofisticada, fica perto do que hoje é a fronteira entre o atual Zimbábue e Moçambique, e sua origem não é ainda totalmente conhecida. Os primeiros relatos de sua existência chegaram à Europa através de navegadores e exploradores portugueses, em contato com o reino de Monomatapa, onde ouviram-se relatos da existência de ruínas protegendo uma possível mina abandonada (hoje, acredita-se que tenham sido um palácio real). No século XIX, o geógrafo alemão Karl Mauch as visitou e convenceu-se de que era a cidade bíblica de Ofir, ligada à lenda de Salomão e à rainha de Sabá. A ideia se espalhou rapidamente pela região, para desespero de arqueólogos sérios que, assim como Haggard, estavam convencidos de que eram de origem fenícia. Era impensável, para a mentalidade europeia da época, conceber que estruturas tão complexas pudessem ter sido erguidas por africanos negros.*

Desde então, não é incomum que, na ficção de aventura imperial e em obras inspiradas por ela, o aventureiro encontre, perdidas no meio de outros continentes, as ruínas de antigas civilizações mediterrâneas, como a fenícia, a romana, a grega ou mesmo a Atlântida (que não deixava de ser mediterrânea): era como dizer que mesmo o passado remoto já estava submetido a condições coloniais. Reflexo dos tempos: conforme a sociedade avança e se moderniza, rompendo os antigos modos e vínculos internos com que a sociedade pré-moderna se organizava, o pensamento dirigente europeu passa a sentir uma clara necessidade de projetar seu poder sobre o passado, assumindo assim uma história legitimada pela tradição e pela longevidade. Enquanto Haggard projetava um direito natural inglês sobre o coração ancestral da África baseado na própria narrativa bíblica, a rainha Vitória era proclamada imperatriz da Índia, com seu vice-rei sendo aclamado em festas e celebrações tradicionais

---

* Curiosamente, como lembra Edward Said, os escritores gregos da Antiguidade reconheciam abertamente as origens híbridas de sua cultura, com raízes na cultura egípcia, semita e outras tantas meridionais e orientais. É no decorrer do século XIX que há um processo ativo de eliminação dessas raízes semitas e africanas, remodeladas como uma "cultura ariana", conforme filólogos europeus assumem o hábito ideológico de ignorar essas passagens nos textos gregos que consideravam embaraçosas, sem comentá-las. Said lembra que foi também no século XIX que os historiadores europeus começaram a ignorar os relatos de canibalismo entre os cavaleiros francos nas Cruzadas, ainda que as crônicas dos próprios cruzados em sua época não tivessem nenhum pudor em admitir a prática.

indianas por todo o país — como se a consolidação do domínio inglês não fosse nascida de uma vontade unilateral imposta à força, e sim um costume tradicional. Assim como na ficção, a chegada do explorador europeu vinha somente restabelecer a ordem "correta" de relações — motivo pelo qual, com tanta frequência, tais civilizações perdidas se encontram divididas em duas facções rivais, uma sempre mais suscetível do que a outra à aceitação de valores ocidentais.

Analisando por volta de cinquenta romances imperiais, Richard F. Patteson percebeu a ocorrência de um padrão que, consciente ou não, molda até hoje grande parte das narrativas de entretenimento e de aventura:

· Os protagonistas, europeus ou americanos, planejam uma aventura por regiões inexploradas com objetivos bem definidos e que são, ao mesmo tempo, idealistas e materialistas. Essa duplicidade se deve muito ao papel ambíguo do imperialista do século XIX como missionário e mercador. Ou seja, o explorador vem trazer a civilização esclarecida para regiões distantes, mas também quer adquirir riquezas no processo.

· Os heróis encontram uma série de percalços envolvendo os elementos, na forma de animais ferozes, terreno inóspito ou inimigos humanos.

· Em algum momento, os heróis descem por cavernas sombrias, não faltando comparações tanto com o Hades quanto com o corpo feminino. A exploração de território hostil é com frequência descrita em termos de conquista sexual, onde as mulheres são identificadas com a terra e os homens com corpos celestiais. Segundo Patteson, a decida às cavernas é particularmente sombria no romance imperialista, pois representa ser "absorvido" pelo corpo feminino. O herói sempre escapa da caverna, mas não sem encontrar lá dentro os ossos de outros homens, que tiveram menos sucesso.

• Ao se aproximar de seu objetivo, os heróis encontram evidências do domínio de uma civilização anterior, relativamente avançada para a região, mas sempre branca ou parcialmente branca, como o Kafiristão de *O homem que queria ser rei* (1888), de Rudyard Kipling, fundado por Alexandre, o Grande. Em *O retorno de Tarzan* (1913), de Edgard Rice Burroughs, a cidade de Opar, no centro da África, descende da grega Atlântida, mas é ocupada por uma raça de homens-macacos. Mesmo em *Horizonte perdido* (1933) de James Hilton, o vale perdido de Shangri-La, no Tibete, havia sido fundado por missionários franceses.

• Com enorme frequência, o herói encontrará o povo nativo dividido em duas facções políticas rivais, uma mais propensa a aceitar a cultura europeia do que a outra — e se houver uma divisão entre lideranças seculares e religiosas, o herói irá sempre tomar o lado secular, seja um chefe ou monarca, contra os feiticeiros ou sacerdotes.

• Com frequência, o herói estabelecerá sua influência sobre os nativos através de algum dispositivo tecnológico (uma arma ou isqueiro) ou um conhecimento científico específico (como a habilidade de prever um eclipse). Os brancos acabam reverenciados pelos nativos, e não raro tidos como deuses. Note-se que heróis recorrentes, como Tarzan, acabam ocupando a função de "polícia do mundo", e como lembra Umberto Eco, a ciência só é transmitida de modo esporádico e quando necessário: "o civilizador branco ensina o indígena a calçar sapatos e andar de bicicleta, mas não o manda para a universidade; em todo caso, ensina-o como trabalhar, mas não como acumular capital".

• Mulheres, se houver, serão feiticeiras traiçoeiras ou donzelas em perigo sem personalidade. E se algum dos europeus se apaixonar por uma jovem nativa, em geral ela morre, ainda que, quanto mais clara for sua pele, maiores suas chances de sobreviver ao enredo.

• A facção civilizada da tribo sai vitoriosa, mas somente com a ajuda dos europeus. Estes, uma vez restabelecida a ordem, encontram o que buscavam e vão embora.

É possível ver nessa estrutura a essência de um sem-número de enredos posteriores, em livros e filmes, toda vez que um norte-americano ou europeu se movimenta por outros países e culturas. Mesmo James Bond, o agente secreto criado por Ian Fleming, guarda elementos comuns, adaptando-se a uma realidade pós-imperial e pós-guerra. A aventura imperial, nos moldes como a literatura inglesa a formulou na segunda metade do século XIX e na primeira metade do XX, foi absorvida pela indústria cultural, e suas estruturas originais seguem presentes nas estruturas narrativas de filmes, livros e games. Para Patterson, o romance imperialista é a forma literária canônica das fantasias de hegemonia masculinas, que podem ser exemplificadas no discurso de Foulata ao capitão Good, quando ela é ameaçada pela bruxa Gagoula: "Jogue sobre mim o manto da tua proteção, deixe-me rastejar à sombra de tua força, para que eu possa ser salva".

Quando o império contra-ataca

Não é como se pudesse haver dúvidas quanto a Haggard ser racista: ele era, afinal, o fruto de uma sociedade que via a si própria como o ápice da civilização e o topo da escada racial. A Inglaterra vitoriana vivia mergulhada em relatos de exploradores, evangelistas e antropólogos europeus descrevendo a África como "o mais selvagem dos continentes", mais interessados em estabelecer hierarquias raciais medindo crânios, do que em entender a complexidade da organização das sociedades africanas. Allan Quatermain começa sua narrativa observando não gostar do termo *nigger* e ressalta o cavalheirismo de muitos africanos para, logo em seguida, utilizar outro termo ainda mais racista, *cafre*. Ele não hesita em apontar os "lábios grossos de negro" do tirânico rei Twala como sinais de feiura, ao mesmo tempo que o bom rei Ignosi tem a pele "muito clara para um zulu". Para coroar, diversas afirmações racistas, que refletem posturas europeias, são colocadas na boca de personagens negros, como forma de naturalizá-las, a mais chocante talvez sendo a de que negros "dão menos valor à vida que brancos". A história da Europa manda lembranças e sai correndo.

E ainda assim, a leitura tanto de sua obra quanto de seus escritos pessoais, em comparação com a de seus conterrâneos, nos permite afirmar que, de modo geral, Haggard não tinha um preconceito maior contra africanos em geral do que a sociedade vitoriana que o gerou. Seus personagens nativos africanos, como o Ignosi de *Minas* ou o Umslopoogas de *Allan Quatermain*, estão entre as representações mais nobres e heroicas de povos nativos na literatura de língua inglesa de então, desde *O último dos moicanos* (1826), de James Fenimore Cooper.* Além disso, nota-se em Quatermain certa opinião crítica, não ao colonialismo, mas à postura dos colonizadores, que é já fagulha do que anos depois levará Conrad ao seu *Coração das trevas*.

Claro, Haggard defendia imperialistas como Cecil Rhodes, louvou a guerra contra os matabeles e não acreditava que os africanos fossem capazes de administrar a si próprios, e ainda assim, pode-se dizer que não nutria por eles mais preconceitos

---

* Note-se, por exemplo, como Ignosi, o "rei oculto", se impõe aos serviços de Quatermain, recusa ser tratado com paternalismo e mantém, em sua fala final, um discurso anti-imperialista.

do que tinha por bôeres, portugueses, irlandeses, quebequenses, nacionalistas indianos, sindicalistas ou comunistas (e nem queiram saber o que dizia de judeus, que via como responsáveis pela Revolução Russa e a morte do tsar). O que torna a leitura de Haggard tão interessante, nesse sentido, é que sua obra é entretenimento popular no seu aspecto mais puro: todos os preconceitos arraigados de uma época e sociedade são ali expostos de modo cru, aceitos como uma ordem natural, e não como a construção histórica recente e de intenções políticas que eram — e sem os filtros e pudores que, após décadas de sofisticação, foram absorvidos e hoje seguem operando, mas de modo subconsciente.

As aventuras imperiais inglesas nos permitem mapear uma série de tensões políticas, sociais e raciais crescentes na sociedade europeia de então, que, em última instância, conduziu o colonialismo às duas grandes guerras do século XX. Anthony Hope celebra o heroísmo inglês sobre a Europa continental com a abnegação de seu herói por uma causa em *O prisioneiro de Zenda* (1894). Da mesma forma, o tema da coragem e autossacrifício em batalha é o que move os protagonistas de *As quatro plumas* (1902), de A. E. W. Mason, ambientada durante a Revolta do Sudão Madista contra os ingleses. E conforme se entra no século XX, o sentimento antigermânico e a ameaça de uma invasão prussiana se fazem presentes em *The Riddle of the Sands* (1903), de Erskine Childers, *A guerra no ar* (1908), de H. G. Wells, e *Os 39 degraus* (1915), de John Bucham, este último já publicado com a Grande Guerra em andamento, e leitura popular nas trincheiras inglesas, onde foi distribuído pelo Exército.

Claro, os franceses tiveram Júlio Verne e Louis Henri Boussenard, os alemães tiveram Karl May — cujas aventuras Hitler lia em busca de inspiração como quem lesse filosofia —, mas a razão pela qual a literatura de massa britânica se tornou tão popular nesse período foi a excelência com que definiu, para seus leitores, "um senso de nacionalismo racial e prestígio político internacional de maneira muito efetiva", como aponta Hoppenstand. Nacionalismo racial e senso de superioridade: as chaves da dupla autodestruição europeia durante o século XX.

O romance popular, como lembra Umberto Eco, surgiu primeiro como entretenimento de massa, sem se preocupar no início com modelos heroicos de virtude: sua preocupação era descrever, com realismo e certo cinismo, enredos e personagens com que o público pudesse se identificar. Eram os folhetins de Alexandre Dumas e Eugène Sue, com heróis excepcionais que lutavam "pelos fracos e oprimidos" contra os poderosos da sociedade. Mas na segunda metade do século XIX, o formato já havia sido cooptado pelas necessidades do imperialismo europeu e passou a ser dominado por homens comuns que, após enfrentar muitos perigos, triunfavam sobre inimigos quase sempre estrangeiros que ameaçassem o status quo: os protagonistas eram agora agentes do poder imperial. Grosso modo, a natureza conservadora e reacionária do romance popular surge no momento em que abraça esquemas binários, naquilo que Eco chama de "o ancestral e dogmático conservadorismo das fábulas e dos mitos, que transmitem uma sapiência elementar, construída e comunicada por um simples jogo de luz e sombra, que não permite distinção crítica". O maniqueísmo de divisões sólidas entre o Bem e o Mal é sempre uma imposição autoritária à narrativa, democrático é o enredo que o rejeita e reconhece ambiguidades.

Mais adiante, George Orwell, no ensaio "Semanários para meninos" (1940), irá refletir sobre a influência dessas narrativas, que na maior parte foram serializadas em periódicos juvenis. Orwell se pergunta por que não havia então revistas para meninos com viés de esquerda. E conclui que, se houvesse, sua linguagem provavelmente se tornaria tão panfletária que seriam insuportáveis. "Com exceção da literatura culta, toda a imprensa de esquerda, na medida em que é vigorosamente 'esquerdista', é um longo panfleto." Mas pondera, em tom de esperança, que a tarefa em si não era de todo impossível: não há motivo intrínseco ao enredo de aventura para que as histórias necessitem do que considerava "esnobismo de classe" ou "patriotismo de sarjeta". As histórias das revistas inglesas, afinal, não eram panfletárias, eram apenas histórias de aventura com viés conservador. Ao contrapô-las com romancetes espanhóis de esquerda com viés anarquista, que encontrou na Espanha nos últimos anos antes de Franco, Orwell observou que, "se, por exemplo, a história descrevia a polícia perseguindo anarquistas pelas montanhas, era escrita do ponto de vista dos anarquistas, não da polícia". Um enredo de aventura, afinal, não precisa necessariamente ser sobre a manutenção de impérios coloniais e a conquista de povos estrangeiros. Em última instância, o que os define é a relação que o personagem estabelece com o cenário que atravessa — motivo pelo qual a maior parte dessas histórias traz mapas — e sua capacidade de sobreviver a percalços, demonstrando superioridade de força, coragem e inteligência, numa conquista simbólica sobre a própria morte e os próprios medos. Ainda que, no caso vitoriano, esses medos estivessem profundamente relacionados a sexo.

Os templos da perdição

Carl Jung considerou a obra de Haggard um caminho direto ao que chamava de "inconsciente coletivo", ponderando que os autoproclamados "romances psicológicos" não eram de modo algum gratificantes para um psicólogo como os literatos supunham, ao passo que obras como *As minas do rei Salomão* eram construídas contra um fundo de suposições psicológicas que, quanto mais o autor estivesse inconsciente delas, mais ele revelava. Ou, como observou C. S. Lewis, "o que nos mantém lendo apesar de todos os defeitos é a história em si, o mito. Haggard é o caso perfeito do dom puro e simples para a mitopeia". Isso se deve em muito ao fato de que Haggard, assim como outros autores de romances de aventura de sua geração tais quais Stevenson, Conan Doyle e Kipling, escrevia rápido e de modo dinâmico, como se desconectasse os filtros de sua consciência, permitindo que questões subliminares viessem à tona sem percebê-las. Se *Minas* foi escrito em apenas seis semanas, *Ela* foi ainda mais rápido, num processo que era um transe, uma escrita automática "febril, quase sem descanso", segundo Haggard, vindo "tão rápido que minha pobre mão dolorida não conseguia baixar". As aventuras para meninos e suas mãos agitadas forneceriam muito material para Freud.

"Há uma dualidade em Rider Haggard que me intriga imensamente", escreveu Henry Miller. "Um indivíduo pé no chão, de modos convencionais, de crenças ortodoxas... esse homem, reticente e reservado, e inglês até a medula, pode-se dizer, revela por meio de seus 'romances' uma natureza oculta, um ser oculto e uma mitologia oculta que é impressionante. Seu método para escrever esses romances — a todo vapor, raramente parando para pensar, por assim dizer — possibilita que toque em seu inconsciente com liberdade e profundidade."

Haggard, aliás, nasceu no mesmo ano que Freud. Justamente por isso, talvez não seja correto considerá-lo como pré-freudiano, e sim parafreudiano. O próprio Haggard escreveu certa vez que "as paixões sexuais são a ferramenta mais poderosa com que agitar a mente do homem, pois nelas residem as raízes de todas as coisas humanas". E há quem sugira que a leitura compulsiva que Freud fez da obra de Haggard tenha levado o pai da psicanálise a moldar sua própria arquitetura mental com base nessas leituras, como ele revela em *A interpretação dos sonhos*. No caso de Haggard, *Minas* começa com uma dedicatória a todos os "meninos grandes e pequenos" que o lerem, e já nas primeiras páginas garante que por aquele livro "não passa nenhuma anágua". Haggard dizia escrever livros para garotos, mas na realidade sua literatura conversava com o homem vitoriano adulto, uma cultura obcecada e dominada por uma masculinidade adolescente que via nas mulheres seres misteriosos, dominadores e inexplicáveis. Em Haggard, sexo e morte estão intimamente ligados — e uma das ideias centrais de Freud, afinal, é que a dinâmica da mente se molda por conflitos psíquicos entre Eros e Tânatos.

No romance imperial, abundam as associações entre a terra e o corpo feminino, possível herança da literatura erótica inglesa do século XVIII, onde o detalhamento desses corpos femininos era disfarçado como descrições topográficas, em obras ao estilo "Merryland". Em *Minas*, Quatermain e sua trupe entram em Kukuanalândia escalando os imensos Seios de Sabá, cujos mamilos são cercados de nuvens que agem como véus — o tipo de descrição que agradaria vitorianos sexualmente reprimidos de todas as idades. "Me sinto *impotente* mesmo diante de sua lembrança", escreve Quatermain. Se a topografia é um corpo feminino, com a cidade circular de Loo ocupando a posição de umbigo do mundo, a descida pela caverna adiante é um mergulho mais do que representativo. É o Lugar da Morte, onde velhos reis são embalsamados no gotejar de estalactites, e de onde os heróis "renascem", após percorrer longos e escuros corredores, por meio de um estreito buraco de raposa. Cavernas que abrigam um cobiçado tesouro, mas também guardam os esqueletos dos homens que falharam em encontrar o ponto certo que libera a armadilha. Já em *Ela*, a caverna seria ainda mais explicitamente descrita como "ventre do mundo", e parte do enredo gira em torno de encontrar o ponto exato onde "as forças vitais do mundo" se manifestam.

Ao final, meninos grandes e pequenos irão emergir dessas cavernas exaustos após uma experiência de quase-morte — ou uma *petite mort* que, segundo Roland Barthes, é o objetivo principal e o êxtase que todo leitor busca na grande literatura.

Mulheres *de fato*, quando presentes, oscilam entre dois extremos: ou são virginais e passivas, como a jovem Foulata, ou dominadoras e punitivas, como a velha Gagoula. Ou como a Ayesha de *Ela*, que é a soma de ambas. De todo modo, o aventureiro deve resistir com bravura a seus encantos, apelando a um modelo de masculinidade aristocrática que descende dos galantes cavaleiros medievais em armaduras brilhantes — como Sir Percival, que morre virgem após atingir seu objetivo de ajudar na busca pelo Santo Graal, fenômeno que Umberto Eco chamou de "parsifalismo". Nas aventuras, as garotas virginais e as rainhas dominadoras cercam os heróis e os paparicam, mas eles se mantêm irredutíveis, pois têm missões a cumprir. Ainda que a masculinidade exacerbada do aventureiro, que transforma o medo do feminino em aversão, não seja explicitamente homossexual, ela é carregada de elementos de forte carga homoerótica, feitos para elevar relações estritamente homossociais e masculinas — o popular *bromance* — acima do amor às mulheres. E afinal seus heróis, como lembra Eco, não hesitam em agarrar-se a outro corpo nu viril, no calor da luta, em descrições detalhadas e voluptuosas em sua fisicalidade, cujo clímax só é atingido com um jorro inevitável, ainda que de sangue. Herdeiro direto dessa musculosa tradição, Tarzan teria muito a resolver no divã. Como disse Margaret Atwood a respeito de histórias de aventura como as de Haggard, são "jornadas rumo às regiões desconhecidas do *self*, do inconsciente, e o confronto com quaisquer perigos e esplendores que ali espreitem".

Aliás, Haggard — e as aventuras imperiais de modo geral — era igualmente apreciado por leitoras. O jornalista W. T.

Stead, numa enquete com seus leitores, escutou de uma mulher: "Não quero um bom livro para meninas, quero ler os livros que papai lê". Era natural, portanto, que o livro, com seu estrondoso sucesso e sua relação com as questões políticas entre o Reino Unido e Portugal, tivesse atraído a atenção do cônsul português em Bristol, que viu nas *Minas* uma boa opção "para entreter a imaginação de *nos belles lectrices*", as leitoras da seção literária da *Revista de Portugal*, fundada e dirigida por ele, e decidiu ele próprio traduzi-las. O que acabou por gerar um caso mais peculiar de tradução, onde pesou não apenas a diferença entre línguas, interesses políticos e públicos-alvo, mas também a posição literária de cada autor. Haggard era relativamente novo na cena literária, chegando ao sucesso com um romance popular "de sensação" tornado best-seller, enquanto, do outro lado, já bem estabelecido na carreira literária e associado ao romance burguês de alta cultura, estava Eça de Queirós.

Eça e outras

Publicada primeiro em forma seriada, nas páginas da *Revista de Portugal*, entre outubro de 1889 e junho de 1890, como *As minas de Salomão* — que perdeu a realeza no título português —, de início a tradução não teve sua autoria assumida por Eça, que dizia ter apenas revisado o trabalho de outro tradutor, anônimo. Os motivos são fonte de diversas especulações: pode ter sido pelo status inferior dado às traduções, na concepção romântica sobre autoria vigente no século XIX, ou por não querer se expor demais como faz-tudo da revista recém-lançada que editava e onde publicava suas *Correspondências de Fradique Mendes*. O mais provável, contudo, é que quisesse evitar o constrangimento diplomático — a essa altura, Eça exercia o cargo de cônsul português em Paris — ao publicar uma obra que, via de regra, era o sumo da defesa do imperialismo britânico na África, "a nossa propriedade histórica", como disse o autor de *Os Maias*. Mas o que ele negou a princípio acabou por assumir quando da publicação em formato de livro, em 1891, pela editora Chardron do Porto.

Mesmo que não o admitisse, a tradução é inegavelmente sua. Com sua distinta voz literária, Eça faz acréscimos, alguns sutis e outros nem tanto, omite passagens que considera enfadonhas, adiciona comentários sobre reviravoltas que lhe soam implausíveis, altera frases para moldá-las ao interesse político português e, sobretudo, dá uma nova personalidade e voz ao narrador-protagonista. Se o Allan Quatermain de Haggard é um tipo de fala simples e direta da fronteira, que confunde Shakespeare com a Bíblia, o Alão Quartelmar de Eça tem uma voz irônica, crítica e elegante como a de um sofisticado dândi lisboeta do século XIX. Pode-se dizer que são dois personagens completamente distintos. Assim como são autores com visões literárias completamente distintas: Eça foi um dos responsáveis pelo início do realismo na literatura portuguesa, e seus primeiros romances eram marcados pelo naturalismo proposto por Émile Zola. Já Haggard, que *detestava* Zola, cujos romances dizia possuir "uma atmosfera como o boudoir de uma mulher voluptuosa", culpava o estilo analítico da novela naturalista por fazer "homens não quererem ler romances".*

---

* Haggard manifestou suas opiniões num curto ensaio intitulado "About Fiction", publicado em 1887, em que se queixava do estado atual da literatura no Reino Unido, França e Estados Unidos, condenando outras escolas literárias, como o naturalismo, por não considerá-las suficientemente "inglesas". Sua visão um tanto simplista foi ridicularizada, e Haggard logo percebeu que seu ensaio só servira para que fosse permanentemente excluído da literatura séria. Mais tarde, o considerou um ato de loucura, nunca mais escreveu crítica literária, e chegou até mesmo a pensar em abandonar a literatura.

O que então atraiu Eça ao texto de Haggard, além da óbvia percepção de seu sucesso comercial e da possibilidade de trazer mais leitores à sua revista? Considerando-se os aspectos mitopoéticos e a psicologia inconsciente de Haggard — suas paisagens erotizadas, suas civilizações em ruínas, mortes e renascimentos simbólicos no ventre da terra —, não é difícil ver pontos de semelhança com a produção literária de Eça a partir da década de 1890, como *A ilustre casa de Ramirez* e o conto "Civilização". E ao analisar a nota introdutória do próprio Eça justificando a publicação de *Minas* nas páginas da *Revista de Portugal*, Alan Freeland não deixa de notar a semelhança do argumento de Eça com o dos que acusavam a novela realista de já ter esgotado seus temas, lembrando a necessidade de sondar aspectos mais profundos e sombrios da natureza humana:

> A popularidade das *Minas* provém sem dúvida de que Rider Haggard, compreendendo que o meio em que se move o Romance moderno está demasiada e fatigantemente explorado, arrasta o Leitor para muito longe da sua civilização, dos seus hábitos, das suas paixões, do seu cenário habitual — e lança-o na África, na África portentosa, nesse secreto e escuro continente, onde, como diz um dos seus exploradores, tudo sucede, *o impossível, e até mesmo o que é possível!* A África, todavia, com as suas regiões e os seus povos, já em parte popularizados por narrações de viagens, não seria suficiente para prender o Leitor, se Rider Haggard não tivesse colocado nesse meio — a acção mais nova e mais estranha, já pelos extraordinários episódios, já pelas inesperadas revelações da vida negra, já pelas singulares paisagens, já pelo fim a que toda essa acção se dirige, fim tão cheio de mistério e de irresistível fascinação.

Um sentimento que o próprio Eça, em seu *spleen* parisiense, acabou por inserir no texto: se, original, o capitão Good justifica seu embarque na aventura por não ter nada melhor a fazer, na versão de Eça é acrescentada uma frase digna do Jacinto de *A cidade e as serras*: "Não havia neste momento nada interessante a fazer na velha Europa!... Gasta, insipidíssima, a velha Europa!".

Na comparação entre o original inglês e a versão portuguesa, Freeland também percebe que Eça subverte partes do texto para "desbritanizá-lo" de seus argumentos imperialistas. A Partilha da África acabava de ser sacramentada pela Conferência de Berlim de 1885, e Portugal viu-se frustrado em seus interesses, ao ser decidido que a posse sobre territórios seria legitimada pela ocupação (europeia, claro), e não por "prioridade de descoberta", como desejavam os portugueses. Tal frustração é um sentimento que se entrevê em escolhas de palavras e mudanças sutis, que substituem o ranço agressivo de Quatermain contra os colonos portugueses (que o personagem sugere serem moralmente impróprios à colonização) por comentários benevolentes sobre a grandeza dos primeiros exploradores lusitanos na região. Da mesma forma, quando Haggard sugere que os ingleses exercem agora o papel de herdeiros naturais dos antigos exploradores portugueses, Eça altera o texto para insinuá-los como usurpadores cobiçosos e materialistas. Também pesa a mão do Eça escritor, que parece revirar os olhos com as mudanças repentinas no enredo, acrescentando pequenos comentários críticos sobre as coincidências implausíveis, típicas dos "romances de sensação" — algo que o livro de fato é.

Muitas das modificações de Eça se justificam por uma óbvia mudança de público-alvo: os leitores visados agora não são mais os endiabrados meninos britânicos, mas "as senhoras em Lisboa" que apreciavam as cartas de Fradique Mendes. Com isso, desaparece a dedicatória original, "a todos os meninos grandes e pequenos", assim como os comentários educativos sobre armamentos, condições dos portos ou o trato de doenças bovinas e outras questões práticas da vida colonial.

Passagens violentas também são suprimidas: a luta noturna entre o leão e o antílope some, assim como a caça do capitão Good à girafa, com seu tiro certeiro (e desnecessário) no pescoço. A supressão mais significativa é a de quase seis páginas inteiras descrevendo a última batalha dos Grisalhos (ou "Pardos", na versão de Eça), entre os capítulos XII e XIV, resumidas com um comentário impaciente: "Não contarei os pormenores sangrentos desse grande combate, que se ficou chamando a 'batalha de Lu'. Todos esses medonhos conflitos de selvagens, mesmo travados com a disciplina dos kakuanas, se assemelham". Ao que parece, a brutalidade dessas passagens, dignas de contos do bárbaro Conan, foi excessiva para a sensibilidade urbana de Eça.

Tornou-se lugar-comum dizer que a tradução de Eça "melhora" o original, uma afirmação que, carregada de condescendência e boa dose de pedantismo, só pode ser formulada por quem desconhece tanto o texto original quanto o funcionamento das narrativas de aventura. O que surge, no cotejar de duas versões tão distintas que se tornam obras separadas, são os ecos de uma batalha literária, entre duas línguas e duas culturas imperiais em distintas posições históricas de poder, disputando a primazia de uma narrativa europeia sobre a colonização da África — "que Portugal há duzentos anos possuía, trilhara, explorara, ocupara", como o próprio Eça escreveu nas páginas de sua revista.

Os nomes da aventura

Henry Rider Haggard teve uma carreira prolífica como escritor, ainda que a morte prematura de seu filho Jack aos dez anos por sarampo o tenha afetado profundamente, ele próprio admitindo que seus livros posteriores se tornaram dependentes de fórmulas prontas. Mas isso não afetou o alcance da influência de sua obra, fosse na psicanálise de Freud e Jung, no inconsciente coletivo da sociedade vitoriana ou na literatura. Rudyard Kipling com seu *O homem que queria ser rei* (1888) e Arthur Conan Doyle com *O mundo perdido* (1911) foram os principais influenciados dentre seus conterrâneos. Na França, Louis-Henri Boussenard era chamado de "o Rider Haggard francês", mas o seu nacionalismo, aliado a sentimentos antibritânicos e antiamericanos que transpareciam em sua obra, contribuiu para que fosse pouco conhecido no mundo de língua inglesa. Nos Estados Unidos, onde Haggard chegava muitas vezes em edições piratas, influenciou os já citados Burroughs, Lovecraft e Howard, cuja literatura *pulp* herdou o papel popular dos *penny dreadfuls* e moldou a cultura de massa do início do século XX. A força mitopoética de Haggard também está ligada diretamente à alta fantasia de Tolkien e C. S. Lewis. Mais recentemente, Michael Crichton reescreveu a lenda das minas de Salomão como *techno-thriller* em *Congo* (1979), insinuando um novo colonialismo na busca por diamantes para componentes eletrônicos.

Nos quadrinhos, o belga Hergé cria Tintin em 1929. Hábil repórter juvenil que viaja ao redor do mundo em aventuras que reproduzem, sob a perspectiva belga, os elementos da aventura imperial, tornou-se um dos personagens mais populares dos quadrinhos do século XX. Suas histórias refletem inquietações coloniais, como em *Tintin no Congo* (1931), tensões políticas europeias, em *O cetro de Ottokar* (1939) e *O caso Girassol* (1956), e as habituais cidades perdidas, como em *O templo do sol* (1949), nem sempre livres dos mesmos estereótipos raciais que assombram a literatura popular desde o século anterior. Nos Estados Unidos, Carl Barks transforma Tio Patinhas num prolífico caçador de tesouros em cidades perdidas, correndo de gigantescas bolas de pedra em *A Cidade do Ouro* (1954) e encontrando propriamente *As minas do rei Salomão* (1957), histórias que George Lucas considerava bastante "cinemáticas". Mas é na virada do século que o britânico Alan Moore reintroduz Allan Quatermain a uma nova geração de leitores, ao inseri-lo como personagem recorrente em *A Liga Extraordinária*, série publicada entre 1999 e 2018. Sua versão de Quatermain é já uma releitura pós-moderna que, após banhar-se nas chamas de imortalidade de Ayesha, vive aventuras que costuram um século de literatura popular inglesa num único universo compartilhado, em histórias que repensam seu próprio papel na evolução da cultura de massa.

Conforme o século XX avança, o cinema ocupa o espaço da literatura como principal fonte de entretenimento. Haggard viveu o bastante para assistir às primeiras adaptações de seus livros, chegando a colaborar no texto dos intertítulos de uma versão muda de *Ela*. Contudo, não chegou a viver para ver as primeiras adaptações de *As minas do rei Salomão*. A mais conhecida, lançada em 1950, trazia Stewart Granger como Allan Quatermain e Deborah Kerr como Elizabeth Curtis, numa esperta mudança de gênero feita para compensar a carência de personagens femininas das aventuras vitorianas. Além disso, atores nativos interpretavam os personagens africanos, com o tutsi Siriaque no papel de Umbopa. A dança tutsi exibida em cena viraria febre nas discotecas do início dos anos 1960: era o *watusi*.

Mas é só na década de 1980 que se manifesta aquela que será a consequência mais significativa do legado da obra de Haggard para a cultura de massas: Indiana Jones, o arqueólogo criado por Steven Spielberg e George Lucas e interpretado por Harrison Ford em *Os caçadores da arca perdida* (1981) e mais três sequências. De início proposto por Lucas a Spielberg como "algo melhor que James Bond" — personagem que por si só já reformulava o herói imperial —, Indiana Jones é uma fusão entre os heróis de filmes seriados dos anos 1940 e 1950 e os de revistas *pulp*, como *Doc Savage*. Não por acaso Sean Connery, o ator que interpreta o pai do herói em *Indiana Jones e a última cruzada* (1989), já havia feito Bond nos cinemas, e estrelado em 1975 a adaptação de John Huston para *O homem que queria ser rei* de Kipling. Ou seja, como todo fruto da cultura pós-moderna da segunda metade do século XX, pode-se dizer que Indiana Jones foi inspirado muito mais no legado cultural deixado por Haggard e acumulado pela cultura ocidental desde então, incluindo-se nisso uma infinidade de heróis anteriores inspirados em Allan Quatermain, do que diretamente no personagem em si.

Nesse movimento de expansão e condensação, há uma releitura do gênero. Mulheres ultrapassam sua função de pares românticos, em releituras de arquétipos femininos: Marion, a aventureira *tomboy*, Willie, a dama em perigo, dra. Schneider, a dama fatal. Sensibilidades culturais são tratadas com um pouco menos de preconceito do que no século anterior, ainda que se façam presentes,* e o senso de superioridade racial europeu é agora antagonizado — afinal, seus principais inimigos são nazistas. O detalhe mais importante é o deslocamento de poder colonial: o herói passa a ser norte-americano, refletindo a mudança sobre a cultura de massa nos cem anos que separam os dois personagens — e é significativo desse deslocamento que Spielberg filme *Indiana Jones* tomando de

---

* Uma das mais problemáticas, a caricatura de vilões indianos em *Indiana Jones e o templo da perdição* (1984) gerou muitas críticas e fez com que o filme fosse temporariamente banido dos cinemas na Índia, por seu "retrato racista de indianos e tendências imperialistas declaradas". Uma cena em especial, mostrando um banquete onde eram servidas cobras vivas e cérebros de macaco, foi considerada particularmente ofensiva. Segundo a produção do filme, a intenção era justamente mostrar que, como hindus não comem carne, aqueles personagens seriam claramente dissonantes, mas a ideia, sutil demais para um filme tão pouco sutil, se perdeu no caminho.

empréstimo a linguagem visual de David Lean em *Lawrence da Arábia* (1962), exemplo máximo do "salvador branco" britânico. Adaptado aos novos tempos, tampouco o herói norte-americano se assume agente de uma potência imperial, como seus antepassados ingleses: na sua visão, é agora "um justiceiro reparando males pelo mundo afora, perseguindo a tirania, defendendo a liberdade a qualquer custo e em qualquer lugar", como escreve Said.

Indiana Jones se tornaria um fenômeno cultural espalhando-se por livros, quadrinhos e videogames, e gerando uma onda de imitações. Fechando o círculo, uma dessas "imitações" seria o próprio Allan Quatermain, que retornaria de duas formas nos anos seguintes: como versão paródica, interpretado por Richard Chamberlain e acompanhado por Sharon Stone em *As minas do rei Salomão* (1985) e *Allan Quatermain e a cidade de ouro perdida* (1986), e em sua releitura pós-moderna, na adaptação dos quadrinhos de *A Liga Extraordinária* (2003), interpretado por Sean Connery em seu último papel nos cinemas.

A terra desconhecida

Se a literatura de aventuras viu seu espaço ser ocupado pelo cinema ao longo do século XX, o século XXI vê agora uma nova forma narrativa herdar as estruturas do romance imperial. Com aspectos que unem a linguagem do cinema, da literatura, das artes plásticas e do teatro, a interatividade dos videogames é o seu elemento definidor enquanto forma narrativa, alterando o modo tradicional de vivenciar uma história, ao permitir uma imersão até então inimaginável em termos de "exploração". O elemento definidor da aventura, o constante desafio de superação simbólica da morte, é transferido para o próprio público, que possui controle tanto sobre o avanço da narrativa quanto sobre a quantidade de exploração desejada, tornando-se coautor da experiência. De certo modo, pode-se dizer que o videogame incorpora a narrativa de aventura em sua forma mais bem-acabada. Um exemplo disso é que, em *Uncharted 4: A Thief's End* (2016), ao explorar a mesma África que ambientava os romances de Haggard, o jogador pode escolher as áreas que explora, deter-se nelas pelo tempo que quiser pela simples contemplação estética da paisagem, explorar detalhes que acrescentam elementos paralelos ao enredo, ou ignorá-los em prol de uma narrativa enxuta. A liberdade dada para moldar sua experiência define a extensão da obra que ele terá desfrutado.*

Uma das primeiras personagens a surgir nesse novo meio foi a exploradora Lara Croft, na série de jogos *Tomb Raider*, criada pela Eidos. Seus primeiros jogos eram mais voltados à exploração do que à narrativa, e sua figura era moldada por e para o olhar masculino, funcionando como uma boneca manipulável tornada *sex symbol* geracional. Nesse sentido, estava mais próxima da mulher-robô de *Metrópolis* do que de uma personagem com personalidade. Ainda assim, armada com suas pistolas, ela oferecia ao público feminino uma possibilidade mais inclusiva nas tradicionais fantasias de violência catártica, adrenalina e "conquista sobre a morte" típicas da narrativa de aventura. Com o tempo, avanços tecnológicos e sua migração para a literatura e o cinema, a necessidade de sofisticar sua narrativa criou a necessidade de uma personalidade mais concreta, que varia conforme a versão do jogo, mas mantém sempre os mesmos elementos comuns: ela é inglesa, tem origem aristocrática, é destemida e determinada, e por motivações diversas, vive de retirar artefatos históricos de outras

---

* E note-se que, nesses jogos, coletar certos itens aleatórios ocultos pelo cenário dão ao jogador "troféus" que são agregados ao seu perfil pessoal, o que não é muito diferente das coleções de souvenirs com que Allan Quatermain se regalava ao final de sua aventura.

culturas dos seus locais de origem — como sói fazer todo bom inglês em narrativas imperiais.

Rivalizando em popularidade, e com a vantagem de ter sido criado num momento de maior refinamento tecnológico e narrativo do meio, há também o aventureiro Nathan Drake, protagonista da série de jogos *Uncharted*. Criado por Amy Hennig como uma mistura entre o ator Harrison Ford, os quadrinhos de *Tintin* e os *pulps* de *Doc Savage*, Drake é um caçador de tesouros norte-americano que acredita ser descendente do pirata Francis Drake, e cuja personalidade ao mesmo tempo gentil e sarcástica se desenvolve por meio de suas reações ao enredo e ao ambiente. Através dele o jogador atravessa as mesmas estruturas narrativas que moviam Haggard, adaptadas à sensibilidade de seu tempo. Suas jornadas não são mais motivadas por interesses imperiais (ele busca artefatos para colecionadores particulares), e o imperialismo fica reservado a seus inimigos: milionários americanos, generais do Leste europeu, sociedades secretas inglesas e milícias xenófobas. Personagens femininas ganham participação constante e ativa no enredo, e um dos jogos da série é protagonizado por Chloe, uma exploradora de origem indiana. Por sua vez, as cidades perdidas e suas civilizações avançadas têm suas origens restabelecidas: a tradicional Shambala do budismo (que inspirou a Shangri-La da ficção) surge em *Uncharted 2: Among Thieves* (2009) devolvida às suas origens tibetanas; já a "Atlântida das Areias" citada por T. E. Lawrence ressurge em *Uncharted 3: Drake's Deception* (2011), como a Iram dos Pilares do Corão; e o império Hoysala de *Uncharted: Lost Legacy* (2017) é fonte de uma disputa identitária entre dois personagens indianos nativos. A única cidade perdida de origem europeia acaba sendo Libertatia, mítica colônia pirata do século XVIII que, em *Uncharted 4*, ganha uma história de fundo significativa: criada para fugir do jugo imperial inglês, afunda em anarquia conforme seus líderes são tomados pela paranoia em disputas internas de poder. Um reflexo de que, assim como os ingleses vitorianos viam na decadência de antigas civilizações um presságio do fim de seu próprio império, agora também a cultura norte-americana, igualmente supremacista e imperial em sua visão de mundo, começa a refletir sobre a possibilidade de decadência.

Se o colonialismo por vias diretas em grande parte está extinto, pode-se ver que o imperialismo se mantém vivo onde sempre esteve, habitando uma esfera cultural geral, que se reflete em práticas políticas, ideológicas, econômicas e sociais. Edward Said lembra que não se deve analisar uma obra de entretenimento unicamente pela coerência interna de seu universo, ignorando o contexto histórico, nacional e internacional, ou se perderá uma ligação essencial entre uma ficção e o mundo histórico dessa ficção. Do mesmo modo, compreender essa ligação não diminui o valor de um romance como obra de arte; pelo contrário: a complexidade de relações culturais e históricas que o ligam a uma realidade concreta o faz ainda mais interessante e pertinente como obra de arte.

Afinal, criar um universo de ficção sem política, já disse Salman Rushdie, pode ser tão falso quanto criar um mundo em que ninguém precisa trabalhar, comer, odiar, amar ou dormir. O escritor, como disse Rushdie, é obrigado a aceitar que é parte da multidão, parte do oceano, parte da tempestade, de modo que a objetividade se torna um grande sonho, como a perfeição.

Novembro de 2020

Referências bibliográficas

BIBER, Catherine. "The Emperor's New Clones: Indiana Jones and Masculinity in Reagan's America". *Australasian Journal of American Studies*, v. 14, n. 2, pp. 67-89, 1995.

BRISTOW, Joseph. *Empire Boys: Adventures in a Man's World*. Nova York: Routledge, 2016.

BURROW, Merrick. "The Imperial Souvenir: Things and Masculinities in H. Rider Haggard's *King Solomon's Mines* and *Allan Quatermain*". *Journal of Victorian Culture*, v. 18, n. 1, pp. 72-92, 2013.

D'AMASSA, Don. *Encyclopedia of Adventure Fiction*. Nova York: Facts on File, 2009.

ECO, Umberto. *O super-homem de massa: Retórica e ideologia no romance popular*. São Paulo: Perspectiva, 1991.

ETHERINGTON, Norman A. "Rider Haggard, Imperialism, and the Layered Personality". *Victorian Studies*, v. 22, n. 1, pp. 71-87, 1978.

FREELAND, Alan. "Versions of the Imperial Romance: *King Solomon's Mines* and *As minas de Salomão*". *Portuguese Studies*, v. 23, n. 1, pp. 71-87, 2007.

HOLANDA, Sérgio Buarque de. *Raízes do Brasil*. São Paulo: Companhia das Letras, 2014.

HOPPENSTAND, Gary. *Perilous Escapades: Dimensions of Popular Adventure Fiction*. Jefferson: McFarland & Company, 2018.

IVRY, Benjamin. "Introduction". In: *King Solomon's Mines*. Nova York: Barnes & Noble, 2004.

JAMES, Henry; STEVESON, Robert Louis. *A aventura do estilo: Ensaios e correspondências de Henry James e Robert Louis Stevenson*. Rio de Janeiro: Rocco, 2017.

LEWIS, C. S. "O dom mitopeico de Rider Haggard". In: *Sobre histórias*. Rio de Janeiro: Thomas Nelson Brasil, 2018.

LUCKHURST, Roger. "Introduction". In: *King Solomon's Mines*. Nova York: Oxford University Press, 2016.

ORWELL, George. "Semanários para meninos". In: *Como morrem os pobres e outros ensaios*. São Paulo: Companhia das Letras, 2013.

PATTESON, Richard. "King Solomon's Mines: Imperialism and Narrative Structure". *The Journal of Narrative Technique*, v. 8, n. 2, pp. 112-23, 1978.

SAID, Edward. *Cultura e imperialismo*. São Paulo: Companhia das Letras, 2011.

SCHEICK, William J. "Adolescent Pornography and Imperialism in Haggard's *King Solomon's Mines*". *English Literature in Transition, 1880-1920*, v. 34, n. 1, pp. 19-30, 1991.

SCHLEINER, Anne-Marie. "Does Lara Croft Wear Fake Polygons?: Gender and Gender-Role Subversion in Computer Adventure Games". *Leonardo*, v. 34, n. 3, pp. 221-6, 2001.

Nota do tradutor

Esta tradução adotou como base a última edição revista e corrigida pelo autor, publicada em 1907 pela Cassell & Co. Buscou-se aqui manter a fidelidade ao texto original, não apenas restaurando as partes que foram suprimidas ou alteradas em sua tradução mais popular, feita por Eça de Queirós em 1891, mas também quando o texto revela noções preconceituosas e equivocadas acerca do continente africano e seus povos, que contudo eram aceitas no contexto coetâneo à obra, ou seja, o olhar da sociedade vitoriana para a África na segunda metade do século XIX.

Todas as notas de rodapé pertencem ao texto original, sejam as do próprio "autor" do manuscrito, Allan Quatermain, ou as de seu "editor original", ou seja, o próprio Henry Rider Haggard. Notas explanatórias estão numeradas e vêm ao final do texto.

Introdução

Agora que este livro está impresso, e prestes a ser entregue ao mundo, a percepção de suas limitações, em estilo e conteúdo, pesa bastante sobre mim. Quanto ao último, só posso dizer que ele não pretende ser um relato completo de tudo o que fizemos e vimos. Há muitas coisas ligadas à nossa jornada para Kukuanalândia[1] em que eu gostaria de me aprofundar em detalhes e que, do modo como estão, mal foram mencionadas. Dentre estas estão as lendas curiosas que recolhi sobre a cota de malha que nos salvou da destruição durante a grande batalha de Loo, e também sobre "Os Silenciosos", os Colossos à entrada da caverna de estalactites. De novo, tivesse eu dado vazão a meus impulsos, teria desejado me aprofundar nas diferenças, algumas das quais a meu ver são muito sugestivas, entre os dialetos zulu e kukuana. Também algumas páginas poderiam ter sido proveitosamente dedicadas a considerações sobre a fauna e a flora nativas de Kukuanalândia.* E então resta o assunto mais interessante — que, do modo como ficou, foi abordado apenas de maneira incidental — do magnífico sistema de organização das forças militares daquela terra, o qual, na minha opinião, é muito superior àquele inaugurado por Shaka[2] em Zululândia, na medida em que permite

---

* Descobri oito variedades de antílopes, as quais me eram completamente desconhecidas, e muitas novas espécies de plantas, na maior parte do tipo bulboso. [A. Q.]

uma mobilização ainda mais rápida, e não necessita do emprego do pernicioso sistema de celibato forçado. Por último, falei bem pouco dos costumes domésticos e familiares dos kukuanas, muitos dos quais são extremamente estranhos, ou de sua proficiência na arte de fundir e soldar metais. Esta ciência eles conduzem com considerável perfeição, da qual um bom exemplo pode ser visto em suas *tollas*, ou facas pesadas de arremesso, sendo a base dessas armas feita de ferro batido, e as bordas de um lindo aço soldado com grande habilidade à moldura de ferro. A questão é que eu, com Sir Henry Curtis e o capitão Good, penso que o melhor seria contar minha história de um modo claro e direto, e deixar para depois ter que lidar com esses assuntos, do modo que venha a parecer desejável. Enquanto isso, terei o maior prazer, é claro, em fornecer qualquer informação que esteja ao meu alcance a qualquer um que se interesse por tais coisas.

E agora só me resta pedir desculpas por meu modo rude de escrever. Em meu favor, só posso dizer que estou muito mais acostumado a lidar com um rifle do que com uma caneta, e não posso ter nenhuma pretensão aos grandes floreios e voos literários que vejo nos romances — pois às vezes eu gosto de ler um romance. Suponho que eles — os voos e floreios — são desejáveis, e lamento não ser capaz de fornecê-los; mas ao mesmo tempo não posso evitar de pensar que as coisas simples são sempre as mais impressionantes, e que livros são mais fáceis de compreender quando são escritos em linguagem simples, ainda que, talvez, eu não tenha nenhum direito de dar opinião sobre tal assunto. "Uma lança afiada", diz o ditado kukuana, "não precisa ser polida"; e seguindo o mesmo princípio me aventuro a esperar que uma história verdadeira, por mais estranha que seja, não necessita ser adornada de belas palavras.

Allan Quatermain

I.
Encontro Sir Henry Curtis

É uma coisa curiosa que na minha idade — cinquenta e cinco no meu último aniversário — eu me encontre pegando uma caneta para tentar escrever uma história. Eu me pergunto que tipo de história será quando a tiver terminado, se eu algum dia chegar ao fim da viagem! Já fiz um bocado de coisas na minha vida, que me parece ter sido longa, talvez por ter começado a trabalhar tão jovem. Numa idade em que outros meninos estavam na escola, eu ganhava a vida como mercador na velha Colônia do Cabo.[1] Venho negociando, caçando, lutando ou minerando desde então. E ainda assim foi somente oito meses atrás que juntei meu pé-de-meia. É um pé-de-meia bem grande, agora que o tenho — não sei bem o quão grande —, mas não acho que eu passaria pelos últimos quinze ou dezesseis meses outra vez; não, nem mesmo se eu soubesse que sairia a salvo no final, com pé-de-meia e tudo. Mas sou um homem tímido e não gosto de violência; além disso, estou quase farto de aventura. Eu me pergunto por que vou escrever este livro; não é do meu feitio. Não sou um literato, ainda que bastante devoto ao Velho Testamento e também às *Lendas de Ingoldsby*.[2] Deixe-me tentar estabelecer meus motivos, se é que tenho algum.

Primeiro motivo: porque Sir Henry Curtis e o capitão John Good me pediram.

Segundo motivo: porque estou deitado aqui em Durban, com dores na minha perna esquerda. Desde que aquele leão desgraçado me pegou, fiquei sujeito a este incômodo, e está bem ruim agora, faz com que eu manque mais do que nunca. Deve haver algum veneno nos dentes de um leão, de outro modo como é que quando as feridas se curam elas doem outra vez, em geral, vejam só, na mesma época do ano em que aconteceu o ataque? É uma dureza que, quando um sujeito já derrubou mais de sessenta e cinco leões, como já fiz no decorrer da vida, que o sexagésimo sexto vá mastigar sua perna feito um naco de tabaco. Isso quebra a rotina da coisa, e deixando outras considerações de lado, sou um homem regrado e não gosto disso. Mas é da vida.

Terceiro motivo: porque quero que o meu garoto Harry, que está lá no hospital em Londres estudando para se tornar médico, tenha algo com que se distrair e mantê-lo longe de confusões por uma semana ou mais. O trabalho de hospital pode às vezes se tornar um tanto maçante, pois uma pessoa se cansa até mesmo de ficar cortando gente morta, e como esta história será tudo menos maçante, irá dar um pouco de ânimo às coisas por um dia ou dois, enquanto Harry estiver lendo de nossas aventuras.

Quarto e último motivo: porque eu vou contar a história mais estranha de que me lembro. Pode parecer algo esquisito de se dizer, especialmente considerando que não há nenhuma mulher nela — exceto Foulata. Alto lá! tem a Gagoula, se é que era uma mulher, e não um demônio. Mas ela devia ter no mínimo uns cem anos, ou seja, não era do tipo para casar, então não levo ela em conta. De qualquer modo, posso dizer com segurança que não há nenhuma *anágua* na história toda.

Bem, é melhor eu ir ao que interessa. É um lugar duro, e sinto que minha carroça está atolada até os eixos. Mas, "*sutjes, sutjes*", como dizem os bôeres[3] — não faço ideia de como se soletra isso — com calma se consegue. Devagar se vai longe, se os bois puxando a carreta não forem magros. Não se consegue nada com bois magros. Agora, vamos começar.

Eu, Allan Quatermain, de Durban, na província de Natal, um cavalheiro, juro por minha honra e digo — foi assim que dei meu depoimento perante o magistrado sobre as tristes mortes dos pobres Khiva e Ventvögel; mas de algum modo não me parece ser o melhor modo de começar um livro. E, além disso, eu sou um cavalheiro? O que é um cavalheiro? Não sei ao certo, e olha que já lidei com crioulos que... não, vou riscar essa palavra, "crioulos", pois não gosto dela.[4] Conheço nativos que *são* cavalheiros, e você também dirá isso, Harry, meu garoto, antes de terminar esta história, e também conheço brancos maldosos, cheios da grana e recém-saídos de casa, que *não são*.

Em todo caso, nasci cavalheiro, ainda que não tenha sido nada além de um pobre caixeiro-viajante e caçador por toda minha vida. Se me mantive como um, não sei, deixo a seu juízo. Deus sabe que tentei. Matei muitos homens na minha época, e ainda assim nunca matei arbitrariamente ou sujei minhas mãos com sangue inocente, mas apenas em defesa própria. O Todo-Poderoso nos dá nossa vida, e suponho que Ele queira que a gente se defenda, ao menos eu sempre agi dessa forma, e espero que isso não seja usado contra mim quando chegar minha hora. Certo, certo, é um mundo cruel e perverso, e para um homem tímido tenho me metido numa grande quantidade de brigas. Não posso dar conta de tudo, mas em todo caso, nunca roubei, ainda que uma vez eu tenha enganado um *cafre*[5] com uma boiada. Mas ele mesmo havia me passado a perna, e isso tem me pesado na consciência desde então.

Bem, lá se vão dezoito meses desde que conheci Sir Henry Curtis e o capitão Good. Eu estive caçando elefantes para além de Bamangwato e andei tendo má sorte. Tudo deu errado nessa viagem, e para coroar peguei uma febre braba. Então, assim que fiquei bom, viajei até os Campos de Diamantes, vendi o que tinha de marfim, junto com minha carroça e os bois, dispensei meus caçadores e fui na carroça dos correios até o Cabo. Após passar uma semana na Cidade do Cabo e descobrir que estavam me sobretaxando no hotel, e tendo visto tudo o que havia para ver, incluindo os jardins botânicos, que ao que me pareceu, provavelmente serão de grande utilidade para essa terra, e a nova Casa do Parlamento, que não me parece que será, fiquei decidido a voltar a Natal a bordo do *Dunkeld*, então ancorado nas docas aguardando pelo *Edinburgh Castle* chegar da Inglaterra. Comprei meu leito e subi a bordo, e naquela tarde os passageiros para Natal vindos no *Edinburgh Castle* foram transferidos, o navio foi pesado e levantamos âncora.

Dentre os que vieram a bordo havia dois passageiros que atiçaram minha curiosidade. O primeiro, um cavalheiro de uns trinta anos, era talvez o homem de peito mais largo e braços mais fortes que já vi. Tinha cabelos loiros, uma grossa barba loira, um rosto talhado e grandes olhos cinzentos incrustados fundo na cabeça. Nunca vi sujeito mais bem-apessoado, e de algum modo ele me lembrava os antigos dinamarqueses. Não que eu entenda muito de dinamarqueses antigos, ainda que eu conheça um dinamarquês moderno que me roubou dez libras; mas me recordo de ter visto uma ilustração de um desses senhores que, a meu ver, eram uma espécie de zulus brancos. Eles bebiam em grandes chifres, e seus longos cabelos desciam pelas costas. Enquanto olhava para o camarada parado ali ao lado da escada, me ocorreu que se ele deixasse a barba crescer só mais um pouquinho, colocasse uma cota de malha sobre os ombros largos e pegasse um machado de batalha e uma caneca de chifre, poderia servir de modelo para aquela ilustração. E por sinal, é uma coisa curiosa, que mostra como o sangue sempre fala mais alto, descobri depois que Sir Henry Curtis — pois este era o nome do homenzarrão — era de sangue dinamarquês.* Ele também me lembrava fortemente de outra pessoa, mas na ocasião não me ocorreu quem era.

O outro homem, que ficava conversando com Sir Henry, era moreno, compacto e de um talhe bastante distinto. Suspeitei na hora que ele fosse um oficial da Marinha; não sei por quê, mas é difícil não perceber um homem da Marinha. Já parti em caçadas com vários deles ao longo da minha vida, e eles sempre se mostraram os melhores e mais bravos e mais gentis camaradas que já conheci, ainda que muito dados, alguns deles, a usar de linguagem vulgar. Perguntei, uma ou duas páginas atrás, o que é um cavalheiro? Respondo a pergunta agora: um oficial da Marinha Real é, de modo geral, ainda que é claro que deva haver uma ovelha negra entre eles aqui e ali. Pergunto-me se é apenas o mar aberto e o sopro dos ventos de Deus que lava seus corações e sopra o ranço de suas mentes e faz eles serem os homens que são.

Bem, voltando, eu estava certo outra vez. Confirmei que o moreno *era* um oficial da Marinha, um tenente de trinta e um anos que, após dezessete anos de serviço, havia sido dispensado dos serviços de sua majestade com a insípida honra de um posto de comandante, pois era impossível para ele ser promovido. Isso é o que aqueles que servem à rainha podem esperar: ser relegados à própria sorte, para encontrar uma ocupação logo quando estavam realmente começando a entender seu trabalho e a atingir o ápice da vida. Suponho que eles não se importem, porém, da minha parte, prefiro ganhar meu pão como caçador. Talvez um tostão possa ser pouco, mas você não leva tantos chutes no traseiro.

---

* As ideias do sr. Quatermain sobre os antigos dinamarqueses parecem ser um tanto confusas. Sempre foi de nosso entendimento que eram um povo de cabelos escuros. Provavelmente, ele estava pensando nos saxões. [N. E.]

Descobri que o nome do oficial — olhei na lista de passageiros — era Good, capitão John Good. Ele era espadaúdo, de altura mediana, moreno, compacto e um homem um tanto curioso de se observar. Andava muito impecável e muito bem barbeado, e sempre usava um monóculo no seu olho direito. Parecia ter brotado ali, pois não tinha nenhuma cordinha, e nunca o tirava, exceto para limpá-lo. A princípio achei que ele dormia com aquilo, mas depois descobri que estava enganado. Ele o guardava no bolso da calça quando ia para a cama, junto com seus dentes falsos, dos quais tinha dois belos conjuntos que, não sendo os meus próprios assim tão bons, com frequência me faziam quebrar o décimo mandamento. Mas estou me antecipando.

Assim que nos pusemos a caminho, o entardecer foi chegando, e trouxe com ele um tempo bem ruim. Uma brisa forte soprou da terra, e uma espécie de névoa escocesa piorada logo expulsou todo mundo do convés. Quanto ao *Dunkeld*, era um barco de fundo chato, e navegando leve como estava, balançou com força. Quase parecia que ele iria virar, mas nunca virou. Era quase impossível caminhar, então fiquei perto dos motores onde era mais quentinho e me distraí observando o pêndulo, afixado no lado oposto, balançar vagaroso para a frente e para trás conforme o barco sacudia, e marcando o ângulo que ele tocava a cada guinada.

— Aquele pêndulo está errado, não foi pesado do modo certo — disse, de repente, uma voz um pouco irritada ao meu lado. Olhando ao redor, vi o oficial naval que eu havia notado quando os passageiros subiram a bordo.

— Ora, o que o faz achar isso? — perguntei.

— Pense. Eu não acho nada. Já ele — falou, enquanto o barco se endireitava após um sacolejo —, se o barco estivesse mesmo balançando no ângulo que aquela coisa aponta, então nunca mais balançaria outra vez. Mas é assim com esses capitães de Marinha mercante, são sempre assustadoramente descuidados.

Bem na hora soou o sino do jantar, e não lamentei, pois é uma coisa terrível ter que escutar um oficial da Marinha Real quando ele se põe a falar do assunto. Só conheço uma coisa pior, que é escutar um capitão de Marinha mercante expressar sua opinião sobre os oficiais da Marinha Real.

O capitão Good e eu descemos juntos para jantar, e lá encontramos Sir Henry Curtis já sentado. Ele e o capitão Good foram colocados juntos, e me sentei do lado oposto a eles. Eu e o capitão logo entramos numa conversa sobre caçadas e coisas assim, ele me fazendo muitas perguntas, pois é um tipo curioso sobre qualquer assunto, e eu respondendo no que podia. Então ele chegou ao tema dos elefantes.

— Ah, senhor — chamou alguém que estava sentado perto de mim —, você encontrou o homem certo para isso. Se há alguém para lhe falar sobre elefantes, é o caçador Quatermain.

Sir Henry, que estivera sentado bastante quieto escutando nossa conversa, ficou visivelmente alerta.

— Com licença, senhor — ele disse, inclinando-se à frente na mesa e falando com uma voz baixa e grave, uma voz muito adequada, me pareceu, para vir daqueles pulmões enormes. — Com licença, senhor, mas seu nome é Allan Quatermain?

Eu disse que era sim.

O homenzarrão não fez mais nenhuma observação, mas o escutei murmurar "que sorte" por baixo da barba.

Por fim o jantar se encerrou e, quando deixávamos o salão, Sir Henry acelerou o passo e me perguntou se eu aceitaria ir até sua cabine, fumar um cachimbo. Aceitei, e ele guiou o caminho até a cabine de convés do *Dunkeld*, muito bela, por sinal. Tinham sido duas cabines, mas quando Sir Garnet Wolseley ou um desses figurões desembarcou do *Dunkeld* na costa, eles botaram abaixo a divisória e nunca a repuseram de novo.

Havia um sofá, e uma mesinha em frente a ele. Sir Henry mandou o camareiro buscar uma garrafa de uísque, e nós três nos sentamos e acendemos nossos cachimbos.

— Sr. Quatermain — disse Sir Henry Curtis, quando o homem trouxe o uísque e acendeu a lâmpada —, nessa mesma época ano passado, o senhor estava, creio, num lugar chamado Bamangwato,[6] ao norte do Transvaal.

— Estava — respondi, um tanto surpreso que esse cavalheiro estivesse tão bem informado sobre minha movimentação, que não era, até onde sei, algo considerado de interesse geral.

— O senhor estava negociando, não estava? — acrescentou o capitão Good, com seus modos diretos.

— Estava. Peguei um carroção de víveres, montei acampamento do lado de fora do assentamento e ali estacionei até vender tudo.

Sir Henry estava sentado oposto a mim, numa cadeira de palha, seus braços estendidos sobre a mesa. Ele agora erguera o olhar, fixando seus grandes olhos cinzentos sobre meu rosto. Havia uma ansiedade curiosa nele, pensei.

— Por acaso o senhor conheceu por lá um homem chamado Neville?

— Ah, sim, ele desatrelou os bois ao meu lado por uma quinzena, para descansar o gado antes de seguir caminho para o interior. Recebi uma carta de um advogado alguns meses depois, me perguntando se eu sabia o que havia acontecido com ele, no que respondi o melhor que pude.

— Sim — disse Sir Henry —, sua carta foi entregue a mim. Você disse nela que um cavalheiro chamado Neville deixou Bamangwato no começo de maio numa carroça com um condutor, um *voorlooper*[7] e um caçador *cafre* chamado Jim, anunciando sua intenção de se aventurar tanto quanto possível até Inyati, a feitoria mais avançada na terra dos matabeles,[8] onde ele venderia a carroça e continuaria a pé. O senhor também disse que ele de fato vendeu a carroça, pois seis meses depois o senhor viu a carroça em posse de um mercador português, que lhe disse tê-la comprado em Inyati de um homem branco cujo nome ele havia esquecido, e que ele acreditava que o homem branco com o criado nativo havia partido para o interior numa expedição de caça.

— Sim.

Então veio um silêncio.

— Sr. Quatermain — disse Sir Henry, de súbito —, suponho que o senhor não sabe nem pode adivinhar nada mais acerca das intenções de meu... da jornada do sr. Neville para o norte, ou para que direção essa jornada se dirigia?

— Escutei algo — respondi, e então parei. Não era um assunto que me interessasse discutir.

Sir Henry e o capitão Good olharam um para o outro, e o capitão Good assentiu.

— Sr. Quatermain — continuou o primeiro —, eu vou lhe contar uma história e pedir seu conselho, talvez seu auxílio. O agente que me encaminhou sua carta disse-me que eu podia confiar nela de modo implícito, já que o senhor era bem conhecido e universalmente respeitado em Natal, e especialmente reputado por sua discrição.

Assenti e bebi um pouco de uísque e água para esconder minha confusão, pois sou do tipo modesto, e Sir Henry continuou.

— O sr. Neville era meu irmão.

— Ah — falei, sobressaltado, pois agora sabia de quem Sir Henry havia me lembrado quando o vi pela primeira vez. Seu irmão era um homem muito menor e tinha a barba escura, mas agora que me pus a pensar nisso, ele tinha olhos do mesmo tom de cinza e com o mesmo olhar aguçado neles. As feições também eram parecidas.

— Ele era — continuou Sir Henry — meu único irmão, o caçula, e até cinco anos atrás suponho que nunca ficamos mais que um mês longe um do outro. Mas há cerca de cinco anos, um infortúnio recaiu sobre nós, como às vezes acontece nas famílias. Nós brigamos seriamente, e em minha raiva me portei de modo injusto com meu irmão.

Aqui o capitão Good assentiu vigorosamente para si mesmo. O barco deu uma grande sacolejada, de tal modo que o espelho, que fora afixado no lado oposto a nós a boreste, por um instante ficou quase acima de nossa cabeça, e como eu estava sentado com minhas mãos nos bolsos e olhando para cima, pude vê-lo assentindo melhor que nunca.

— Como creio que saiba — continuou Sir Henry —, se um homem morre sem testamento e não possui nenhum bem exceto terra, bens imóveis como se diz na Inglaterra, tudo é herdado pelo filho mais velho. E assim aconteceu que, bem na época em que brigamos, nosso pai faleceu sem testamento. Ele adiou a realização do testamento até que um dia ficou tarde demais. O resultado é que meu irmão, que não se dedicou a nenhuma profissão, foi deixado sem um tostão. É claro que teria sido meu dever sustentá-lo, mas na época a briga entre nós foi tão azeda que não fiz isso, para minha vergonha eu digo (e ele suspirou profundamente) que não me dispus a fazer nada. Não é que guardasse rancor dele, mas é que esperei que ele tomasse a iniciativa, e ele não tomou. Lamento incomodá-lo com tudo isso, sr. Quatermain, mas é necessário para deixar as coisas claras, não é, Good?

— Isso mesmo, isso mesmo — disse o capitão. — O sr. Quatermain irá manter a discrição, tenho certeza.

— É claro — eu disse, pois me orgulhava de minha discrição, pela qual, como Sir Henry havia escutado, eu tinha certa reputação.

— Bem — continuou Sir Henry —, meu irmão tinha algumas centenas de libras na sua conta, na ocasião. Sem me dizer nada, ele sacou essa merreca e, adotando o nome de Neville, partiu para a África do Sul na esperança louca de fazer fortuna. Isso eu soube depois. Uns três anos se passaram, e não tive notícia alguma de meu irmão, ainda que eu tenha escrito diversas cartas. Provavelmente as cartas nunca chegaram até ele. Mas conforme o tempo passou, fui ficando mais e mais preocupado com ele. Eu descobri, sr. Quatermain, que o sangue fala sempre mais alto.

— Isso é verdade — falei, pensando no meu menino Harry.

— Percebi, sr. Quatermain, que daria metade da minha fortuna para descobrir se meu irmão George, o único parente que tenho, estava são e salvo, e que o veria outra vez.

— Mas você nunca descobriu, Curtis — soltou o capitão Good, olhando para o rosto do homenzarrão.

— Bem, sr. Quatermain, conforme o tempo passou, fui ficando mais e mais ansioso para descobrir se meu irmão estava vivo ou morto, e se vivo, para trazê-lo para casa outra vez. Mandei investigadores atrás, e sua carta foi um dos resultados. Em boa medida ela foi satisfatória, pois mostrou que até pouco tempo atrás George estava vivo, mas não entrou em maiores detalhes. Então, para encurtar a história, botei na cabeça que eu mesmo sairia para procurar por ele, e o capitão Good fez a gentileza de vir comigo.

— Sim — disse o capitão —, também não tinha nada mais para fazer, veja bem. Dispensado pelos meus lordes do Almirantado para morrer de fome com meio soldo. E, agora, talvez o senhor possa nos dizer o que sabe ou ouviu falar do cavalheiro chamado Neville.[9]

2.
A lenda das minas de Salomão

— O que foi que você escutou sobre a viagem de meu irmão para Bamangwato? — perguntou Sir Henry, quando parei para encher meu cachimbo antes de responder ao capitão Good.

— O que escutei foi isto, e nunca mencionei a vivalma até hoje: que ele estava indo atrás das minas de Salomão[1] — respondi.

— As minas de Salomão? — meus ouvintes exclamaram ao mesmo tempo. — Onde elas ficam?

— Não sei — falei. — Sei onde dizem que elas ficam. Uma vez vi o cume das montanhas que as bordejam, mas havia uns duzentos quilômetros de deserto entre mim e elas, e não estou ciente de nenhum homem branco que o tenha cruzado, exceto um. Mas talvez a melhor coisa que eu possa lhes fazer seja contar a lenda das minas de Salomão como a conheço, se os senhores derem sua palavra de que não revelarão nada do que lhes disser sem minha permissão. Os senhores concordam com isso? Tenho meus motivos para perguntar.

Sir Henry assentiu, e o capitão Good respondeu:

— Certamente, certamente.

— Bem — comecei —, como podem imaginar, de modo geral, caçadores de elefantes são uns tipos durões, que não se incomodam com muito além dos fatos da vida e o jeito de viver dos *cafres*. Mas aqui e ali, você encontra um homem que se dá ao trabalho de coletar as tradições dos nativos e tenta entender um pedacinho da história dessa terra negra. Foi alguém assim quem primeiro me contou a lenda das minas de Salomão, já faz agora quase trinta anos. Isso foi quando eu estava na minha primeira caçada de elefantes, na terra dos matabeles. Seu nome era Evans, e ele foi morto no ano seguinte, pobre coitado, por um búfalo ferido, e jaz enterrado perto das cataratas do rio Zambezi. Uma noite, eu estava contando a Evans, pelo que lembro, de algumas ruínas maravilhosas que eu havia encontrado quando caçava cudos e elandes,[2] no que agora é o distrito de Lydenburg, no Transvaal. Sei que deram com essas ruínas outra vez mais tarde, procurando por ouro, mas eu já sabia delas anos antes. Há uma grande estrada, com a largura de uma carroça, talhada direto na rocha, e levando direto até a boca da ruína ou galeria. Na boca dessa galeria há pilhas de quartzo com ouro amontoadas prontas para ustular, o que mostra que os trabalhadores, quem quer que tenham sido, devem ter ido embora com pressa. E também, avançando cerca de vinte passos, ergue-se uma galeria, e é um belo trabalho de maçonaria. "Sim", me disse o Evans, "mas eu sei de um caso mais esquisito que esse", e então ele se pôs a me contar de como ele havia encontrado no interior profundo uma cidade em ruínas, que ele acreditava ser a Ofir da Bíblia, e, por sinal, outros homens de mais estudo disseram o mesmo, muito depois da época do pobre Evans. Eu lembro que estava escutando atento a todas essas maravilhas, pois era jovem na época, e essa história de uma antiga civilização e dos tesouros que os antigos judeus, ou aventureiros fenícios, costumavam extrair de uma terra há muito perdida na mais sombria barbárie capturou com força minha imaginação, quando ele de súbito me disse: "Rapaz, você alguma vez já ouviu falar das Montanhas de Solimão, subindo a noroeste da terra dos Mushakulumbew?". Respondi que não. "Ah, bom", disse ele, "foi lá que Salomão realmente teve suas minas, digo, suas minas de diamantes." Perguntei como ele sabia disso. "Eu sei! Ora, o que é

Solimão senão uma corruptela de Salomão?* Além disso, uma velha Isanusi ou feiticeira lá na terra dos Manica me contou tudo a respeito. Ela disse que o povo que vivia além das montanhas era um "ramo" dos zulus, falava um dialeto do zulu, porém eram homens ainda maiores e melhores, e entre eles viviam grandes feiticeiros, que haviam aprendido suas artes de homens brancos quando "o mundo todo estava escuro", e que possuíam o segredo de uma mina maravilhosa de "pedras brilhantes".

— Bem, eu ri dessa história na época — continuei —, ainda que me interessasse, pois os Campos de Diamante então ainda não haviam sido descobertos, mas o pobre Evans partiu e foi morto, e por vinte anos nunca mais pensei no assunto. Porém, exatos vinte anos depois (e isso é bastante tempo, cavalheiros; um caçador de elefantes em geral não vive vinte anos nesse ramo), escutei algo mais concreto sobre as Montanhas de Solimão e a terra que fica para além delas. Eu estava para além da terra dos Manica, num lugar chamado Kraal[3] de Sitanda, e que lugar miserável era aquele, onde um homem não conseguia nada para comer e havia pouca caça ao redor. Eu tive uma crise de febre, e de modo geral estava em mau estado, quando um dia um portuga chegou com um único companheiro, um mestiço. Agora, conheço bem essa gentinha portuguesa lá de Lourenço Marques.[4] De modo geral, não há pior diabo solto na terra do que eles, engordando em cima da carne e da agonia humana na forma de escravos.[5] Mas esse era um tipo de homem bem distinto dos seus maus conterrâneos que me acostumei a encontrar. Na verdade, em aparência ele me lembrava mais os educados fidalgos de que li a respeito, pois era alto e magro, com grandes olhos negros e um bigode grisalho e

---

* Solimão é a forma árabe de Salomão. [N. E.]

curvo. Conversamos por um tempo, pois ele falava um inglês castiço, e eu entendo um pouquinho de português, e ele me disse que seu nome era José Silvestre e vivia perto da Baía da Lagoa. Quando partiu no dia seguinte com seu mestiço, disse "até mais ver" tirando o chapéu à moda antiga. "Até mais ver, meu senhor", ele me disse, "se tornarmos outra vez a nos encontrar, hei de ser a pessoa mais rica deste mundo! E pode contar que não me hei de esquecer de si!" Eu ri um pouquinho, estava muito fraco para gargalhar, e fiquei olhando ele partir para o grande deserto a oeste, me perguntando se ele era louco, ou o que imaginava que iria encontrar lá. Uma semana se passou, e fiquei melhor da minha febre. Num fim de tarde, estava sentado no chão em frente da barraquinha que tinha comigo, mascando o último naco de uma galinha miserável que eu havia comprado de um nativo por um pedaço de tecido que valia uns vinte frangos, e encarando o sol quente e vermelho afundando no deserto, quando de súbito vi uma figura, aparentemente a de um europeu, pois vestia casaco, na encosta do terreno elevado oposta a mim, uns trezentos metros distante. A figura se arrastava de quatro, então se ergueu e cambaleou alguns metros sobre as pernas, apenas para cair e rastejar outra vez. Vendo que deveria ser alguém em apuros, mandei um dos meus caçadores ajudá-lo, e assim ele chegou, e quem vocês acham que se revelou ser?

— José Silvestre, é claro — disse o capitão Good.

— Sim, José Silvestre, ou talvez seu esqueleto com um pouco de pele. Seu rosto estava amarelo brilhante pela febre biliar,[6] e seus grandes olhos negros quase saltavam de sua cabeça, pois toda a carne havia ido embora. Não havia nada senão uma pele seca e amarelenta feito pergaminho, cabelos brancos e os ossos apontando por sob a pele. "Água, água, pelo amor de Cristo!", ele murmurou, e eu vi que seus lábios estavam rachados, sua língua, que se projetava entre eles, estava seca e escura. Eu lhe dei água com um pouco de leite, e ele bebeu em grandes goles, dois quartos ou mais, sem parar. Eu não o deixaria beber mais. Então a febre tomou conta de novo, e ele caiu e se pôs a delirar sobre as Montanhas de Solimão, os diamantes e o deserto. Carreguei-o até a tenda e fiz o que pude por ele, o que não era muito, pois vi como acabaria. Lá pelas onze horas ele foi ficando mais quieto, me deitei para descansar um pouco e depois dormi. Ao amanhecer acordei de novo, e à meia-luz vi Silvestre sentado, uma figura estranha e magricela, olhando para o deserto à frente. Então o primeiro raio de sol disparou pela planície bem à nossa frente, até atingir o cume distante de uma das mais altas das Montanhas de Solimão, a mais de cento e sessenta quilômetros adiante. "Está lá!", gritou o moribundo em português, apontando com seu braço longo e fino, "mas nunca alcançarei, nunca. Ninguém jamais alcançará!" De repente, ele parou e pareceu tomar uma decisão. "Amigo", ele disse, virando-se para mim, "você está aí? Está tudo ficando escuro." "Sim", eu falei, "sim, deite-se agora, descanse um pouco." E ele respondeu: "Vou descansar em breve, é certo, tenho tempo para descansar... toda a eternidade. Escute, estou a morrer! O senhor tem sido bom comigo. Eu lhe darei as anotações. Talvez o senhor consiga chegar lá, se sobreviver à travessia do deserto, que matou o meu pobre criado e está a matar a mim". Então ele buscou na sua camisa e dela tirou o que pensei ser uma tabaqueira bôer feita da pele do *swart-vet-pens*, a palanca negra. Era fechado com uma pequena tira de couro, o que chamamos de *rimpi*, e ele tentou soltar, mas não conseguiu. Ele me entregou. "Desamarre", falou. Fiz isso e tirei dali um pedaço rasgado de linho amarelo, no qual escrevera-se alguma coisa em garranchos. Dentro desse trapo havia um papel. Então ele continuou, febril, pois estava ficando fraco: "O papel é cópia de tudo que há escrito no trapo. Levou-me anos a decifrar. Escute: meu ancestral, um refugiado político de Lisboa[7] e um dos primeiros portugueses a desembarcar nestas praias, escreveu isso quando estava para morrer acolá naquelas serras onde nenhum pé branco jamais pisou antes ou depois. Seu nome era José da Silvestra e viveu há trezentos anos.[8] Seu escravo, que ficou a esperar por ele do lado de cá das montanhas, foi dar com ele morto e trouxe os escritos para Lourenço Marques. Tem estado na família desde então, mas ninguém se preocupou em decifrá-lo, até que eu enfim o fiz. E custou-me a vida nisso, mas outro talvez tenha sucesso e se torne o homem mais rico do mundo... o homem mais rico do mundo. Apenas não dê o papel a ninguém; vá o senhor mesmo!". Então ele começou a delirar outra vez, e em uma hora tudo se acabara. Que Deus lhe dê descanso! Ele morreu em silêncio, e eu o enterrei bem fundo, com grandes pedras sobre o peito, de modo que não creio que os chacais possam desenterrá-lo. E então segui adiante.

— Certo, mas e o documento? — disse Sir Henry, em tom de profundo interesse.

— Sim, o documento, o que havia nele? — acrescentou o capitão.

— Bem, cavalheiros, se assim desejam, eu lhes conto. Nunca o mostrei para ninguém, exceto para um mercador português velho e bêbado, que o traduziu para mim e que se esqueceu de tudo na manhã seguinte. O trapo original está em minha casa em Durban, junto com a tradução do pobre d. José, mas tenho a versão inglesa na minha caderneta de bolso e um fac-símile do mapa, se é que pode ser chamado de mapa. Aqui está.

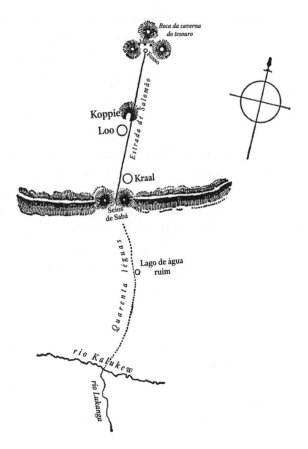

"Eu, José da Silvestra, que agora estou a morrer de fome na pequena caverna onde não há neve, ao lado norte do bico da mais ao sul das duas montanhas que nomeei Seios de Sabá, escrevo isto no anno de 1590 com um pedaço d'osso num farrapo de minha roupa, e com meu sangue por tinta. Se meu escravo der com isto quando vier, e levá-lo até Lourenço Marques, que meu amigo ———— leve a cousa ao conhecimento d'El-Rei, para que envie um exército que, se sobreviverem ao deserto e às montanhas, e mesmo sobrepujar os bravos kukuanas e suas artes diabólicas, pelo que se deviam trazer muitos padres, farão *d'El-Rei o mais rico desde Salomão. Com meus próprios olhos vi diamantes sem conta, guardados na câmara do tesouro de Salomão, detrás da Morte branca. Mas por traições de Gagoula, a feiticeira-achadora, nada pude trazer comigo, exceto a vida. Que outro porventura siga o mapa e trepe pelas neves do seio esquerdo de Sabá até que atinja o bico, em cuja face norte está a grande estrada feita por Salomão, pela qual são três dias de viagem até o palácio do rei. Que ele mate Gagoula. Reze por minha alma. Adeus.*

José da Silvestra"

Quando terminei de ler o texto acima e mostrei a cópia do mapa, desenhada pela mão moribunda do fidalgo português usando seu próprio sangue como tinta, seguiu-se um silêncio de assombro.

— Bem — disse o capitão Good —, já dei a volta ao mundo duas vezes e desci na maioria dos portos, mas que me enforquem por motim se alguma vez já ouvi lorota maior fora de um livro de ficção, ou mesmo neles, por sinal.

— É uma história esquisita, sr. Quatermain — disse Sir Henry. — Suponho que não esteja querendo nos pregar uma peça? Sei que há quem considere permissível engambelar novatos.

— Se pensa assim, Sir Henry — falei, muito incomodado e já guardando meu papel, pois não gosto de ser tomado por um desses abobados que se acham espertos por contar mentiras, e que estão sempre se gabando para os recém-chegados das aventuras de caçadas extraordinárias que nunca aconteceram. — Se pensa isso, ora, aqui se encerra o assunto. — E me levantei para partir.

Sir Henry pousou sua mão imensa sobre meu ombro.

— Sente-se, sr. Quatermain — ele disse. — Peço-lhe perdão. Vejo bem que o senhor não deseja nos enganar, mas a história soa tão estranha que mal posso crer.

— O senhor poderá ver o mapa original e o manuscrito quando chegarmos a Durban — respondi, já apaziguado, pois quando me pus a considerar a questão, não era de estranhar que ele duvidasse de minha boa-fé.

— Mas — continuei — não lhe contei sobre seu irmão. Eu conhecia o tal Jim que estava com ele. Era bechuano de nascença, um bom caçador, e para um nativo era um homem bem esperto. Naquela manhã em que o sr. Neville estava partindo, eu vi Jim parado ao lado da minha carroça cortando tabaco no *disselboom*.[9] Perguntei: Jim, vocês vão atrás do quê, nessa viagem? Elefantes? Não, *baas*,[10] estamos atrás de algo muito mais valioso que marfim, ele me respondeu. E porque fiquei curioso, perguntei: e o que seria isso? É ouro? Não, *baas*, algo muito mais valioso que ouro, e ele sorriu. Não fiz mais perguntas, pois não gosto de ficar me rebaixando na minha dignidade parecendo intrometido, mas fiquei intrigado. Por fim, Jim terminou de cortar seu tabaco e chamou: *baas*. Fingi não notar. *Baas*, ele repetiu. Eu perguntei: eh, menino, o que é? *Baas*, nós vamos atrás de diamantes. Eu falei: diamantes! Ora, então, vocês estão indo na direção errada, vocês deveriam ir para os Campos de Diamante. E ele: *baas*, já ouviu falar no *berg* de Solimão? Ou seja, as Montanhas de Solimão, Sir Henry. Respondi que sim. E ele: já ouviu falar dos diamantes que tem lá? Falei: ouvi falar de uma história boba, Jim. Não é história, *baas*. Uma vez conheci uma mulher que veio de lá e chegou a Natal com a criança dela, ela me contou. Já morreu agora. Falei: Jim, teu patrão vai virar comida para os *assvögels*, isto é, os abutres, se ele tentar alcançar a terra de Solimão, e você também, se eles conseguirem tirar algum naco dessa tua carcaça velha sem valor. Ele sorriu: talvez, *baas*. Um homem tem que morrer. Prefiro ao menos tentar eu mesmo uma terra nova; os elefantes estão acabando por aqui. Falei: ah, meu garoto, espera até o velho Cavaleiro Pálido pôr as mãos na tua garganta amarela, e então veremos que tipo de canção você cantará. Meia hora depois disso, eu vi a carroça de Neville partir, e então, Jim voltou correndo. Ele disse: adeus, *baas*, não quis partir sem me despedir de você, pois me arrisco a dizer que você está correto, e que nunca viajaremos para o sul outra vez. Eu perguntei: o teu patrão vai mesmo para o *berg* de Solimão, Jim, ou você está mentindo? Não, ele está indo, me respondeu. Ele me disse que está destinado a fazer fortuna de algum modo, ou tentar, então ele vai se arriscar com os diamantes. Falei: ah! Espere um pouco, Jim, você pode levar um recado para seu mestre, Jim, e me prometer que não lhe entregará antes que alcancem Inyati? Isso ficava a algumas centenas de quilômetros adiante. Ele disse: sim, *baas*. Então peguei um pedaço de papel e escrevi nele: "Que aquele que vier... escale a neve no seio esquerdo de Sabá, até que alcance o bico, em cuja banda norte está a Grande Estrada de Salomão". E falei: agora, Jim, quando entregar isso para o teu patrão, diga-lhe que é melhor ele seguir essas instruções ao pé da letra. Você não deve dar--lhe isto agora, pois não quero que ele volte me fazendo perguntas que não quero responder. Agora vai, seu indolente, que a carroça já está quase a perder de vista. E o Jim pegou o bilhete e partiu, e isso é tudo o que sei a respeito de seu irmão, Sir Henry, mas temo que...

— Sr. Quatermain — disse Sir Henry —, eu vou atrás de meu irmão, eu vou rastreá-lo até as Montanhas de Solimão e além, se necessário, até encontrá-lo, ou até que eu saiba que ele está morto. O senhor viria comigo?

Sou, como acho que já disse, um homem cauteloso, um tímido na verdade, e essa sugestão me assustou. Pareceu-me que assumir tal jornada seria partir para a morte certa, e à parte outras considerações, já que eu tinha filho para sustentar, eu não podia me dar ao luxo de morrer logo agora.

— Não, obrigado, Sir Henry, acho que prefiro não — respondi. — Estou velho demais para caças ao tesouro desse tipo, e nós apenas acabaríamos como meu pobre amigo Silvestre. Tenho um filho que depende de mim, então não posso arriscar minha vida de modo leviano.

Tanto Sir Henry quanto o capitão Good pareceram bastante desapontados.

— Sr. Quatermain — disse o primeiro —, sou um homem de posses e estou decidido nesse assunto. O senhor pode colocar como remuneração por seus serviços o valor que quiser, e eu lhe pagarei antes de começarmos. Mais ainda, farei arranjos para que, no caso de qualquer infortúnio que aconteça conosco ou com o senhor, seu filho seja adequadamente compensado. O senhor verá, por esta oferta, o quanto creio que sua presença seja necessária. E também, se por acaso viermos a alcançar esse local, e encontrar diamantes, eles pertencerão igualmente ao senhor e a Good. Eu não quero eles. Mas claro que essa promessa não valeria nada, se o mesmo não se aplicasse a qualquer marfim que venhamos a pegar. O senhor pode muito bem estabelecer suas próprias condições comigo, sr. Quatermain, e é claro que pagarei todas as despesas.

— Sir Henry — falei —, essa é a proposta mais liberal que já recebi, e uma que não pode ser desdenhada por um pobre caçador mercante. Mas o serviço é o maior que já cruzou meu caminho, e preciso de um tempo para pensar a respeito. Eu lhe darei minha resposta antes de chegarmos a Durban.

— Muito bem — respondeu Sir Henry.

Então eu disse boa-noite e me recolhi, e sonhei com o pobre e há muito falecido Silvestre e os diamantes.

3.
Umbopa entra para nosso serviço

Leva-se de quatro a cinco dias, dependendo da velocidade da embarcação e se faz tempo bom ou ruim, para ir do Cabo a Durban. Às vezes, se o desembarque está muito ruim em East London,[1] onde eles ainda não fizeram aquele maravilhoso porto de que tanto falam, e que já custou uma fábula, um navio é atrasado por vinte e quatro horas antes que os barcos de carga consigam retirar a mercadoria. Mas nessa ocasião não precisamos esperar muito, pois não havia rebentação forte, por assim dizer, e os rebocadores já vieram trazendo atrás de si aquela longa fileira de feios barcos de fundo chato, onde a carga era atirada com estrépito. Não importava o que fosse, eles iam jogando; fosse o conteúdo lã ou porcelana, recebia o mesmo tratamento. Eu vi um caixote levando quatro dúzias de garrafas de champanhe feitas em pedaços, e lá ficou o champanhe espumando e borbulhando no fundo daquele barco de carga imundo. Era um desperdício pérfido, e evidentemente foi o que pensaram os *cafres* no barco, pois encontraram um par de garrafas intactas e, cortando fora o gargalo, beberam o conteúdo. Mas eles não tinham contado com a expansão causada pela efervescência do vinho e, sentindo-se meio zonzos, ficaram rolando no fundo do barco, clamando que a bebida estava *thakati* — ou seja, enfeitiçada. Falei com eles pela amurada e disse-lhes que era o remédio mais forte do homem branco e que eles já estavam praticamente mortos. Aqueles *cafres* foram à terra muito assustados, e não creio que tocarão em champanhe outra vez.

Bem, no tempo em que nos dirigíamos para Natal, fiquei pensando sobre a oferta de Sir Henry Curtis. Não tocamos mais no assunto por um dia ou dois, ainda que eu tenha lhes contado muitos causos de caçadas, todos verdadeiros. Não há por que contar mentiras sobre caçadas, pois muitas coisas curiosas acontecem no entendimento de um homem cujo ramo é a caça. Mas isso é outra história.

Por fim, numa bela tarde de janeiro, que é o nosso mês mais quente, passávamos já pela costa de Natal, esperando alcançar a entrada do porto de Durban ao entardecer. É um litoral adorável por toda East London, com suas dunas avermelhadas e seus rasgos de verde vívido, pontuados aqui e ali pelos *kraals* dos *cafres* e margeados por uma faixa de rebentação branca, que espirra em pilares de espuma onde alcança as rochas. Mas logo antes de se chegar a Durban, há uma riqueza peculiar na paisagem. Há *kloofs*[2] agudos talhados nas colinas por séculos de chuvas, onde os rios brilham; há o verde profundo da mata, crescendo como Deus plantou, e os outros verdes dos jardins de milho e dos canteiros de cana, enquanto vez que outra uma casa branca, sorrindo para o mar plácido, dá um remate e confere um ar doméstico à cena. Na minha cabeça, por mais bonita que uma paisagem seja, ela requer a presença humana para ficar completa, mas talvez isso seja porque vivi muito tempo nesses sertões e sei, portanto, o valor da civilização, embora com certeza espante a caça. O Jardim do Éden, sem dúvida, era bonito antes do Homem, mas sempre pensei que deve ter ficado mais bonito quando ganhou Eva por adorno.

Voltando ao assunto, erramos um pouco o cálculo, e o sol já estava bem baixo antes de ancorarmos no porto e escutarmos o tiro que anunciava à boa gente de Durban que o correio inglês havia chegado. Estava muito tarde para que se pensasse em entrar na barra naquela noite, então fomos jantar tranquilamente, após vermos o correio ser despachado nos botes salva-vidas.

Quando subimos de novo ao convés, a lua já havia saído, e brilhava tanto sobre o mar e a costa que quase empalidecia os grandes e rápidos lampejos do farol. Da costa, vinham odores doces e temperados que quase me faziam lembrar de cânticos e missionários, e nas janelas das casas no morro do Berea brilhava uma centena de luzes. De um grande brigue que estava por perto vinha também a música dos marinheiros, enquanto trabalhavam levantando a âncora para se prepararem para os ventos. De modo geral, era uma noite perfeita, o tipo de noite que às vezes você vê no Sul da África, e lançou um manto de paz sobre todos enquanto a lua lançava um manto de prata sobre tudo. Até mesmo o grande buldogue, que pertencia a um passageiro esportista, parecia se render à sua influência gentil, e esquecendo-se de sua ânsia de se aproximar do babuíno no castelo de proa, roncou alegre à porta da cabine, sem dúvida sonhando que havia acabado com ele, e feliz em seu sonho.

Nós três — ou seja, Sir Henry Curtis, capitão Good e eu — saímos e nos sentamos perto da roda, e ficamos quietos por algum tempo.

— Bem, sr. Quatermain — disse Sir Henry, enfim —, o senhor tem pensado em minhas propostas?

— Sim — o capitão Good concordou —, o que acha delas, sr. Quatermain? Espero que o senhor nos dê o prazer de sua companhia até as minas de Salomão, ou para onde quer que o cavalheiro que o senhor conheceu como Neville tenha ido parar.

Eu me levantei e bati o cachimbo antes de responder. Não havia fechado questão e queria um momento adicional para me decidir. Antes que o tabaco queimado caísse no mar, decidi; aquele segundo a mais fez seu efeito. Em geral, isso acontece quando você fica pensando em alguma coisa por muito tempo.

— Sim, cavalheiros — falei, sentando-me outra vez —, eu irei, e com sua permissão lhes direi o motivo e sob quais condições. Antes, os meus termos. Primeiro, o senhor irá cobrir todas as despesas, e qualquer marfim ou itens de valor que venhamos a conseguir será dividido entre mim e o capitão Good. Segundo, que o senhor me dê quinhentas libras pelos meus serviços na viagem antes de começarmos, eu me comprometo a servi-lo fielmente até que o senhor decida abandonar essa empreitada, ou até que tenhamos sucesso, ou que a desgraça recaia sobre nós. Terceiro, que antes de viajarmos o senhor deixe um testamento comprometendo-se, no caso de minha morte ou invalidez, a pagar a meu menino Harry, que está estudando medicina lá em Londres, no Hospital Guy, a soma de duzentas libras durante cinco anos, ao termo dos quais ele será capaz de ganhar a vida por si próprio, se ele valer o sal que come. Isso é tudo, acho, e ouso dizer que o senhor também terá o que expor.

— Não — respondeu Sir Henry —, aceito tudo com alegria. Estou inclinado a esse projeto e pagaria mais do que isso por sua ajuda, considerando os conhecimentos peculiares e exclusivos que o senhor possui.

— Então que pena que não pedi mais, mas não vou voltar atrás na minha palavra. E agora que já dei minhas condições, direi ao senhor os motivos que me fizeram aceitar partir. Antes de tudo, cavalheiros, tenho observado ambos os senhores pelos últimos dias, e se não acharem que é impertinência minha, direi que gosto dos senhores e acredito que juntos iremos suportar bem a canga. Isso já é alguma coisa, deixe-me dizer, quando se tem uma longa jornada como essa pela frente. E agora, quanto à jornada em si, eu lhes digo sem rodeios, Sir Henry e capitão Good, que não creio que seja provável que consigamos sair dessa com vida, isto é, se tentarmos cruzar as Montanhas de Solimão. Qual foi o destino do velho d. Silvestra trezentos anos atrás? Qual foi o destino de seu descendente vinte anos atrás? Qual foi o destino de seu irmão? Digo-lhes com franqueza, cavalheiros, que assim como foi o destino deles, acredito que será o nosso.

Fiz uma pausa para ver o efeito de minhas palavras. O capitão Good pareceu um pouco desconfortável, mas o rosto de Sir Henry não mudou.

— Temos que correr o risco — ele disse.

— Os senhores talvez se perguntem — continuei — por que, se penso isso, eu, que sou, como lhes disse, um homem tímido, deveria assumir tal jornada. É por dois motivos. Primeiro que sou um fatalista e acredito que a minha hora vai chegar independente do que eu faça ou da minha vontade, e se devo ir às Montanhas de Solimão para ser morto, devo ir para lá e ser morto. O Deus Todo-Poderoso, sem dúvida, já se decidiu quanto a mim, então não preciso me preocupar a esse respeito. Segundo, que sou um homem pobre. Por quase quarenta anos tenho caçado e negociado, mas nunca ganhei mais que o necessário para sobreviver. Bem, cavalheiros, não sei se estão cientes de que a expectativa de vida média de um caçador de elefantes, a partir do momento em que ele entra no ramo, é de quatro ou cinco anos. Então vejam só que já vivi por umas sete gerações depois da minha turma, o que me leva a pensar que minha hora não está muito longe, de todo modo. Agora, se alguma coisa acontecer comigo no decorrer dos negócios, até que minhas dívidas sejam pagas não sobraria nada para ajudar meu filho Harry, enquanto ele se encaminha para ganhar a vida, ao passo que, agora, ele fica garantido por cinco anos. Resumindo, isso é tudo.

— Sr. Quatermain — disse Sir Henry, que vinha me olhando com muita seriedade —, seus motivos para entrar num empreendimento que o senhor acredita que só pode acabar em tragédia se voltam com muito crédito ao senhor. O senhor esteja correto ou não, é claro que só o tempo e a ocasião irão dizer. Mas esteja certo ou errado, posso já lhe dizer agora que pretendo seguir até o fim, seja este fim doce ou amargo. Se a vida for nos levar a nocaute, tudo o que tenho a dizer é que ao menos espero que tenhamos uma boa caçada antes, não é, Good?

— Sim, sim — disse o capitão. — Nós três fomos acostumados a encarar o perigo, e segurar nossa vida com nossas próprias mãos de várias formas, então de nada serve recuar agora. E agora voto por descermos até o salão e dar uma olhada nos astros só por via das dúvidas, vocês sabem. — E foi o que fizemos — através do fundo de um copo.

No dia seguinte desembarcamos, e hospedei Sir Henry e o capitão Good na cabaninha que construí no Berea e que chamo de minha casa. Há apenas três cômodos e uma cozinha nela, e é feita de tijolos verdes com um teto de ferro galvanizado, mas há um bom jardim e nele estão as melhores nespereiras que conheço e alguns novos pés de manga, dos quais espero belas coisas. Foram um presente do curador do jardim botânico. São cuidados por um velho caçador meu, chamado Jack, cuja coxa ficou tão arruinada por um búfalo na terra dos Sekhukhunes que ele nunca irá caçar outra vez. Mas ele consegue fazer pequenos serviços de jardinagem, sendo griqua[3] de berço. Você nunca convenceria um zulu a se interessar por jardinagem. É uma arte pacífica, e artes pacíficas não são o ramo deles.

Sir Henry e Good dormiram numa tenda erguida no meu pequeno bosque de laranjeiras ao final do jardim, pois não havia espaço para eles na casa, e com o aroma das laranjeiras em flor e a visão do verde e das frutas douradas — em Durban você vê as três coisas juntas na árvore —, ouso dizer que é um lugar suficientemente agradável, pois temos poucos mosquitos em Berea, a não ser que aconteça de cair uma chuva mais forte que o normal.

Bem, continuando — pois se eu não fizer isso, Harry, você vai ficar cansado da minha história antes mesmo que alcancemos as Montanhas de Solimão —, tendo uma vez me decidido a ir, me pus a fazer os preparativos necessários. Primeiro, garanti o testamento de Sir Henry, provendo para você, meu filho, no caso de acidentes. Houve alguma dificuldade em sua execução legal, pois Sir Henry era um estranho ali, e a propriedade a ser cobrada fica além-mar, mas por fim foi tudo resolvido com a ajuda de um advogado, que cobrou vinte libras pelo serviço — preço que achei um ultraje. Então embolsei meu cheque de quinhentas libras.

Tendo feito esse tributo ao meu "calombo da precaução",[4] comprei um carroção e um rebanho de bois, em nome de Sir Henry, que eram uma beleza. Era um carroção de seis metros com eixos de ferro, bem forte, muito leve, e feito de madeira de ocotea; não muito novo, já tendo ido e voltado dos Campos de Diamante, mas, em minha opinião, é até melhor assim, pois se podia ver que a madeira fora bem temperada. Se houver algo para quebrar num carroção, ou se houver madeira verde nele, vai aparecer na primeira viagem. Esse veículo em particular era o que a gente chamava uma carroça "meia-tenda", ou seja, coberta apenas na metade traseira, deixando a parte da frente livre para as necessidades que precisássemos carregar conosco. Nessa parte traseira havia um "catre" ou cama, no qual duas pessoas poderiam dormir, e também suspensões para os rifles e muitas outras conveniências. Dei cento e vinte e cinco libras por ele e acho que saí ganhando.

Então eu trouxe um belo rebanho de vinte bois zulus, em que eu estava de olho havia um ano ou dois. Dezesseis bois é o número normal para um rebanho, mas levei quatro a mais em caso de morrer algum. Esse gado zulu é pequeno e leve, não mais do que metade do tamanho do gado africâner, que costuma ser usado para fins de transporte. Mas eles resistem quando o africâner já está morrendo à míngua, e com uma carga moderada podem fazer até oito quilômetros por dia, sendo mais rápidos e não tão propensos a ficar com as patas doloridas. E, o que é melhor, esse rebanho já havia sido "salgado", ou seja, eles haviam trabalhado por toda a África do Sul, e assim haviam ficado imunes, falando por comparação, contra o mal da "água vermelha",[5] que com tanta frequência destrói rebanhos inteiros de gado quando eles vão para novas pastagens, ou *veld*. Quanto ao "mal dos pulmões",[6] que é uma forma horrível de pneumonia, muito presente nessa terra, já haviam sido todos inoculados contra o mal. Isso é feito abrindo-se um corte no rabo do boi e prendendo um pedaço do pulmão afetado de um animal que tenha morrido da doença. O resultado é que o gado adoece, pega a moléstia numa forma mais branda, o que faz cair o rabo, via de regra cerca de trinta centímetros a partir da raiz, e se torna resistente contra futuros ataques. Parece cruel privar o animal de seu rabo, especialmente numa terra onde há tantas moscas, mas é melhor sacrificar o rabo e manter o boi do que perder tanto o boi quanto o rabo, até porque um rabo sem um boi não serve para muita coisa, exceto espanar a poeira. Fica parecendo que a natureza cometeu algum erro frívolo e botou o enfeite traseiro de um monte de buldogues premiados no lombo do gado.

A seguir veio a questão de provisões e remédios, uma que necessitava da mais cuidadosa consideração, pois o que precisávamos era evitar sobrecarregar o carroção e ainda assim levar tudo o que fosse necessário. Por sorte, aconteceu que Good é um pouco médico, tendo em algum ponto de sua carreira anterior passado por um curso de treinamento médico e cirúrgico, que ele mais ou menos lembrava. Claro que não é qualificado, mas ele sabe mais do que muita gente que escreve "doutor" antes do nome, como descobrimos depois, e possuía um esplêndido baú médico de viagens e um conjunto de instrumentos. Enquanto estávamos em Durban, ele cortou o dedão de um *cafre* de um jeito que foi uma beleza de ver, mas ficou desconcertado quando o *cafre*, que ficou sentado impassível observando a operação, lhe pediu que colocasse outro no lugar, dizendo que "um dedo branco" servia, na falta de outro.

Assim ficamos, quando essas questões foram resolvidas de modo satisfatório, com mais dois pontos importantes a ser considerados, a constar, a questão das armas e dos criados. Quanto às armas, não posso fazer melhor do que dizer a lista daquelas que enfim escolhemos dentre o amplo carregamento que Sir Henry havia trazido com ele da Inglaterra, e daquelas que eu possuía. Copio de minha caderneta, onde anotei na ocasião.

"Três rifles de elefante de cano duplo, com carregamento pela culatra, pesando cerca de seis quilos cada, para carregar uma carga de quarenta gramas de pólvora negra." Dois desses eram de uma bem conhecida firma inglesa, fabricantes dos melhores, mas o meu, que não é tão bem-acabado, não sei quem fez. Eu o usei em várias viagens e acertei uma boa quantidade de elefantes com ele, e sempre se provou uma arma muito superior, do tipo em que se pode confiar.[7]

"Três carabinas expressas, cartucho 500 de cano duplo, feito para aguentar uma carga de vinte e dois gramas", uma doçura, e admirável para caça de médio porte, como elandes e palancas-negras, ou para pessoas, especialmente em campo aberto e com balas semiocas.[8]

"Uma espingarda dupla de guarda-caça nº 12, fogo central, estranguladores em ambos os canos." Essa arma depois se mostrou das mais úteis para nós, para caçar carne para a panela.[9]

"Três rifles de repetição Winchester (não são carabinas), armas reserva."

"Três revólveres Colt de ação simples, com cartuchos pesados, no padrão americano."

Essa era a soma de nossos armamentos, e sem dúvida o leitor irá perceber que as armas de cada classe eram do mesmo fabricante e calibre, de modo que a munição fosse intercambiável, uma questão muito importante. Não peço desculpas por descrever tudo em detalhes, já que todo caçador experiente saberá o quão vital é para o sucesso de uma expedição ter um suprimento de armas e munições adequado.

Agora, quanto aos homens que iriam conosco, discutimos bastante e enfim decidimos que seu número deveria ser limitado a cinco: um condutor, um boiadeiro e três criados.

O condutor e o boiadeiro encontrei sem grandes dificuldades, dois zulus, chamados respectivamente Goza e Tom. Já os criados se mostraram uma questão mais difícil. Era necessário que eles fossem homens de coragem e plenamente confiáveis, já que num negócio desse tipo nossa vida poderia depender de sua conduta. Por fim arranjei dois, um hotentote[10] chamado Ventvögel, ou "pássaro", e um rapazinho zulu chamado Khiva, que tinha o mérito de falar inglês perfeitamente. O Ventvögel eu já conhecia, ele era um dos melhores "farejadores", ou seja, rastreadores de caça, com que já lidei, e firme como corda de cânhamo. Parecia incansável. Mas ele tinha um ponto fraco, bem comum em sua raça, que era a bebida. Houvesse uma garrafa de gim por perto, não se podia confiar nele. Contudo, como estávamos indo para além da região das tavernas, essa pequena fraqueza dele não importava tanto.

Tendo garantido esses dois homens, procurei em vão por um terceiro que se adequasse ao meu propósito, então decidimos começar sem um, confiando na sorte para encontrar o homem adequado pelo nosso caminho terra adentro. Mas, por uma casualidade, na tarde anterior ao dia que marcamos para nossa partida, o zulu Khiva nos informou que um *cafre* estava esperando para me ver. Desse modo, quando jantávamos, pois estávamos à mesa nessa hora, eu disse para Khiva trazê-lo. Foi assim que entrou um homem alto e bonitão, com algo em torno de trinta anos, de pele pouco escura para um zulu, e erguendo seu cajado como saudação, se acocorou num canto e ficou em silêncio. Por algum tempo, fingi que não o havia percebido, pois seria um grande erro fazê-lo. Se você começar sem demora uma conversa, um zulu pode pensar que você é uma pessoa de pouca dignidade ou importância. Observei, contudo, que ele era um *keshla* ou um homem anelado, isto é, ele usava na cabeça um anel negro, feito de uma espécie de goma lustrada com gordura e fixado no cabelo, que os zulus em geral passam a ostentar quando atingem certa idade ou posição. Além disso, percebi que seu rosto me era familiar.

— Bem — falei enfim —, qual é seu nome?

— Umbopa — respondeu o homem, numa voz lenta e grave.

— Eu já vi seu rosto antes.

— Sim. Meu pai *inkosi* viu meu rosto no local da Pequena Mão — ele se referia a Isandlwana — no dia anterior à batalha.[11]

Então lembrei. Fui um dos guias de lorde Chelmsford naquela desafortunada Guerra Zulu, e tive a boa sorte de sair do acampamento encarregado de algumas carroças no dia anterior à batalha. Enquanto eu aguardava o gado desempacar, me pus a conversar com esse homem, que possuía algum pequeno comando sobre os nativos das tropas auxiliares, e ele expressou para mim suas dúvidas quanto à segurança do acampamento. Na ocasião eu lhe disse para manter a boca fechada e deixar tais assuntos para cabeças mais sábias. Mas depois pensei em suas palavras.

— Eu lembro — falei —, o que você quer?

— É assim, Macumazahn — este é meu nome *cafre* e significa "o homem que fica de pé no meio da noite", ou, em inglês vulgar, aquele que mantém os olhos abertos —, escutei que você irá numa grande expedição longe ao norte, com os chefes brancos de além-mar. Isso é verdade?

— É sim.

— Escutei que você irá até o rio Lukanga, a uma lua de distância além da terra dos Manica. É assim também, Macumazahn?

— Por que pergunta para onde vamos? O que isso importa para você? — perguntei suspeitoso, pois os objetivos de nossa jornada haviam sido mantidos em segredo.

— É assim, ó brancos, que se de fato viajarão tão longe, eu viajarei com vocês.

Havia certa dignidade presumida no modo de falar do homem e especialmente no modo como usou as palavras "ó brancos" em vez de "ó *inkosis*", ou chefes, que me chamou a atenção.

— Está esquecendo um pouco seu lugar — falei. — Você fala de modo imprudente. Esse não é o modo de falar. Qual é seu nome e onde é seu *kraal*? Diga-nos, para que saibamos com quem estamos lidando.

— Meu nome é Umbopa. Sou do povo zulu, ainda que não seja um deles. A casa de minha tribo é longe ao norte. Foi deixada para trás quando os zulus vieram para cá "há milhares de anos", muito antes de Shaka reinar na Zululândia. Eu não tenho *kraal*. Vaguei por muitos anos. Vim do norte ainda criança para Zululândia. Fui homem de Cetshwayo[12] no regimento Nkomobakosi, lá servindo sob comando do grande capitão, Umslopogaasi do Machado,* que ensinou minhas mãos a lutar. Depois, fugi de Zululândia e vim para Natal porque queria conhecer os costumes dos brancos. Depois lutei contra Cetshwayo na guerra. Desde então, tenho trabalhado em Natal. Agora estou cansado e iria para o norte outra vez. Aqui não é meu lugar. Não quero dinheiro, mas sou homem de bravura, e faço valer meu lugar e minha comida. E tenho dito.

Fiquei um tanto intrigado com esse homem e seu modo de falar. Para mim seu comportamento deixava evidente que no principal ele dizia a verdade, mas algo nele parecia diferente da leva comum de zulus, e eu desconfiei um tanto de sua

---

* Para a história de Umslopogaasi e seu machado, o leitor deverá buscar as obras intituladas *Allan Quatermain* e *Nada, o lírio*. [N. E.]

proposta de vir conosco sem pagamento. Estando numa posição difícil, traduzi suas palavras para Sir Henry e Good e perguntei suas opiniões.

Sir Henry disse-me para pedir a ele que ficasse de pé. Umbopa fez isso, ao mesmo tempo despindo-se da longa casaca militar verde que vestia e revelando-se nu exceto pela tanga que usava na cintura e pelo colar de garras de leão. Certamente era um homem de aparência magnífica, nunca vi nativo mais bem-apessoado. Com cerca de um metro e noventa, era largo em proporções e muito atlético. Sob essa luz, também, sua pele parecia pouco mais do que escura, exceto aqui e ali onde profundas cicatrizes negras marcavam velhas feridas de azagaia. Sir Henry andou ao redor dele e olhou para seu rosto belo e orgulhoso.

— Eles fazem um bom par, não fazem? — disse Good. — Um maior que o outro.

— Gosto de sua aparência, sr. Umbopa, e o tomarei como meu criado — disse Sir Henry, em inglês.

Umbopa evidentemente o compreendeu, pois respondeu em zulu:

— Está bom. — E então acrescentou, com um olhar para a grande estatura e largura do branco: — Somos homens, tu e eu.

4.
Uma caçada de elefantes

Agora, não vou me propor a narrar por completo todos os incidentes de nossa longa viagem até o Kraal de Sitanda, perto de onde os rios Lukanga e Kalukew se encontram. Foi uma jornada de milhares de quilômetros desde Durban, dos quais os últimos trezentos ou mais tivemos que fazer a pé, devido à frequente presença da terrível mosca tsé-tsé,[1] cuja mordida é fatal a todos os animais, exceto homens e jumentos.

Deixamos Durban no fim de janeiro, e foi na segunda semana de maio que acampamos perto do Kraal de Sitanda. Nossas aventuras foram muitas e variadas, mas do tipo que recaem sobre qualquer caçador africano — com uma exceção a ser aqui detalhada —, e não as escreverei aqui, ou deixaria esta narrativa muito cansativa.

Em Inyati, a feitoria mais afastada na terra dos matabeles, e onde Lobengula (um patife cruel)[2] é rei, nos despedimos de nosso carroção com muito pesar. Apenas doze bois permaneciam conosco, da bela vintena que eu trouxera de Durban. Um, nós perdemos para uma picada de cobra, três haviam perecido de "pobreza" e da falta de água, um se perdeu, e outros três morreram por terem comido a erva venenosa chamada "tulipa".[3] Outros cinco adoeceram por causa disso, mas conseguimos curá-los com doses de uma infusão feita de uma fervura das folhas de tulipas. Se administrado a tempo, esse é um antídoto muito eficiente.

O carroção e o gado nós deixamos sob cuidados imediatos de Goza e Tom, o condutor e o boiadeiro, ambos garotos de confiança, pedindo a um valoroso missionário escocês que vive nesse lugar afastado para ficar de olho neles. Então, acompanhados de Umbopa, Khiva e Ventvögel, e meia dúzia de carregadores que contratamos no local, partimos a pé nessa nossa missão louca. Lembro que estávamos todos um pouco quietos na ocasião dessa partida, e acho que cada um de nós estava se perguntando se algum dia veríamos nosso carroção outra vez; da minha parte, eu não tinha essa expectativa. Por algum tempo, avançamos em silêncio, até Umbopa, que marchava à frente, irromper numa canção zulu sobre como homens de coragem, cansados da vida e da monotonia das coisas, partiram para a vastidão selvagem em busca de novidades ou morte, e de como, contemplai!, quando viajaram mui longe nos sertões, descobriram que não era nenhum sertão, mas um belo lugar cheio de jovens esposas e gado gordo, de animais para caçar e inimigos para matar.

Então todos rimos e tomamos aquilo por bom presságio. Umbopa era um selvagem animado, de um modo digno, quando não estava sofrendo de um de seus acessos de melancolia, e ele tinha um dom maravilhoso de manter nosso ânimo. Todos nos afeiçoamos bastante a ele.

E agora, para a única aventura que irei me dar ao luxo de contar, pois eu amo um bom causo de caçada.

Depois de cerca de quinze dias de caminhada desde Inyati, nos deparamos com uma porção particularmente bonita de terra arborizada e bem irrigada. Os *kloofs* nas colinas eram cobertos de mato denso, mato "indola" como os nativos chamam, e em alguns lugares, com os *wag-n-bietjie* ou "espinho espera--um-pouco", e havia grandes quantidades da adorável árvore "machabela", repleta de frutos amarelos refrescantes com sementes enormes. Essa árvore é a comida favorita dos elefantes, e não eram poucos os sinais de que esses brutamontes estiveram por perto, pois não apenas seus rastros eram frequentes, mas em muitos lugares as árvores estavam quebradas ou até mesmo derrubadas com raízes expostas. O elefante é um comilão destrutivo.

Numa tarde, após um longo dia de caminhada, chegamos a um local de grande beleza. Aos pés de uma colina tomada de mato, havia o leito seco de um rio, no qual, contudo, achavam-se laguinhos de água cristalina, pisoteados ao redor com pegadas de caça. Defronte a essa colina havia uma planície que era como um parque, onde cresciam grandes capões de mimosas de copa chata, pontuadas por ocasionais machabelas de folhas grossas, e em tudo ao redor espraiava-se um mar de silêncio e grama intocada.

Assim que chegamos nessa trilha do leito do rio, de súbito assustamos um tropel de girafas grandes, que galoparam, ou, melhor dizendo, velejaram para longe, naquele seu passo estranho, o rabo enrolado por cima das costas, os cascos batendo feito castanholas. Elas estavam a uns trezentos metros de nós, e assim praticamente fora de alcance de tiro, mas Good, que caminhava à frente e que levava em mãos um expresso carregado com balas sólidas, não resistiu à tentação. Erguendo sua arma, mirou na última, uma novilha. Por uma sorte extraordinária, a bala atingiu em cheio a nuca, arrebentando a coluna vertebral, e aquela girafa caiu rolando sobre as patas feito um coelho. Nunca vi coisa mais curiosa.

— Maldição! — disse Good, e lamento dizer que ele tinha o hábito de usar linguagem forte quando animado, adquirido, sem dúvida, no decorrer de uma carreira náutica. — Maldição! Eu a matei.

— *Ou*, Bougwan! — exclamaram os *cafres*. — *Ou! Ou!*

Eles chamavam Good de "Bougwan" ou Olho-de-Vidro, por causa de seu monóculo.

— Oh, Bougwan! — ecoamos Sir Henry e eu, e daquele dia em diante ficou estabelecida a reputação de Good como um atirador maravilhoso, ao menos entre os *cafres*. Na realidade, ele era bem ruim, mas sempre que ele errava fazíamos vista grossa, em nome daquela girafa.

Tendo designado alguns dos rapazes para cortar o melhor da carne da girafa, nos pusemos a construir um *scherm*[4] perto de um dos laguinhos, a cerca de cem metros à sua direita. Isso é feito cortando-se uma boa quantidade de espinheiros e os empilhando na forma de uma cerca circular. Então o espaço fechado é alisado, e grama seca de tambouki, se houver, é amontoada numa cama no centro, e uma ou mais fogueiras são acesas.

Na hora em que o *scherm* foi terminado, a lua apareceu, e nosso jantar de filé de girafa e tutano assado estava pronto. Como nos deliciamos com esses tutanos, ainda que desse uma trabalheira quebrá-los! Não conheço maior iguaria que tutano de girafa, a não ser que seja coração de elefante, e isso tivemos pela manhã. Comemos nosso jantar simples à luz da lua, parando algumas vezes para agradecer Good por seu tiro maravilhoso. Então, nos pusemos a fumar e contar histórias, e que quadro curioso devíamos ser, tagarelando ali ao redor da fogueira. Eu, com meu cabelo curto grisalho e espetado, e Sir Henry com seus cachos loiros, que estavam ficando um pouco compridos, fazíamos bastante contraste, principalmente porque sou magro, baixo e moreno, com apenas sessenta quilos, e Sir Henry é alto, largo e loiro, pesando cem quilos. Mas talvez o de aparência mais curiosa dos três, levando todas as circunstâncias em consideração, seja o capitão John Good da Marinha Real. Ali estava ele sentado sobre uma mala de couro, parecendo recém-chegado de um dia confortável de tiro ao alvo numa terra civilizada, absolutamente limpo, impecável e bem-vestido. Ele vestia uma casaca de caça de tweed marrom, com o chapéu combinando, e polainas limpas. Como sempre, estava lindamente barbeado, seu monóculo e seus dentes falsos pareciam em perfeita ordem, e por tudo ele me impressionava como o homem mais elegante que jamais vi nos sertões. Até mesmo usava um colarinho, do qual tinha um estoque, feito de guta-percha[5] branca.

— Veja só, eles pesam tão pouco — ele me disse, inocentemente, quando expressei meu assombro com o fato —, e sempre gostei de me portar como um cavalheiro. — Ah! Se ele pudesse prever o futuro e as indumentárias que o aguardavam.

Bem, ali nós três ficamos conversando sob o belo luar e observando os *cafres* alguns metros distantes, fumando sua intoxicante *daccha*[6] de um cachimbo cujo bocal era feito do chifre de um elande, até que um por um eles foram se enrolando em seus cobertores e se puseram a dormir perto do fogo, isto é, todos, exceto Umbopa, que ficava um pouco de parte, queixo repousado sobre a mão, profundamente pensativo. Percebi que ele nunca se misturava muito com os outros *cafres*.

Por fim, das profundezas da mata atrás de nós veio um rugido alto.

— É um leão — falei, e todos nos pusemos de pé para escutar.

Mal começamos a fazer isso, quando do laguinho, a cerca de cem metros, escutamos o trombetear estridente de um elefante. "*Unkungunklovo! Indlovu!*" "Elefante, elefante!", murmuraram os *cafres*, e alguns minutos depois vimos uma sucessão de vastas formas de sombra movendo-se devagar na direção da água perto da mata.

Good saltou de imediato, louco por uma matança, e pensando, talvez, que seria tão fácil matar um elefante quanto fora atirar na girafa, mas eu o peguei pelo braço e o puxei para baixo.

— Não é uma boa ideia — sussurrei. — Deixe-os irem.

— Parece que nós estamos no paraíso da caça. Eu voto por pararmos aqui por um dia ou dois e tentar a sorte com eles — disse Sir Henry, de imediato.

Fiquei um tanto surpreso, pois até então Sir Henry fora sempre favorável a avançar o mais rápido possível, mais especificamente desde que nos certificamos em Inyati que, um ou dois anos antes, um inglês de nome Neville *havia* vendido seu carroção ali e subido terra adentro. Mas suponho que seus instintos de caçador tomaram conta dele por um tempo.

Good embarcou na ideia, pois desejava dar uns tiros naqueles elefantes; e olhe, para falar a verdade, eu também, pois ia contra minha consciência deixar uma manada dessas escapar sem dar uns tirinhos neles.

— Tudo bem, meus queridos — falei. — Acho que precisamos de um pouco de divertimento. E agora vamos nos deitar, que temos que partir pela manhã, e então, talvez, possamos pegá-los quando estiverem se alimentando antes de irem embora.

Os outros concordaram, e nos botamos a fazer os preparativos. Good tirou suas roupas, as chacoalhou, guardou seu monóculo e os dentes falsos no bolso das calças, e dobrando cada peça com cuidado, as deixou ao abrigo do sereno, debaixo de uma dobra de seu lençol de gabardina. Sir Henry e eu nos contentamos com arranjos mais simplórios, e logo estávamos enrolados em nossas cobertas e mergulhando rumo ao sono sem sonhos, que é a recompensa dos viajantes.

Indo, indo, in... o que foi isso?

De repente, da direção da água vieram sons violentos de luta, e no instante seguinte estourou em nossos ouvidos uma sucessão dos mais terríveis rugidos. Não havia erro quanto a sua origem: apenas um leão poderia fazer um som daqueles. Nós todos saltamos de pé e olhamos para a água, na direção da qual vimos um volume confuso, de cor amarela e negra, se debatendo e pelejando na nossa direção. Pegamos nossos rifles, e calçando nossos *veldtschoons*, nossos sapatos de couro cru, saímos correndo do *scherm*. A essa altura aquele volume havia tombado, estava estrebuchando no chão, e quando chegamos ao local ele não mais se debatia, estava imóvel.

Agora víamos o que era. Ali na grama jazia o mais belo de todos os antílopes africanos, uma palanca-negra macho, mortinha, e trespassado por seus chifres grandes e curvos havia um magnífico leão de juba negra, também morto. Evidentemente o que aconteceu foi isso: a palanca-negra veio beber água no laguinho onde o leão — sem dúvida o mesmo que havíamos escutado — estava deitado à espreita. Enquanto a palanca-negra bebia, o leão saltou sobre ela, apenas para ser recebido pelos chifres curvos e pontiagudos e ser trespassado. Uma vez eu já tinha visto algo parecido acontecer. Então o leão, incapaz de se libertar, rasgou e mordeu as costas e o pescoço do antílope que, enlouquecido de medo e dor, saiu correndo até cair morto.

Tão logo havíamos examinado as feras o suficiente, chamamos os *cafres* e cuidamos entre nós de arrastar suas carcaças até o *scherm*. Após isso, entramos e nos deitamos, para não acordar antes do amanhecer.

Nos levantamos com a aurora e nos aprontamos para o combate. Levamos conosco os três rifles de cano duplo, uma boa reserva de munição e nossos cantis grandes, cheios de chá gelado fraco, que sempre achei a melhor coisa para uma caçada. Após engolirmos um desjejum rápido, partimos. Umbopa, Khiva e Ventvögel nos acompanharam. Os outros *cafres* deixamos com instruções para esfolarem o leão e a palanca-negra, e destrinchar este último.

Não tivemos nenhuma dificuldade em encontrar a larga trilha de elefantes, que Ventvögel, após exames, declarou ter sido feita por algo entre vinte e trinta elefantes, a maioria deles machos adultos. Mas a manada havia se mudado para outra direção durante a noite, e eram nove horas, e já estava bastante quente quando, pelas árvores quebradas, folhas e galhos derrubados e dejetos fumegantes, soubemos que não podíamos estar muito longe deles.

Por fim avistamos a manada, que contamos, como Ventvögel havia dito, entre vinte e trinta, parados num descampado, tendo terminado sua refeição da manhã, e balançando suas grandes orelhas. Era uma visão esplêndida, pois estavam a apenas duzentos metros de nós. Pegando um punhado de grama seca, joguei no ar para ver em que direção o vento soprava, pois assim que nos farejassem, eu sabia que estariam longe antes que pudéssemos dar um tiro. Tendo descoberto que soprava dos elefantes para nós, nos arrastamos discretamente, e graças à cobertura conseguimos chegar a vinte metros mais ou menos daquelas grandes feras. Bem à nossa frente, e de lado para nós, estavam três machos esplêndidos, um deles com presas enormes. Sussurrei para os outros que eu pegaria o do meio; Sir Henry cobriria o elefante da esquerda, e Good, o macho com as grandes presas.

— Agora — sussurrei.

Bang! Bang! Bang! Soaram os três rifles pesados, e o elefante de Sir Henry tombou morto feito um martelo, atingido bem no coração. O meu caiu de joelhos e pensei que ele iria morrer, mas no momento seguinte estava de pé e partindo, passando direto por mim. Quando ele passou, esvaziei a segunda carga nas suas costelas, e isso o derrubou de vez. Metendo rapidamente outros dois cartuchos, corri para perto dele, e uma bala no cérebro pôs fim ao sofrimento da pobre fera. Então me voltei para ver como Good havia lidado com o macho grande, que escutei gritando de fúria e dor enquanto eu dava cabo do meu. Ao alcançar o capitão, o encontrei num grande estado de agitação. Parece que, ao receber a bala, o elefante havia se virado e vindo direto para seu atacante, que mal teve tempo de sair do caminho, e seguiu adiante arremetendo às cegas, na direção de nosso acampamento. Enquanto isso, a manada irrompeu assustada no sentido oposto.

Por um tempo debatemos se devíamos ir atrás do macho ferido ou seguir a manada, e por fim decidimos pela última opção e partimos, pensando que havíamos perdido de vista aquelas presas enormes. Desde então, com frequência desejei que tivesse sido assim. Era trabalho fácil seguir os elefantes, pois haviam deixado para trás uma trilha que era como uma estrada de veículos, na sua fuga furiosa derrubando a mata fechada como se fosse grama de tambouki.

Mas alcançá-los era outra história, e sofremos debaixo de um sol fervente por quase duas horas antes de encontrá-los. Com exceção de um macho, eles estavam juntos, e pude ver, por seus modos inquietos e a maneira como ficavam erguendo as trombas para testar o ar, que estavam atentos a perigos. O macho solitário ficou uns cinquenta metros do lado de cá da manada, da qual era evidentemente a sentinela, e a cerca de sessenta metros de nós. Pensando que iria nos ver ou farejar, e que provavelmente iriam disparar de novo se tentássemos chegar mais perto, ainda mais que o terreno era um tanto aberto, nós todos miramos naquele macho, e ao meu sussurro de comando, disparamos. Os três tiros fizeram efeito, e ele caiu morto. Outra vez a manada disparou, mas infelizmente para eles, a cerca de cem metros adiante havia um *nullah*, ou ribeira seca, com margens abarrancadas, um local que lembrava muito aquele onde o Príncipe Imperial foi morto em Zululândia.[7] Nisso os elefantes se atiraram, e quando alcançamos a beira, os encontramos se debatendo numa confusão selvagem para subir a outra margem, preenchendo o ar com seus gritos e trombeteando conforme um empurrava o outro de lado em seu pânico egoísta, igual fazem muitos seres humanos. Agora era nossa oportunidade, e disparando tão rápido quanto podíamos recarregar, matamos cinco dos pobres animais, e sem dúvida teríamos derrubado a manada inteira, se eles não tivessem desistido de repente de subir o barranco e se pusessem a descer apressados o *nullah*. Estávamos muito cansados para segui-los, e talvez um pouco enjoados da matança, oito elefantes estando de bom tamanho para um dia.

Então depois de descansarmos um pouquinho, e os *cafres* terem cortado os corações de dois dos elefantes mortos para o jantar, iniciamos nosso retorno, muito satisfeitos com nosso dia de trabalho, tendo nos decidido a enviar os carregadores na manhã seguinte para pegar as presas.

Pouco após termos passado pelo ponto onde Good havia ferido aquele macho patriarcal, passamos por um rebanho de elandes, mas não atiramos neles, já que tínhamos bastante carne. Eles passaram trotando por nós, e então pararam atrás de uma pequena faixa de mato afastada cerca de cem metros, virando para olhar para nós. Como Good estava ansioso para ter uma visão melhor deles, nunca tendo visto um elande de perto, ele entregou seu rifle para Umbopa e, seguido por Khiva, caminhou na direção da faixa de mato. Nos sentamos esperando por ele, sem lamentar uma desculpa para descansar um pouco.

Naquele instante o sol baixava em sua glória mais rubra, e Sir Henry e eu estávamos admirando aquela cena adorável, quando de súbito escutamos um grito de elefante, e vimos sua forma imensa e impetuosa com o rabo e a tromba erguidos silhuetada contra o imenso globo ardente do sol. No segundo seguinte vimos algo mais, e isso foi Good e Khiva vindo na nossa direção com o macho ferido — pois era ele — arremetendo atrás deles. Por um momento não ousamos abrir fogo, e de qualquer modo daquela distância de pouco nos serviria tê-lo feito, por medo de atingir um deles, e em seguida uma coisa horrível aconteceu: Good caiu vítima de sua paixão por vestimentas civilizadas. Tivesse ele consentido em descartar suas calças compridas e polainas como o resto de nós, e a caçar com uma camisa de flanela e um par de *veldtschoons*, estaria tudo bem. Mas como estava, suas calças atrapalharam naquela corrida desesperada, e então, quando ele estava a sessenta metros de nós, sua bota, polida pela grama seca, escorregou, e ele caiu de cara ao chão em cheio diante do elefante.

Respiramos fundo, pois sabíamos que ele iria morrer, e corremos tão rápido quanto podíamos na direção dele. Em três segundos havia terminado, mas não como prevíamos. Khiva, o rapaz zulu, viu seu mestre cair, e garoto corajoso que era, virou-se e arremessou sua azagaia bem no rosto do elefante. Acertou em sua tromba.

Com um grito de dor, o bruto alcançou o pobre zulu, arremessou-o para a morte, e colocando uma grande pata no meio de seu corpo, enrolou a tromba ao redor de seu torso e *o rasgou em dois*.[8]

Corremos loucos de horror e disparamos de novo e de novo, até que enfim o elefante caísse sobre os restos do zulu.

Quanto a Good, ele se ergueu e torceu as mãos vendo o bravo homem que havia dado a vida para salvá-lo e, ainda que eu seja macaco velho, senti um nó na garganta. Umbopa ficou contemplando o imenso elefante morto e os restos mutilados do pobre Khiva.

— Ah, bem... — disse então —, ele está morto, mas morreu como homem!

5.
Nossa marcha deserto adentro

Havíamos matado nove elefantes, e levamos dois dias para cortar suas presas, trazê-las para o acampamento e enterrá-las na areia com cuidado, debaixo de uma árvore grande, o que deixou um rastro conspícuo por quilômetros ao redor. Era uma leva de marfim maravilhosamente boa, nunca vi melhor, pelos meus cálculos cada presa tendo em média vinte quilos. As presas do macho grande que matou o pobre Khiva somavam setenta quilos o par, pelo que conseguimos estimar.

Quanto ao próprio Khiva, enterramos o que sobrou dele numa toca de porco-formigueiro,[1] junto de sua azagaia para protegê-lo em sua jornada a um mundo melhor. No terceiro dia marchamos outra vez, esperando viver para voltar e desencavar nosso marfim enterrado, e no devido tempo, após uma andança longa e cansativa, e muitas aventuras que não sobra espaço para detalhar, alcançamos o Kraal de Sitanda, perto do rio Lukanga, o verdadeiro ponto de partida de nossa expedição. Lembro muito bem de nossa chegada naquele local. À direita havia um assentamento nativo esparso, com uns poucos *kraals* de pedra para gado e alguma terra cultivada rio abaixo, onde esses selvagens cultivam seus parcos suprimentos de grãos, e para além espraiavam-se grandes trechos de *veld* ondulantes cobertos de capim alto, sobre os quais havia rebanhos de caça miúda vagando. À esquerda estava o vasto deserto. Esse ponto parecia ser o último entreposto de terra fértil, e seria difícil dizer a que causas naturais se devia uma mudança tão abrupta de natureza do solo. Mas é assim que é.

Logo abaixo de nosso acampamento corria uma pequena nascente de água, em cujo lado mais afastado havia uma encosta pedregosa, a mesma onde, vinte anos antes, eu havia visto o pobre Silvestra se arrastando de volta após sua tentativa de alcançar as Minas de Salomão, e para além dessa encosta começava o deserto seco, coberto por uma espécie de arbusto de *karoo*.

Já entardecia quando montamos nosso acampamento, e a grande esfera solar mergulhava no deserto, enviando gloriosos raios de luz multicor por sobre vastas extensões. Deixando os arranjos de nosso pequeno acampamento aos cuidados de Good, levei Sir Henry comigo, e caminhando até o topo da encosta defronte, olhamos ao longo do deserto. O ar estava bastante limpo, e muito, muito distante eu podia distinguir o leve delinear azulado, aqui e ali coroado de branco, da serra de Solimão.

— Lá — falei. — Lá está a muralha ao redor das Minas de Salomão, mas sabe-se lá Deus se conseguiremos escalá-la.

— Meu irmão deve estar lá, e se estiver, eu o alcançarei de algum modo — disse Sir Henry, naquele tom de confiança calma que marcava o sujeito.

— Assim espero — respondi, e me virei para voltar ao acampamento, quando vi que não estávamos a sós. Atrás de nós, também olhando diretamente na direção das montanhas distantes, estava o grande *cafre* Umbopa.

Assim que viu que eu o observava, o zulu falou dirigindo-se a Sir Henry, a quem ele havia se apegado.

— É para aquela terra que tu vais viajar, Incubu? — disse ele, com uma palavra nativa que significa, acho, elefante, o nome dado a Sir Henry pelos *cafres*, e apontou na direção das montanhas com sua grande azagaia.

Eu lhe perguntei, seco, o que ele queria se dirigindo a seu mestre com tal familiaridade. É aceitável para os nativos darem nomes entre si para alguém, mas não é decente que se dirijam a um homem branco por seu nome gentio na sua frente. O zulu deu uma risadinha que me irritou.

— Como sabes tu que não sou igual ao Inkosi ao qual sirvo? — disse ele. — Ele é de uma casa real, não há dúvida. Pode-se ver pelo seu tamanho e seu olhar. Assim, é provável que eu também seja. Ao menos, como homem sou tão grande quanto. Sê, pois, minha boca, ó Macumazahn, e dize minhas palavras ao Inkoos Incubu, meu amo, pois a ti e a ele eu falarei.

Eu estava irritado com o homem, pois não estou acostumado a que os *cafres* se dirijam a mim nesse tom, mas de algum modo ele me impressionou, e além disso eu estava curioso para saber o que ele teria a dizer. Então traduzi o que disse, ao mesmo tempo expressando minha opinião de que ele era um sujeito petulante e que seu estilo era ultrajante.

— Sim, Umbopa — respondeu Sir Henry —, eu viajarei para lá.

— O deserto é grande e nele não há água, as montanhas são altas e cobertas de neve, e o homem não pode dizer o que jaz para além delas, atrás do local onde o sol se põe; como irás tu chegar lá, Incubu, e para onde irás depois?

Traduzi outra vez.

— Diga-lhe — respondeu Sir Henry — que eu vou porque acredito que um homem de meu sangue, meu irmão, foi para lá antes de mim, e viajo para buscá-lo.

— Foi assim, Incubu: um hotentote que conheci na estrada contou-me que um homem branco partiu para o deserto dois anos atrás, na direção dessas montanhas, com um criado, um caçador. Eles nunca voltaram.

— Como você sabe que era meu irmão? — perguntou Sir Henry.

— Não, eu não sei. Mas o hotentote, quando perguntei como era o homem branco, disse que ele tinha olhos como os teus e uma barba negra. Ele disse, também, que o nome do caçador com ele era Jim, que ele era um caçador bechuana e vestia roupas.

— Não há dúvidas — eu falei —, eu conhecia bem o Jim.

Sir Henry assentiu.

— Tenho certeza disso — falou. — Se George põe na cabeça uma coisa, ele geralmente faz. Foi sempre assim desde menino. Se pretendia cruzar a serra de Solimão, ele a cruzou, a não ser que tenha lhe ocorrido algum acidente, e devemos procurar por ele do outro lado.

Umbopa entendia inglês, ainda que raramente o falasse.

— É uma longa jornada, Incubu — apontou, e traduzi sua observação.

— Sim — respondeu Sir Henry —, é longa. Mas não há jornada neste mundo que o homem não possa fazer se ele põe seu coração nisso. Não há nada, Umbopa, que ele não possa fazer, não há montanhas que não possa escalar, não há desertos que não possa cruzar, salvo a montanha ou o deserto que ele desconhece, se o amor o guia e ele se agarra à própria vida com as mãos sem pedir nada por ela, pronto a mantê-la ou perdê-la se assim os céus desejarem.

Eu traduzi.

— Grandes palavras, meu pai — respondeu o zulu, e eu sempre o chamava de zulu, ainda que em realidade ele não fosse um. — Palavras grandes e inflamadas, próprias a encher a boca dum homem. Está correto, meu pai Incubu. Escuta! O que é a vida? É uma pluma, é a semente da grama, soprada cá e lá, às vezes se multiplica e morre no ato, às vezes é levada embora pelo vento. Mas se a semente for boa e forte, talvez viaje mais longe no caminho que persegue. É bom tentar, e que um homem trilhe sua estrada e lute contra o ar. O homem deve morrer. Na pior hipótese, morre-se um pouco cedo. Irei contigo através do deserto e além das montanhas, a não ser que o acaso me derrube ao chão no caminho, meu pai.

Ele fez uma pausa, e então continuou num desses estranhos jorros de eloquência retórica a que os zulus às vezes se entregam, que a meu ver, ainda que cheios de repetições vãs, demonstram que a raça não é de modo algum desprovida do instinto poético e do poder intelectual.

— O que é a vida? Digam-me, ó homens brancos, que são sábios, que conhecem os segredos do mundo, e do mundo das estrelas, e do mundo que jaz além e ao redor das estrelas, que fazem suas palavras brilhar ao longe sem uma voz.[2] Digam-me, homens brancos, o segredo de sua vida: para onde vai e donde vem! Não podem me responder, sabem que não. Escutem, eu responderei. Da escuridão viemos, para a escuridão iremos. Como um pássaro guiado pela tempestade, voamos saídos de lugar nenhum, por um instante nossas asas são vistas à luz do fogo, e, iô! lá voltamos para lugar nenhum. A vida não é nada. A vida é tudo. É a mão com que agarramos a Morte. É o vagalume que brilha à noite e é preto pela manhã, é o hálito branco do gado no inverno, é a leve sombra que corre por sobre a grama e se perde ao pôr do sol.

— Você é um homem estranho — disse Sir Henry, quando ele parou.

Umbopa gargalhou.

— A mim parece que somos muito semelhantes, Incubu. Talvez *eu* procure um irmão além das montanhas.

Olhei para ele suspeitoso.

— O que quer dizer? — perguntei. — O que sabe sobre essas montanhas?

— Um pouquinho, bem pouquinho. Há uma terra estranha acolá, uma terra de bruxedos e coisas belíssimas. A terra de um povo bravo e árvores e córregos e picos nevados, e de uma grande estrada branca. Eu ouvi falar dela. Mas de que serve a conversa? Está escurecendo. Quem viver, verá.

Outra vez o olhei com suspeitas. O homem sabia demais.

— Não tema a mim, Macumazahn — disse ele, interpretando meu olhar. — Não cavo buracos em que tu possas cair. Não faço tramas. Se algum dia cruzarmos essas montanhas detrás do sol, eu te direi o que sei. Mas a Morte senta sobre elas. Seja esperto e dê meia-volta. Vão e cacem elefantes, meus amos. E tenho dito.

E sem dizer outra palavra, ergueu sua lança em saudação e voltou para o acampamento, onde logo depois o encontramos limpando uma arma como qualquer outro *cafre*.

— Esse é um homem incomum — disse Sir Henry.

— Sim — respondi —, muito incomum para o meu gosto. Não gosto do jeito dele. Ele sabe algo e não vai falar. Mas suponho que de nada serve discutir com ele. Nós embarcamos numa viagem peculiar, e um zulu misterioso não vai fazer muita diferença de um jeito ou de outro.

No dia seguinte fizemos nossos preparativos para iniciar. Claro que era impossível arrastar nossos pesados rifles de elefantes e outros equipamentos conosco pelo deserto; então, dispensando nossos carregadores, fizemos um acordo com um velho nativo que possuía um *kraal* próximo, para tomar conta deles até nosso retorno. Doeu no meu coração deixar coisas como aquelas doces ferramentas à misericórdia de um velho selvagem larápio, cujos olhos cobiçosos eu podia ver brilhando sobre elas. Mas tomei algumas precauções.

Em primeiro lugar recarreguei os rifles, deixando todos com cão puxado, e o informei de que se tocasse neles, iriam estourar. Ele fez o experimento na mesma hora com a minha cano-duplo, e ela disparou abrindo um buraco bem no meio de um dos bois dele, que ele acabara de conduzir ao *kraal*, sem falar que o coice da arma derrubou o homem no chão. Ele se levantou bastante alarmado, e nem um pouco feliz com a perda do boi, pelo qual teve o descaramento de me pedir que pagasse, e nada o faria tocar nas armas outra vez.

— Coloque esses diabos vivos fora do caminho lá no telhado — ele falou — ou vão matar todos nós.

Então eu lhe disse que, quando voltássemos, se estivesse faltando uma daquelas coisas, eu ia matar ele e sua gente com feitiços, e se morrêssemos e ele tentasse roubar os rifles, eu voltaria para assombrá-lo e enlouquecer seu gado e azedar seu leite até que a vida virasse uma miséria, e faria os diabos que viviam nas armas saírem para conversar com ele, de um modo que ele não iria gostar, e lhe dei uma boa ideia do que viria a seguir. Depois disso ele prometeu zelar por elas como se fossem o espírito de seu pai. Ele era um velho *cafre* muito supersticioso e um grande patife.

Tendo assim nos despojado de nosso equipamento sobressalente, preparamos o que cada um dos cinco — Sir Henry, Good, eu, Umbopa e o hotentote Ventvögel — levaria em nossa jornada. A carga era pequena o bastante, mas não importasse o que fizéssemos, não conseguíamos baixar para menos de vinte quilos por homem. Era disso que consistia:

Os três rifles expressos e duzentos cartuchos de munição.

Os dois rifles de repetição Winchester (para Umbopa e Ventvögel) com duzentos cartuchos de munição.

Cinco cantis Cochrane, cada um levando dois litros e meio.

Cinco cobertores.

Onze quilos de *biltong* — ou seja, carne de caça seca.

Quatro quilos e meio de miçangas coloridas para presentes.

Uma seleção de remédios, incluindo trinta gramas de quinino e um ou dois pequenos instrumentos cirúrgicos.

Nossas facas, alguns itens diversos, tais como bússola, fósforos, um filtro de bolso, tabaco, uma enxada, uma garrafa de conhaque e as roupas do corpo.

Esse era nosso equipamento total, pequeno para uma empreitada dessas, mas não ousaríamos carregar mais. Na realidade, o fardo era pesado para um homem atravessar com ele o deserto escaldante, pois em lugares assim cada grama a mais faz diferença. Mas não havia como nos fazer mais leves. Não se levava nada que não fosse absolutamente necessário.

Com grande dificuldade, e com a promessa de serem presenteados com uma boa faca de caça cada um, persuadi com sucesso três nativos esfarrapados do vilarejo a virem conosco no primeiro estágio, trinta quilômetros, e a carregarem uma grande cabaça com um galão de água por cabeça. Meu objetivo era permitir que repuséssemos nossos cantis após a primeira noite de marcha, pois decidimos começar no frescor do entardecer. Eu disse para esses nativos que iríamos caçar avestruzes, que abundavam naquele deserto. Eles tagarelaram e deram de ombros, dizendo que éramos loucos e iríamos morrer de sede, o que, devo dizer, era bem provável. Mas, desejosos de ganhar as facas, que eram um tesouro quase desconhecido ali, eles consentiram em ir, tendo provavelmente refletido que, afinal de contas, nossa consequente extinção não era problema deles.

Por todo o dia seguinte descansamos e dormimos, e ao pôr do sol comemos uma refeição reforçada de carne fresca acompanhada de chá, o último que nós provavelmente beberíamos por muitos dias, como lembrou Good com tristeza. Então, tendo feito nossos preparativos finais, nos deitamos e aguardamos a lua se erguer. Por fim, perto das nove horas, lá veio ela em toda sua glória, inundando a terra selvagem com luz e jogando um manto prateado sobre a extensão do deserto que se abria à nossa frente, que pareceu tão solene e quieta e estranha ao homem quanto o firmamento estrelado acima. Nos levantamos, e em poucos minutos estávamos prontos, e mesmo assim hesitamos um pouco, como é dado à natureza humana hesitar no limiar de um passo irrevogável. Nós três, homens brancos, seguíamos à parte. Umbopa, azagaia em mãos e rifle no ombro, olhava o deserto adiante fixamente, alguns passos à nossa frente, enquanto os nativos contratados, com a cabaça de água, e Ventvögel, vinham amontoados logo atrás.

— Cavalheiros — Sir Henry falou enfim, com sua voz profunda —, estamos embarcando numa jornada tão estranha quanto um homem pode criar nesse mundo. É bem pouco provável que tenhamos sucesso nela. Mas somos três homens que permanecerão juntos pelo bem ou pelo mal até o fim. Agora, antes de começarmos, vamos por um momento orar à Força que molda o destino dos homens, e que há tempos marcou nossos caminhos, para que a Ele agrade guiar nossos passos de acordo com Sua Vontade.

Tirando o chapéu, pelo tempo de um minuto ou mais, ele cobriu o rosto com as mãos, e Good e eu fizemos o mesmo.

Eu não diria que sou um suplicante de primeira, poucos caçadores são, e quanto a Sir Henry, nunca o ouvi falar assim antes, e apenas uma vez desde então, ainda que eu creia que bem lá no fundo de seu coração ele seja bastante religioso. Good também é pio, ainda que inclinado a praguejar. De todo modo não me lembro, exceto por uma única ocasião, de jamais ter feito em minha vida uma oração melhor do que aquela que fiz naquele minuto, e de algum modo me senti feliz por isso. Nosso futuro era completamente desconhecido, e acho eu que o desconhecido e o horrível sempre levam um homem para mais perto de seu Criador.

— E agora — disse Sir Henry —, *trek*!

E assim começamos.

Não tínhamos nada com que nos guiar, exceto as montanhas distantes e o velho mapa de José da Silvestra, que, considerando ter sido desenhado por um homem moribundo e meio perturbado num pedaço de tecido de trezentos anos, não era o tipo de coisa muito satisfatória com que trabalhar. Ainda assim, nossa única esperança de sucesso dependia dele, por pior que fosse. Se falhássemos em encontrar aquele poço de água ruim que o fidalgo português marcou como existente no meio do deserto, a cerca de cem quilômetros de nosso ponto de partida, e o mesmo tanto distante das montanhas, a probabilidade era de que morreríamos miseravelmente de sede. Mas me parecia que as chances de o encontrarmos naquele grande oceano de areia e arbustos de *karoo* eram minúsculas. Mesmo supondo que Silvestra tivesse marcado o poço corretamente, quem poderia dizer que não secara havia gerações, ou fora pisoteado pelos animais, ou então estava agora repleto da areia carregada pelo vento?

Seguimos adiante silenciosos feito sombras através da noite e pelas areias pesadas. Os arbustos de *karoo* nos faziam tropeçar e nos atrasavam, e a areia entrava nos nossos *veldtschoons* e nas botas de caça de Good, de modo que a cada punhado de quilômetros precisávamos fazer uma parada para tirá-la; mesmo assim a noite se mantinha bastante fresca, ainda que a atmosfera fosse densa e pesada, dando uma espécie de sensação cremosa no ar, e fizemos bom progresso. Estava bastante silencioso e solitário lá no deserto, diria até que opressivo. Good também sentiu, e uma hora começou a assoviar "The Girl I Left behind Me",[3] mas as notas soaram lúgubres naquela vastidão, e ele desistiu.

Pouco depois ocorreu um pequeno incidente que, apesar de ter nos deixado alertas na ocasião, acabou virando motivo de risos. Good liderava, responsável como estava pela bússola, pois, sendo marinheiro, é claro que ele manejava muito bem, e estávamos mourejando em fila indiana atrás dele, quando de súbito escutamos um grito, e ele desapareceu. No instante seguinte surgiu ao nosso redor o mais extraordinário burburinho, fungadas, grunhidos e sons selvagens de pés apressados.

À luz fraca, também, podíamos avistar leves silhuetas galopando meio escondidas por sopros de areia. Os nativos largaram suas cargas e se prepararam para sair em disparada, mas lembrando que não havia para onde correr, eles se atiraram ao chão e gritaram que se tratava de fantasmas. Quanto a Sir Henry e a mim, paramos assombrados; nosso assombro não diminuiu quando percebemos a silhueta de Good movendo-se rapidamente no lombo de um cavalo e gritando enlouquecido. No instante seguinte ele jogou os braços para o alto, e o escutamos cair por terra com um baque.

Então vi o que havia ocorrido: trombamos com um rebanho de quagas[4] dormindo, e Good havia caído em cheio nas costas de um, e o animal naturalmente se levantou e saiu correndo com o homem junto. Dizendo aos outros que estava tudo bem, corri na direção de Good, o monóculo ainda preso firmemente no seu olho, um tanto abalado e bastante assustado, mas de modo algum ferido.

Depois disso seguimos viagem sem nenhuma desventura até cerca de uma da madrugada, quando fizemos uma parada, e tendo bebido um pouco de água, não muita, pois água era preciosa, descansamos por uma hora e meia e começamos de novo.

Seguimos adiante, sempre em frente, até que enfim o leste começou a corar como as bochechas de uma menina. Então de lá vieram suaves raios de luz rosada, que mudou enfim para barras douradas, entre as quais a alvorada se esgueirou para o deserto. As estrelas foram esmaecendo mais e mais, até que enfim desapareceram. A lua dourada empalideceu, e seus picos montanhosos despontaram contra seu rosto enfermiço como os ossos na face de um moribundo. Então veio lança atrás de lança de luz brilhando distantes ao longo de sertões sem fim, perfurando e acendendo os véus da névoa, até que o deserto estivesse envolto num brilho dourado trêmulo, e era dia.

Ainda assim não paramos, mesmo que a essa altura tivéssemos ficado felizes de fazer isso, mas sabíamos que tão logo o sol se erguesse totalmente, seria quase impossível para nós viajarmos. Enfim, cerca de uma hora depois, avistamos um pequeno amontoado de penedos erguendo-se da planície e nos arrastamos até ele. Por sorte, ali encontramos um pedaço de rocha se projetando, debaixo do qual havia areia macia, que nos permitiu um muito bem-vindo abrigo do calor. Nos agachamos debaixo dela, e tendo cada um de nós bebido um pouco de água e comido um pouco de *biltong*, nos deitamos e logo estávamos dormindo.

Eram três da tarde quando acordamos, para encontrar nossos carregadores se preparando para voltar. Eles já haviam visto deserto que chegue, e não havia quantidade de facas que os convencesse a dar um passo a mais. Então bebemos fartamente, esvaziando nossos cantis, os enchemos de novo nas cabaças que eles haviam trazido consigo, e os observamos partir em sua caminhada de trinta quilômetros para casa.

Às quatro e meia nós também partimos. Era um trabalho solitário e desolado, pois, com exceção de alguns avestruzes, não se avistava uma única criatura viva em toda a vasta extensão da planície arenosa. Evidentemente estava seco demais para a caça, e com exceção de uma ou duas cobras de aparência mortal, não vimos réptil algum. Um inseto, contudo, encontramos em abundância, e essa era a mosca doméstica comum. E elas vieram, "não só o batedor, veio todo o batalhão",[5] como creio que se diz em algum lugar do Velho Testamento.* É um inseto extraordinário, a mosca doméstica. Vá aonde

---

* Leitores devem tomar cuidado em aceitar as referências do sr. Quatermain como acuradas, como alguns têm feito. Ainda que suas leituras fossem evidentemente limitadas, a impressão que deixaram em sua mente foi confusa. Assim, para ele, o Velho Testamento e Shakespeare eram autoridades intercambiáveis. [N. E.]

for, você a encontrará, e tem sido assim desde sempre. Já a vi presa dentro do âmbar, que, pelo que me disseram, tem meio milhão de anos, parecendo-se exatamente como seus descendentes de hoje, e tenho poucas dúvidas de que quando o último homem cair morto sobre a terra, se isso ocorrer no verão, elas estarão zumbindo ao redor, esperando pela oportunidade de pousar no seu nariz.

Paramos ao pôr do sol, esperando a lua aparecer. Por fim ela veio, linda e serena como sempre, e, com uma parada ali pelas duas da madrugada, nos arrastamos noite adentro, até que enfim o bem-vindo sol pôs um fim ao nosso labor. Bebemos um pouco e nos deitamos na areia, ainda que cansados, e logo estávamos todos dormindo. Não havia necessidade de colocar um vigia, pois não havia nada nem ninguém a temer naquela vasta planície inabitada. Nossos únicos inimigos eram o calor, a sede e as moscas, mas eu teria preferido enfrentar qualquer perigo de homens ou feras do que essa trindade horrível. Dessa vez não tivemos a sorte de encontrar uma pedra como abrigo para nos proteger do brilho do sol, de modo que perto das sete horas acordamos experimentando a exata sensação que se atribuiria a um bife na grelha. Estávamos sendo literalmente cozidos por inteiro. O sol escaldante parecia estar sugando o próprio sangue de nós. Nos sentamos e suspiramos.

— Afe — falei, agarrando um halo de moscas que zumbiam alegremente ao redor da minha cabeça. O calor não parecia estar afetando-as.

— Puxa vida! — disse Sir Henry.

— Está quente! — ecoou Good.

Estava quente, é verdade, e não havia nem uma chance de abrigo a se buscar. Para onde quer que olhássemos, não havia pedra ou árvore, nada além de um fulgor sem fim, capaz de ofuscar pelo efeito do ar aquecido que dançava sobre a superfície do deserto como dança sobre o fogão quente.

— O que se pode fazer? — perguntou Sir Henry. — Não vamos aguentar isso por muito tempo.

Olhamos uns para os outros.

— Já sei — disse Good. — Temos que cavar um buraco, entrar nele e nos cobrir com os arbustos de *karoo*.

Não me parecia uma solução muito promissora, mas ao menos era melhor do que nada, então nos pusemos ao trabalho e, com a enxada que havíamos trazido conosco e a ajuda de nossas mãos, em cerca de uma hora tivemos sucesso em abrir um trecho de chão de uns três metros de comprimento por três e meio de largura, com sessenta centímetros de profundidade. Então cortamos uma boa quantidade de arbustos baixos com nossas facas de caça e, nos arrastando para o buraco, nos cobrimos com tudo, com exceção de Ventvögel, em quem, sendo um hotentote, o calor não fazia nenhum efeito em particular. Isso nos deu um pequeno abrigo contra os raios abrasadores do sol, mas a atmosfera naquela cova improvisada se presta melhor a imaginar do que a descrever. O Buraco Negro de Calcutá[6] deve ter sido brincadeira perto disso. A verdade é que até hoje não sei como sobrevivemos ao dia. Ficamos ofegando ali, e de hora em hora umedecendo os lábios com nosso escasso suprimento de água. Tivéssemos seguido nossas inclinações, teríamos acabado com nosso estoque nas primeiras duas horas, mas fomos forçados a exercer a mais rígida cautela, pois, se nossa água acabasse, sabíamos que muito em breve pereceríamos miseravelmente.

Mas tudo tem um fim, se você viver o bastante para ver, e de algum modo aquele dia miserável avançou para o entardecer. Perto das três da tarde determinamos que não dava mais para aguentar. Seria melhor morrer andando do que ser morto aos poucos no calor e sede daquele buraco horrível. Então, cada um tomando um golinho de nosso estoque de água cada vez menor, agora aquecido à mesma temperatura que o sangue de um homem, seguimos aos tropeços.

Cobrimos cerca de oitenta quilômetros de sertão. Se o leitor buscar a cópia rude e a tradução do velho mapa de Silvestra, verá que o deserto está marcado como medindo aproximadamente quarenta léguas de extensão, e que o "lago de água ruim" está marcado como ficando no meio disso. Agora, quarenta léguas são quase duzentos quilômetros, por consequência devíamos estar no máximo a vinte ou vinte e cinco quilômetros da água, se é que alguma água realmente existia.

Ao longo da tarde nos arrastamos devagar e dolorosamente, mal percorrendo mais do que dois quilômetros em uma hora. Ao pôr do sol descansamos de novo, esperando pela lua, e após beber um pouco cuidamos de tirar uma soneca.

Antes de nos deitarmos, Umbopa nos apontou uma leve e indistinta elevação na superfície plana do deserto a cerca de doze quilômetros de distância. De longe parecia-se com um formigueiro, e enquanto me preparava para dormir, me peguei imaginando o que poderia ser.

Com a lua, marchamos de novo, nos sentindo horrivelmente exaustos, e sofrendo de tonturas por causa da sede e do calor irritante. Ninguém que já não tenha sentido o mesmo pode saber o que passamos. Não caminhávamos mais, nós cambaleávamos, vez ou outra caindo de exaustão, e sendo obrigados a fazer uma parada a cada hora ou mais. Mal nos sobrava energia para falar. Até então Good havia tagarelado e contado piadas, pois ele é um camarada alegre, mas agora não lhe restavam forças para nenhuma piada.

Enfim, perto de duas horas, completamente exaustos em corpo e mente, chegamos aos pés daquele monte estranho, ou *koppie* de areia, que à primeira vista lembrava um formigueiro gigante com cerca de trinta metros de altura e com uma base que dava conta de quase dois acres de terreno.

Ali nós paramos e, levados pelo desespero da nossa sede, bebemos nossas últimas gotas de água. Cada um de nós teria bebido um galão, mas mal tínhamos um copo por cabeça.

Então nos deitamos. Bem quando eu estava caindo no sono, escutei Umbopa comentar consigo mesmo em zulu:

— Se não conseguirmos encontrar água, estaremos todos mortos antes de a lua se erguer amanhã.

Senti um calafrio, mesmo estando tão quente. A iminente perspectiva de uma morte tão horrível não é agradável, mas mesmo pensar nela não me impediria de cair no sono.

6.
Água! Água!

Duas horas depois, ou seja, perto das quatro da manhã, acordei, pois assim que a demanda mais pesada de fadiga no corpo já estava satisfeita, a sede torturante de que sofria se sobrepunha. Não conseguia mais dormir. Vinha sonhando que lutava contra uma correnteza, com margens verdes e árvores sobre elas, e acordei para me encontrar naquela aridez selvagem e para me lembrar, como Umbopa havia dito, que se não encontrássemos água naquele dia, iríamos perecer miseravelmente. Nenhum ser humano consegue viver muito mais sem água naquele calor. Sentei e esfreguei o rosto sujo com minhas mãos secas e calejadas, e como os lábios e pálpebras estivessem grudados, foi somente com algum esforço e fricção que fui capaz de abri-los. O amanhecer não estava longe, mas não havia a sensação brilhante do amanhecer no ar, que estava denso de uma escuridão quente que não consigo descrever. Os outros ainda dormiam.

Por fim começou a aparecer luz o bastante para ler, então puxei um pequeno exemplar de bolso das *Lendas de Ingoldsby* que trouxera comigo, e li "A gralha de Rheims".[1] Quando cheguei no trecho em que

Um garotinho gentil com um jarro dourado,
Incrustado, e cheio de água tão pura,
Tal qualquer que de Rheims à Namur flua...

literalmente estalei os lábios, ou ao menos tentei estalá-los. O mero pensamento daquela água pura me enlouqueceu. Se o cardeal estivesse ali com seu sino, livro e velas, eu o teria chicoteado e bebido toda aquela água; sim, mesmo que ele já a tivesse enchido do sabão "digno de lavar as mãos do papa", mesmo que toda a execração da Igreja católica recaísse sobre mim. Chego a pensar que talvez eu estivesse um pouco delirante de sede, cansaço e fome, pois comecei a pensar quão assustados o cardeal, seu rapazinho e a gralha teriam ficado de verem um pequeno caçador de elefantes grisalho, bronzeado e de olhos escuros surgir de repente entre eles, meter seu rosto sujo na pia e beber cada gota da preciosa água. A ideia me divertiu tanto que cheguei a gargalhar, ou talvez cacarejar alto, o que acordou os demais, e eles começaram a esfregar os *seus* rostos sujos e abrir os *seus* lábios e pálpebras colados.

Assim que estávamos todos acordados, começamos a discutir a situação, que era bastante séria. Não havia sobrado nenhuma gota de água. Viramos os cantis de cabeça para baixo, lambemos seus bocais, mas foi um fracasso, estavam tão secos quanto um osso. Good, que estava encarregado do frasco de conhaque, o puxou e olhou para ele longamente, mas Sir Henry de pronto o tirou dele, pois beber aguardente pura seria apenas acelerar o fim.

— Se não encontrarmos água, morreremos — ele falou.

— Se der para confiar no mapa do fidalgo português, deve haver alguma por perto — eu falei, mas ninguém pareceu ficar muito satisfeito com essa observação. Estava bastante evidente que não se podia colocar muita fé no mapa. Agora a luz estava crescendo gradualmente, e enquanto nos sentávamos olhando perdidos um para o outro, observei o hotentote Ventvögel levantar-se e começar a caminhar com os olhos no chão. De repente ele parou, e soltando uma exclamação gutural, apontou a terra.

— O que foi? — perguntei, e nos levantando todos ao mesmo tempo, fomos até onde ele estava parado olhando o chão. — Ora... — falei —, isso são rastros recentes de cabra-de-leque[2] ou o quê?

— Cabras-de-leque não se afastam muito da água — ele respondeu em holandês.

— Não — respondi. — Tinha me esquecido. Graças a Deus por isso.

Essa pequena descoberta nos encheu de ânimo. Quando um homem está numa posição de desespero, é uma maravilha como ele se agarra à menor esperança e se sente quase feliz. Numa noite escura, uma única estrela é melhor do que nada.

Enquanto isso Ventvögel estava levantando seu nariz e cheirando o ar quente por todo lado feito um velho impala que pressente perigo. Então ele falou de novo.

— Estou *farejando* água — ele disse.

Ficamos em estado de júbilo, pois sabemos que esses homens criados no ermo possuem instintos maravilhosos.

Bem naquele instante o sol veio glorioso, e se mostrou uma visão tão grandiosa para nossos olhos admirados que, por um momento ou dois, até esquecemos nossa sede.

E lá, a não mais que setenta ou oitenta quilômetros de distância de nós, brilhando como prata aos primeiros raios da luz matinal, despontaram os Seios de Sabá. E alongando-se na distância por centenas de quilômetros, de cada lado deles corria a grande serra de Solimão. Agora que, sentado aqui, tento descrever a extraordinária beleza e grandeza dessa visão, parece que me faltam palavras. Sinto-me impotente mesmo diante de sua lembrança. Bem diante de nós erguiam-se duas enormes montanhas, cuja aparência, acho eu, não se costuma ver na África, se é que há outra assim no mundo, medindo cada uma quatro mil e quinhentos metros de altura, não estando separadas por mais que vinte quilômetros, ligadas uma à outra por penhascos íngremes de rocha, e erguendo-se numa brancura terrivelmente solene direto para o céu. Essas montanhas, posicionadas assim, como os pilares de um gigantesco portal, têm o aspecto dos seios de uma mulher, e por vezes a névoa e as sombras debaixo deles assumem a forma de uma mulher reclinada, coberta por um misterioso véu em seu sono. Partindo-se da planície, sua base vai inchando aos poucos, parecendo daquela distância perfeitamente redondos e macios, e no topo de cada uma há um morrinho coberto de neve, correspondendo exatamente ao bico do seio feminino. O trecho de penhasco que os conecta parece ter algumas centenas de metros de altura, e perfeitamente íngreme, e em cada flanco, até onde o olhar alcança, estendem-se sequências similares de penhascos, apenas interrompidos aqui e ali por montanhas de cume chato, um pouco como aquela famosa na Cidade do Cabo. Por sinal, uma formação que é bastante comum na África.

Descrever a grandeza abarcante dessa paisagem está além das minhas capacidades. Havia algo tão indescritivelmente solene e avassalador naqueles grandes vulcões — pois sem dúvida eram vulcões extintos — que nos deixou assombrados. Por um tempo a luz da manhã brincou sobre a neve e os volumes cheios e amorenados abaixo, e então, como que para cobrir aquela visão majestosa de nossos olhos curiosos, estranhos vapores e nuvens se condensaram e cresceram ao redor das montanhas, até que por fim só podíamos traçar seus contornos, puros e gigantescos, delineados fantasmagoricamente por seu véu aveludado. Na realidade, como descobrimos depois, em geral eles ficam envoltos nessa névoa como em gaze, o que sem dúvida explicava por que não os tínhamos visto com clareza antes.

Mal os Seios de Sabá haviam se refugiado em sua privacidade forrada de nuvens, quando nossa sede — literalmente uma questão fervente — se reafirmou.

Era bom que Ventvögel tivesse dito que farejou água, mas, para onde quer que olhássemos, não conseguíamos ver nenhum sinal dela. Até onde o olho podia alcançar, não havia nada senão a areia escaldante e arbustos de *karoo*. Caminhamos ao redor da colina e olhamos ansiosos para o outro lado, mas era a mesma coisa, nem um pingo d'água que se pudesse encontrar. Não havia sinal de um lago, poço ou nascente.

— Você é um idiota — falei irritado para Ventvögel. — Não tem água nenhuma.

Mas mesmo assim ele ergueu seu narigão feio e farejou.

— Estou farejando, *baas* — ele respondeu. — Está em algum lugar no ar.

— Sim — falei. — Sem dúvida está nas nuvens, e daqui a dois meses vai cair e lavar nossos ossos.

Sir Henry cofiou sua barba amarela pensativo.

— Talvez esteja no topo da colina — ele sugeriu.

— Bobagem — disse Good —, onde já se ouviu falar de água sendo encontrada no topo de uma colina!

— Vamos lá olhar — falei, e vasculhamos sem esperança os arredores arenosos da colina, Umbopa à frente.

Então ele parou como se tivesse virado pedra.

— *Nanzia manzie!* — ou seja, "tem água aqui!", ele gritou em voz alta.

Corremos até ele, e era isso mesmo, ali num corte fundo ou endentação bem no topo do *koppie* de areia, havia sem dúvida um poço de água. Como ele foi parar num lugar tão estranho, não paramos para nos perguntar, tampouco hesitamos com sua aparência negra e desagradável. Era água, ou uma boa imitação dela, e isso nos bastava. Com um salto e uma corrida, no instante seguinte estávamos todos deitados de barriga bebendo aquele líquido pouco convidativo como se fosse o néctar dos deuses. Céus, como bebemos! Então, quando terminamos de beber, tiramos nossas roupas e nos sentamos no poço, absorvendo a umidade por nossas peles ressecadas. Você, Harry, meu garoto, que só precisa girar um par de torneiras para produzir "quente" e "frio" de uma cisterna vasta e oculta, não faz ideia do luxo que era aquele nosso chafurdar lamacento numa água morna e escura.

Saímos dela depois de algum tempo, de fato revigorados, e nos atiramos ao nosso *biltong*, no qual mal havíamos conseguido dar uma mordida por vinte e quatro horas, e nos empanturramos. Então fumamos um cachimbo e nos deitamos ao lado daquele poço abençoado, sob o manto da sombra de sua encosta, e dormimos até o anoitecer.

Durante o dia inteiro descansamos ao lado da água, agradecendo a nossas boas estrelas por termos tido sorte o bastante para encontrá-la, mesmo sendo ruim como era, sem esquecer de dedicar a devida cota de gratidão à memória do havia muito falecido Silvestra, que determinou tão bem aquela posição nas fraldas de sua camisa. O que nos maravilhou foi que o poço tivesse durado tanto tempo, o que só posso justificar pela suposição de que seja alimentado por alguma fonte bem funda na areia.

Tendo enchido com o máximo de água possível tanto nós mesmos quanto os cantis, foi com ânimo renovado que retomamos a caminhada ao anoitecer. Naquela noite cobrimos cerca de quarenta quilômetros. Mas, desnecessário dizer, não encontramos mais água, embora tivéssemos sorte o bastante para encontrar, no dia seguinte, um pouco de sombra atrás de alguns formigueiros. Quando o sol se ergueu, afastou as névoas misteriosas por alguns momentos, e as serras de Solimão, com seu par de seios grandiosos, estando a apenas trinta quilômetros de distância, pareciam se erguer acima de nós mais imponentes do que nunca. Com a chegada do entardecer, marchamos outra vez e, para encurtar a história, no amanhecer seguinte nos vimos debaixo da base mais baixa do seio esquerdo de Sabá, para onde íamos prontamente nos dirigindo. A essa altura nossa água havia acabado outra vez, e sofríamos de uma sede severa, e não víamos nenhuma chance de aliviá-la antes de alcançar as linhas nevadas muito, muito acima de nós. Após descansarmos por uma hora ou duas, levados a isso por nossa sede torturante, seguimos adiante, labutando dolorosamente no calor escaldante das encostas de lava, pois descobrimos que a enorme base da montanha era toda composta de cinturões de lava, arrotada das entranhas da terra em alguma era remota.

Às onze horas estávamos completamente exaustos e, de modo geral, em muito mau estado. Os clínqueres de lava, sobre os quais precisávamos nos arrastar, ainda que suaves se comparados com alguns clínqueres de que já ouvi falar, tais como os da Ilha da Ascensão,[3] por exemplo, ainda assim eram duros o bastante para deixar nossos pés doloridos, e isso, junto de nossas outras misérias, estava acabando conosco. Alguns metros acima de nós havia grandes pedaços de lava, e fomos na direção deles com a intenção de nos deitarmos debaixo de sua sombra. Nós os alcançamos e, para nossa surpresa, no que ainda restava da capacidade de nos surpreendermos, num pequeno platô ou cume próximo vimos que o clínquer estava coberto de uma grama verde e densa. Era evidente que o solo formado de lava decomposta havia se acumulado ali, e no devido tempo tornou-se receptáculo de sementes depositadas por pássaros. Mas não demos muita atenção para a grama verde, até porque não se pode viver de grama feito Nabucodonosor. Isso requer uma dispensação especial da Providência e órgãos digestivos peculiares.

Então nos sentamos debaixo das rochas e grunhimos, e pela primeira vez desejei de coração que não tivéssemos nos posto naquele mato sem cachorro. Enquanto estávamos sentados lá, vi Umbopa se levantar e sair claudicando na direção do campo de grama, e alguns minutos depois, para grande assombro meu, percebi que aquele indivíduo geralmente muito digno estava dançando e gritando feito um maníaco, e balançando algo verde. Nós todos fomos na direção dele o mais rápido que nossos membros cansados podiam nos levar, na esperança de que ele tivesse encontrado água.

— O que foi, Umbopa, filho de um tolo? — gritei em zulu.

— É água e comida, Macumazahn — e outra vez ele balançou a coisa verde.

Então eu vi o que ele havia encontrado. Era uma melancia. Havíamos alcançado um campo de melancias selvagens, centenas delas, e bem maduras.

— Melancias! — gritei para Good, que estava perto de mim, e no instante seguinte seus dentes falsos estavam fixos numa delas.

Acho que comemos umas seis cada um antes que terminássemos, e mesmo sendo pobres frutas como eram, duvido que eu jamais tenha achado algo tão agradável.

Mas melancias não são muito nutritivas, e quando satisfizemos nossa sede com sua sustância polpuda, e pusemos uma porção para secar pelo simples processo de cortá-las em dois e expô-las com as extremidades voltadas para o sol quente para secarem por evaporação, começamos a nos sentir excessivamente famintos. Havia sobrado algum *biltong*, mas nossos estômagos rejeitavam o *biltong*, e, além disso, éramos obrigados a ser muito parcimoniosos, pois não podíamos dizer quando encontraríamos mais comida. Bem nessa hora um golpe de sorte ocorreu. Olhando ao longo do deserto, vi um bando com cerca de dez grandes aves voando bem na nossa direção.

— *Skit, baas, skit!* — "Atire, mestre, atire", sussurrou o hotentote, jogando-se de cara ao chão, exemplo que todos seguimos.

Então eu vi que as aves eram um bando de *pous* ou abetardas,[4] e que elas iriam passar a menos de cinquenta metros da minha cabeça. Pegando uma das minhas Winchester de repetição, esperei até que estivessem quase acima de nós, e então saltei me pondo de pé. Ao me verem, os *pous* se ajuntaram, como eu esperava que fizessem, e disparei dois tiros em cheio naquela massa compacta, e como bem quis a sorte, derrubei um ótimo camarada, que pesava cerca de nove quilos. Em meia hora fizemos uma fogueira com lascas de melancia seca, e ele estava assando sobre elas, e fizemos uma refeição como não tivéramos por semanas. Comemos aquele *pou*, e dele não sobrou nada além do bico e dos ossos das coxas, e não foi pouco o bem-estar que sentimos depois.

Naquela noite partimos outra vez com a lua, carregando conosco tantas melancias quanto conseguimos. Conforme íamos subindo, fomos descobrindo que o ar ficava mais frio, o que foi um grande alívio para nós, e ao amanhecer, pelo que podíamos julgar, não estávamos a mais de vinte quilômetros do início da neve. Descobrimos mais algumas melancias, e assim não houve mais ansiedades quanto à água, pois sabíamos que em breve teríamos bastante neve. Mas a subida agora começava a ficar bem acidentada, e fizemos um avanço lento, não mais que um quilômetro e meio por hora. Naquela noite também comemos nosso último bocado de *biltong*. Até então, com exceção do *pou*, não havíamos visto coisa alguma com vida sobre a montanha, nem cruzamos caminho com uma mísera fonte de água ou córrego, o que nos pareceu bastante estranho, considerando a porção de neve acima de nós, que deveria, supomos, derreter de vez em quando. Mas como descobrimos depois, por motivos que estão além do meu poder explicar, todas as nascentes fluíam no lado norte das montanhas.

Agora começávamos a ficar bastante ansiosos quanto a comida. Havíamos escapado da morte por sede, mas parecia provável que fosse apenas para morrer de fome. Os eventos dos três miseráveis dias seguintes serão mais bem descritos se eu copiar as anotações que fiz na ocasião em minha caderneta.

"Dia 21 de maio. Começando às onze da manhã, achando a atmosfera fresca o bastante para viajar de dia, e carregando algumas melancias conosco. Penamos o dia inteiro, mas não encontramos mais nenhuma melancia, tendo evidentemente ultrapassado seu território. Não vimos mais caça alguma. Paramos ao entardecer para passar a noite, não tendo mais comida alguma por muitas horas. Sofrendo muito à noite devido ao frio."

"Dia 22. Começando ao nascer do sol novamente, sentindo-nos muito fracos e frágeis. Fizemos apenas oito quilômetros o dia todo. Encontramos alguns trechos com neve, e ali tivemos do que comer, mas nada mais. Acampamos à noite às margens de um grande platô. Frio de rachar. Cada um bebeu um pouco de conhaque, e nos agrupamos para nos mantermos vivos, cada qual enrolado no seu cobertor. Estamos agora sofrendo de fome e cansaço horríveis. Ventvögel quase morreu durante a noite."

"Dia 23. Outra vez sofrendo para avançar assim que o sol se ergueu e degelou um pouco nossos membros. Estamos agora em petição de miséria, e receio que, a não ser que consigamos comida, este será nosso último dia de jornada. Mas sobrou pouco conhaque. Good, Sir Henry e Umbopa têm aguentado maravilhosamente, mas Ventvögel está em muito mau estado. Como a maioria dos hotentotes, ele não aguenta o frio. As aflições da fome não estão das piores, mas sinto uma dormência no estômago. Os outros dizem o mesmo. Estamos agora à altura da rede de precipícios, ou parede de rocha vulcânica, que liga os dois seios, e a visão é gloriosa. Atrás de nós o deserto brilhante se desdobra para além do horizonte, e à nossa frente jazem quilômetros e quilômetros de neves suaves e compactas, numa quase planície que vai se intumescendo aos poucos e em cujo centro o bico da montanha, que parece ter alguns quilômetros de circunferência, desponta cento e vinte metros contra o céu. Não se avista nada vivo. Deus nos ajude, receio que nossa hora chegou."

E agora largo a caderneta, em parte porque não é uma leitura muito interessante, mas também porque o que se segue requer relatos mais completos.

Por todo aquele dia — o 23 de maio — penamos subindo lentamente a colina de neve, nos deitando de tempos em tempos para descansar. Devíamos parecer uma equipe estranhamente esquelética, enquanto, sobrecarregados como estávamos, arrastávamos nossos pés cansados sobre aquela planície deslumbrante, olhando ao nosso redor com olhos famintos. Não que fosse de alguma utilidade olhar, pois não víamos nada para comer. Não completamos mais que onze quilômetros naquele dia. Logo antes do pôr do sol, nos encontramos debaixo exatamente do mamilo do seio esquerdo de Sabá, que se erguia por uma centena de metros no ar, um vasto e macio morrinho de neve congelada. Fracos como estávamos, era impossível não apreciar a cena maravilhosa, ainda mais esplêndida pelos raios de luz lançados pelo sol poente, que cá e lá tingiam a neve de vermelho-sangue e coroava o grande domo acima de nós com um diadema de glória.

— Digo que — Good ofegou — devemos estar perto daquela caverna que o velho cavalheiro escreveu a respeito.

— Sim — falei. — Se houver uma caverna.

— Vamos, Quatermain — grunhiu Sir Henry —, não fale assim. Tenho toda fé naquele português. Lembre-se da água! Logo devemos encontrar o lugar.

— Se não a encontrarmos antes de escurecer, nós seremos homens mortos, é tudo o que há para dizer — foi minha resposta em consolação.

Pelos dez minutos seguintes andamos em silêncio, quando de súbito Umbopa, que andava ao meu lado, enrolado em seu cobertor, e com um cinturão de couro tão apertado ao redor do estômago, para "deixar a fome menor" como ele dizia, que sua cintura parecia a de uma moça, me segurou pelo braço.

— Veja! — falou, apontando na direção da encosta nevada do mamilo.

Segui seu olhar, e a cerca de cento e oitenta metros de nós, percebi o que parecia ser um buraco na neve.

— É a caverna — disse Umbopa.

Fomos o mais rápido possível até o local e descobrimos que, com toda certeza, o buraco era a boca de uma caverna, sem dúvida o mesmo que o velho Silvestra descrevera. E não foi sem tempo, pois assim que alcançamos o abrigo, o sol baixou com rapidez alarmante, deixando o mundo quase às escuras, pois nessas latitudes há muito pouco crepúsculo. Então nos arrastamos para dentro da caverna, que não parecia ser muito grande, e nos ajuntamos para nos aquecer, bebemos o restante do nosso conhaque — mal havia um gole para cada — e tentamos esquecer nosso sofrimento no sono. Mas o frio era muito intenso para nos permitir isso, pois estou convencido de que, nessas grandes altitudes, os termômetros não estavam marcando menos que catorze ou quinze graus abaixo do ponto de congelamento. O que tal temperatura significava para nós, enfraquecidos pela adversidade como estávamos, pela escassez de comida e o grande calor do deserto, o leitor pode imaginar melhor do que posso descrever. Basta dizer que foi o mais perto que já me senti de morte por exposição. Lá ficamos horas e horas através da noite calma e amarga, sentindo a geada nos rondando e beliscando ora os dedos, ora os pés, ora o rosto. Em vão nos juntamos mais e mais, não havia calor em nossas carcaças miseráveis e famintas. Às vezes, algum de nós caía numa sonolência inquieta por alguns minutos, mas não conseguíamos dormir muito, e talvez isso tenha sido bom, pois, do contrário, duvido que teríamos acordado outra vez. Na verdade, acredito que foi somente pela força da vontade mesmo que nos mantivemos vivos.

Não muito antes do amanhecer, escutei o hotentote Ventvögel, cujos dentes estiveram batendo a noite toda feito castanholas, dar um longo suspiro. Então seus dentes pararam de bater. Suas costas estavam apoiadas contra as minhas e pareceram ficar mais e mais geladas, até que por fim era como se eu estivesse encostado no gelo.

Aos poucos o ar começou a ficar cinzento com a luz, então setas douradas cruzaram a neve, e por fim o sol glorioso espiou por cima do paredão de rocha vulcânica e olhou para nossas silhuetas semicongeladas. E olhou também para Ventvögel, ali entre nós, morto. Não é à toa que suas costas pareciam frias, pobre camarada. Ele morreu quando o ouvi suspirar e estava agora quase duro de congelado. Incrivelmente chocados, nos afastamos do cadáver — quão estranho é esse horror que nós mortais temos da companhia de um morto — e o deixamos sentado ali, com os braços ao redor dos joelhos.

A essa altura a luz do sol despejava seus raios frios, pois ali chegavam frios, em cheio na boca da caverna. De súbito escutei uma exclamação de medo vinda de alguém e virei a cabeça.

E foi isto que eu vi: no fim da caverna — a não mais que seis metros de nós — havia outra silhueta, cuja cabeça repousava sobre o peito, os braços compridos pendentes. Eu a encarei e vi que também era um *homem morto*, e mais que isso, era um homem branco.

Os demais também viram, e a visão se mostrou demais para nossos nervos abatidos. Nos arrastamos todos para fora da caverna tão rápido quanto nossos membros semicongelados conseguiam nos levar.

7.
A Estrada de Salomão

Paramos do lado de fora da caverna, nos sentindo meio idiotas.

— Vou voltar — disse Sir Henry.

— Por quê? — perguntou Good.

— Porque me ocorreu que... o que nós vimos... pode ser meu irmão.

Essa era uma ideia nova, e nós entramos de novo no lugar para colocar à prova. Após a luz clara do lado de fora, nossos olhos, fracos como estavam de encarar a neve, por instantes não conseguiram penetrar as sombras da caverna. Por fim, contudo, eles foram se acostumando à semiescuridão, e avançamos na direção do morto.

Sir Henry se ajoelhou e perscrutou seu rosto.

— Graças a Deus — disse ele, com um suspiro de alívio. — *Não é* meu irmão.

Então me aproximei e olhei. O corpo era de um homem alto de meia-idade com feições aquilinas, cabelo grisalho e um longo bigode negro. A pele era perfeitamente amarela e bem esticada sobre os ossos. Suas roupas, com exceção do que parecia ser os restos de um par de mangas de lã, haviam sido removidas, deixando a forma esquelética nua. Ao redor do pescoço do cadáver, que fora congelado perfeitamente reto, pendia um crucifixo de marfim amarelo.

— Quem diabos será ele? — falei.

— Não consegue adivinhar? — perguntou Good.

Balancei a cabeça.

— Ora, o fidalgo português, José da Silvestra, é claro... quem mais?

— Impossível — arfei. — Ele morreu há trezentos anos.

— E há aqui algo que o impeça de durar por três mil anos nessa atmosfera, eu gostaria de saber? — perguntou Good. — Se a temperatura for suficientemente baixa, carne e sangue vão se manter frescos feito carneiro neozelandês para sempre, e Deus sabe o quanto aqui é frio. Aqui o sol nunca entra, nenhum animal vem para rasgar ou destruir. Sem dúvida que o escravo, de quem ele fala nos escritos, pegou suas roupas e o deixou. Ele não teria como enterrá-lo sozinho. Veja! — ele continuou, abaixando-se para pegar um osso de forma esquisita, talhado de um lado numa ponta afiada. — Aqui está o "pedaço d'osso" que Silvestra usou para desenhar o mapa.

Olhamos com assombro por um momento, esquecendo-nos de nossa miséria com essa visão extraordinária e, pelo que nos parecia, quase miraculosa.

— Sim — disse Sir Henry —, e aqui foi onde ele conseguiu sua tinta. — E apontou para uma pequena ferida no braço esquerdo do cavalheiro. — Algum homem já viu algo assim antes?

Não havia mais nenhuma dúvida quanto ao assunto, que de minha parte confesso ter me deixado perfeitamente boquiaberto. Ali estava o morto cujas direções, escritas havia dez gerações, tinham nos levado até aquele ponto. Em minha própria mão estava a rude caneta com que as havia escrito, e em seu pescoço pendia o crucifixo que seus lábios moribundos haviam beijado. Olhando ele, minha imaginação conseguia reconstruir a última cena do drama, o viajante morrendo de frio e fome, e ainda assim lutando para legar ao mundo o grande segredo que havia descoberto: a horrível solidão de sua morte, cujas evidências estavam sentadas à nossa frente. A mim pareceu que eu podia até mesmo detectar em seus traços marcantes a aparência daquele seu descendente, meu pobre amigo

Silvestre, que havia morrido vinte anos antes em meus braços, mas talvez fosse minha imaginação. De qualquer modo, ali estava ele, uma lembrança triste do destino que geralmente arrebata aqueles que penetram no desconhecido, e não havia dúvidas de que ele continuaria ali, coroado com a temível majestade da morte, por séculos ainda por vir, para alarmar os olhos de viajantes como nós mesmos, se jamais algum vir de novo invadir sua solidão.[1] A coisa nos dominou, já quase mortos como estávamos, de frio e fome.

— Vamos embora — disse Sir Henry, numa voz baixa. — Esperem, vamos deixar um companheiro ao lado dele. — E levantando o cadáver do hotentote Ventvögel, o colocou próximo ao do fidalgo português. Curvou-se, e com um puxão, quebrou a corrente apodrecida do crucifixo que pendia do pescoço de Silvestra, pois seus dedos estavam muito gelados para tentar desamarrá-lo. Creio que ele ainda a tem consigo. Peguei a caneta de osso, e está agora diante mim enquanto escrevo — às vezes, a uso para assinar meu nome.

Então, deixando esses dois, o orgulhoso homem branco de era passada e o pobre hotentote, para manter sua vigília eterna em meio às neves eternas, nos arrastamos caverna afora para a bem-vinda luz do sol e retomamos nosso caminho, nos perguntando em nosso coração quanto tempo restava antes de ficarmos iguais a eles.

Após caminhar meio quilômetro, chegamos à beira do platô, pois o mamilo da montanha não se ergue de seu centro exato, ainda que pelo lado deserto assim parecesse. Não podíamos ver o que havia abaixo de nós, pois a paisagem estava tomada por ondas de névoa matutina. Contudo, enfim as camadas mais altas da névoa clarearam um pouco e revelaram, ao final de uma grande colina de neve, um campo de grama verde, quase quinhentos metros abaixo de nós, pelo qual corria um riacho. E isso não era tudo. Ao lado do riacho, relaxando sob o brilho do sol, estava um grupo de dez a quinze antílopes grandes — daquela distância não podíamos dizer de qual espécie.

Essa visão nos encheu de uma alegria irracional. Bastava pegá-los, e haveria comida aos montes. Mas a questão era como fazer isso. Os animais estavam a uns bons seiscentos metros à nossa frente, seria um tiro bem distante, que não poderia falhar, já que nossa vida dependia do resultado.

Discutimos rapidamente sobre a conveniência de tentar perseguir a caça, mas ao final desistimos com relutância. Para começar, o vento não estava favorável e, portanto, não importava quão cuidadosos fôssemos, certamente seríamos percebidos contra o fundo branco da neve, que seria preciso atravessar.

— Bem, temos que tentar de onde estamos — disse Sir Henry. — O que será, Quatermain, o rifle de repetição ou os expressos?

Aqui de novo havia uma dúvida. Os repetidores Winchester — dos quais tínhamos dois, Umbopa carregando o do pobre Ventvögel junto com o seu — alcançavam até novecentos metros, enquanto os expressos só alcançavam até trezentos e vinte, e para além disso atirar com eles seria um trabalho de adivinhação. Por outro lado, se eles acertassem, sendo a bala do expresso expansiva, era muito mais provável que derrubasse a caça. Era um ponto complicado, mas decidi que deveríamos arriscar e usar os expressos.

— Vamos cada um de nós pegar o macho oposto ao outro. Mirem bem na altura do ombro e para cima — falei. — E, Umbopa, você dá o sinal, para que todos disparemos juntos.

Então veio uma pausa, cada um de nós fazendo sua melhor mira, como de fato é preferível que um homem faça, quando sua própria vida depende do tiro.

— Fogo — disse Umbopa em zulu, e quase ao mesmo tempo os três rifles soaram alto, três nuvens de fumaça ficaram suspensas por um momento à nossa frente, e centenas de ecos ressoaram pela neve silenciosa. Por fim a fumaça se dispersou, e revelou — ah, alegria! — um grande macho caído de costas e chutando furiosamente na agonia da morte. Demos um grito de triunfo — estávamos salvos —, não iríamos morrer de fome. Fracos como estávamos, descemos correndo a encosta intermediária de neve, e dez minutos após a hora dos disparos, o coração e o fígado daquele animal repousavam à nossa frente. Mas agora uma nova dificuldade surgia: não tínhamos nenhum combustível e, portanto, não podíamos fazer fogueira para cozinhá-los. Ficamos encarando uns aos outros desconsolados.

— Homens famintos não podem ter frescura — disse Good. — Vamos ter que comer carne crua.

Não havia outra saída para o dilema, e a fome que nos corroía fez a proposta menos desagradável do que teria sido de outro modo. Pegamos o coração e o fígado e os enterramos por alguns minutos num trecho de neve para resfriá-los. Então os lavamos com a água gelada do riacho e por fim os comemos com gula. Soa bastante horrível, mas sinceramente, nunca provei nada tão bom quanto aquela carne crua. Em quinze minutos éramos homens mudados. Nossa vida e vigor retornaram, nossa pulsação débil cresceu forte outra vez, e o sangue correu em nossas veias. Mas cientes dos resultados da alimentação excessiva sobre estômagos famintos, tomamos o cuidado de não comer demais, parando enquanto ainda tínhamos fome.

— Graças aos céus! — disse Sir Henry. — Aquele animal salvou nossa vida. O que era, Quatermain?

Eu me levantei e fui dar uma olhada no antílope, pois estava em dúvida. Era do tamanho de um jumento, com grandes chifres curvos. Nunca havia visto um como aquele antes; era uma espécie nova para mim. Era de cor marrom, com leves estrias vermelhas e pelo grosso. Mais tarde descobri que os nativos dessa terra maravilhosa chamam esses animais de *inco*. São muito raros e só encontrados em grandes altitudes onde nenhuma outra caça viveria. O animal foi atingido bem alto no ombro, embora de quem fosse a bala que o derrubou não tínhamos como saber, claro. Creio que Good, cioso de seu maravilhoso disparo na girafa, o creditou em segredo à sua própria habilidade, e não o contradissemos.

Estivemos tão ocupados satisfazendo nosso estômago faminto que até então não havíamos encontrado tempo para olhar ao nosso redor. Mas agora, tendo deixado Umbopa para cortar o máximo possível da melhor carne que conseguíssemos carregar, começamos a inspecionar nossos arredores. A névoa havia se dissipado, pois eram oito horas e o sol já se encarregara de dispersá-la: então fomos capazes de ver toda a região num relance. Não sei como descrever o glorioso panorama que se desdobrou ao nosso olhar. Eu nunca havia visto nada assim antes, nem tampouco, suponho, verei outra vez.

Atrás e acima de nós elevavam-se os nevados Seios de Sabá, e abaixo, a uns mil e quinhentos metros de onde estávamos, repousava quilômetro atrás de quilômetro da mais amável campanha. Aqui havia trechos densos de florestas altas, ali um grande rio serpenteando por seu caminho prateado. À esquerda se espalhava uma vasta extensão de pradarias ondulantes, ou *veld*, no qual se podia notar incontáveis rebanhos de caça ou gado, daquela distância não dava para dizer. Essa extensão parecia ser circundada por uma muralha de montanhas distantes. À direita, a região era mais ou menos montanhosa. Isto é, colinas solitárias projetando-se de seu nível, entremeadas com trechos de terra cultivada, dentre as quais podíamos ver grupos de choupanas em forma de domos. A paisagem se abria à nossa frente feito um mapa, onde rios brilhavam como cobras prateadas, e picos de feição alpina coroados por grinaldas de neve retorcidas ao acaso erguiam-se grandiosos, enquanto sobre tudo havia o alegre brilho do sol e o hálito da vida feliz da natureza.

Duas coisas curiosas nos chamaram a atenção enquanto olhávamos. Primeiro, que a terra à nossa frente devia ficar a pelo menos novecentos metros acima do deserto que havíamos cruzado, e segundo, que todos os rios fluíam do sul para o norte. Como sabíamos dolorosamente, não havia água para o lado sul da vasta área sobre a qual estávamos, mas no lado norte havia muitas nascentes, as quais em maioria pareciam juntar-se com o grande rio que podíamos ver correndo, para mais longe do que nossos olhos conseguiam seguir.

Nos sentamos por um tempo e observamos em silêncio aquela vista maravilhosa. Por fim, Sir Henry falou:

— Não tem algo no mapa sobre a Grande Estrada de Salomão?

Assenti, pois ainda estava olhando para a terra distante.

— Então, veja: lá está! — E ele apontou um pouco à nossa direita.

Good e eu olhamos na direção, e lá, alongando-se pela planície, estava o que parecia ser uma ampla estrada pavimentada. Não a havíamos visto de primeira, ao chegar na planície, pois fazia a curva detrás de uma região rochosa. Não dissemos coisa alguma; não muito, ao menos. Estávamos começando a perder o senso de deslumbre. De algum modo, não parecia ser particularmente anormal que encontrássemos uma espécie de estrada romana nessa terra estranha. Aceitamos o fato, isso foi tudo.

— Bem... — disse Good —, deve passar bem perto de nós, se cortarmos caminho pela direita. Não é melhor já começarmos?

Esse foi um bom conselho, e depois de lavar as mãos e o rosto no riacho, nós o seguimos. Por um quilômetro ou mais, abrimos caminho por entre penedos e trechos de neve, até que de súbito, ao alcançar o topo da pequena elevação, encontramos a estrada aos nossos pés. Era uma estrada esplêndida talhada na rocha maciça, com ao menos quinze metros de largura, e aparentemente bem conservada, embora fosse de estranhar que ela parecia começar ali. Descemos e nos pusemos sobre ela, mas a cem passos atrás de nós, na direção dos Seios de Sabá, ela desaparecia, sendo a superfície inteira da montanha coberta de penedos intercalados por trechos de neve.

— O que você acha disso, Quatermain? — perguntou Sir Henry.

Balancei a cabeça. Não sabia o que dizer.

— Já sei! — falou Good. — A estrada sem dúvida corre adiante e pelo deserto do outro lado, mas a areia a cobriu, e acima de nós foi obliterada por alguma erupção vulcânica de lava derretida.

Essa parecia uma boa hipótese. Em todo caso, a aceitamos, e seguimos descendo a montanha. E se mostrou uma coisa bem diferente viajar descendo a colina naquela trilha magnífica com o estômago cheio, do que fora viajar colina acima sobre a neve esfomeados e quase congelando. De fato, não fosse pelas lembranças melancólicas do triste destino do pobre Ventvögel e daquela caverna sombria onde ele fazia companhia ao velho português, teríamos certamente nos alegrado, não obstante a impressão de perigo desconhecido à nossa frente. A cada quilômetro que cruzávamos, a atmosfera era mais suave e agradável, e a terra à nossa frente brilhava com uma beleza ainda mais luminosa. Quanto à estrada em si, eu nunca havia visto tal trabalho de engenharia, ainda que Sir Henry dissesse que a grande estrada sobre São Gotardo na Suíça fosse bastante similar. Nenhuma dificuldade foi grande demais para o engenheiro do Velho Mundo que a construiu.[2] A certa altura chegamos numa ravina com trinta metros de largura e ao menos noventa de profundidade. Esse vasto golfo estava em realidade cheio de enormes blocos de pedra lavrada, com arcadas esculpidas embaixo para a água correr, e sobre o qual a estrada seguia sublimemente. Em outra parte era cortada em zigue-zague da lateral de um precipício com cento e cinquenta metros de profundidade, e num terceiro ponto formava um túnel ao longo da base de uma cordilheira no meio do caminho, um espaço de dez metros ou mais.

Ali notamos que as laterais do túnel eram cobertas de esculturas pitorescas, a maioria figuras de armadura conduzindo bigas. Uma, que era extremamente bonita, representava uma cena inteira de batalha com um comboio de cativos conduzido à distância.

— Bem — disse Sir Henry, após inspecionar essa obra de arte ancestral —, está de bom tamanho chamar isso de Estrada de Salomão, mas na minha humilde opinião os egípcios estiveram aqui antes de a gente do Salomão sequer pôr os pés aqui. Se isso não é trabalho manual egípcio ou fenício, digo que é muito parecido.

Ao meio-dia já tínhamos avançado o bastante descendo a montanha, procurando por uma região onde houvesse lenha. Primeiro chegamos a uns arbustos esparsos que apareciam com frequência cada vez mais crescente, até que por fim vimos que a estrada se insinuava por entre largos capões de árvores prateadas, similares àqueles que se pode ver nas encostas da Montanha da Mesa, na Cidade do Cabo. Em todas as minhas andanças, nunca os havia encontrado senão no Cabo, e sua aparição ali me surpreendeu bastante.

— Ah! — disse Good, observando essas árvores de folhas brilhantes com entusiasmo evidente —, aqui tem bastante lenha, vamos parar e cozinhar algum jantar, já digeri aquele coração cru.

Ninguém se opôs a isso, então deixamos a estrada e seguimos caminho até um riacho que corria não muito longe, e logo tínhamos uma boa de uma fogueira, com ramos secos ardendo. Cortando alguns nacos substanciais da carne dos *inco* que trouxemos conosco, os assamos na ponta de espetos afiados, como se vê os *cafres* fazendo, e os comemos com gosto. Após nos alimentarmos, acendemos nossos cachimbos e nos entregamos a um deleite que, comparado com as durezas que havíamos enfrentado recentemente, pareceu quase divino.

O córrego, cujas margens eram forradas com densas moitas de uma espécie de avenca gigante intercalada com tufos felpudos de aspargos selvagens, corria alegremente ao nosso lado, o ar suave murmurando por entre as folhas das árvores prateadas, pombos arrulhando ao redor, e pássaros de asas brilhantes, cintilando feito gemas vivas, iam de galho em galho. Era o Paraíso.

A magia do lugar, combinada com um senso avassalador dos perigos deixados para trás e da terra prometida enfim alcançada, pareceu nos enfeitiçar num silêncio. Sir Henry e Umbopa ficaram conversando numa mistura de inglês truncado e zulu de cozinha[3] numa voz baixa, mas bem entretidos, e me deitei, com meus olhos entreabertos, sobre aquela cama perfumada de avencas e os observei.

Por fim notei a falta de Good e dei uma olhada para ver que fim levara. Logo o vi sentado na margem do riacho, no qual estivera se banhando. Não vestia nada senão sua camisa de flanela, e tendo retomado seus hábitos naturais de extrema limpeza, estava ativamente ocupado em fazer a mais elaborada toalete. Havia lavado sua gola de guta-percha, havia sacudido cuidadosamente suas calças, casaco e colete, e agora os estava dobrando impecavelmente até que estivesse pronto para vesti-los, balançando a cabeça com tristeza enquanto analisava seus inúmeros buracos e rasgões, os quais naturalmente haviam resultado de nossa aventura espantosa. Então ele tirou as botas, esfregou-as com um punhado de avencas e finalmente as lustrou com um pedaço de gordura, que ele havia cuidadosamente guardado da carne de *inco*, até que elas ficassem, por assim dizer, respeitáveis. Tendo-as inspecionado judiciosamente com seu monóculo, ele calçou as botas e começou uma nova operação. De uma sacolinha que carregava, tirou um pente de bolso, no qual afixou um minúsculo espelhinho, e com isso inspecionou a si mesmo. Aparentemente não ficou satisfeito, pois passou a pentear o cabelo com grande cuidado.

Então veio uma pausa na qual outra vez contemplou o efeito; ainda não estava satisfatório. Ele apalpou o queixo, no qual o acúmulo de dez dias de barba florescia.

Certamente, pensei, ele não vai tentar se barbear. Mas assim foi. Tomando do pedaço de gordura com que havia engraxado as botas, Good o lavou cuidadosamente no riacho. Procurando então outra vez na sacola, tirou uma pequena navalha de bolso com cabo, tais como as que são compradas por pessoas com medo de se cortar, ou por aqueles prestes a embarcar em viagens marinhas. Esfregou rosto e queixo vigorosamente com a gordura e começou. Ficou evidente que se tratava de um processo doloroso, pois ele grunhia bastante, e eu me retorcia segurando o riso conforme o observava lutando com aquela barba por fazer. Parecia tão estranho que um homem se desse ao trabalho de se barbear com um pedaço de gordura, em tal lugar e sob tais circunstâncias. Por fim obteve sucesso em aparar os pelos no lado direito do rosto e do queixo, quando eu, que estivera observando, de súbito percebi o clarão de luz que passou rente a sua cabeça.

Good deu um pulo e soltou um palavrão (se não fosse uma navalha segura, ele teria certamente cortado a garganta), e fiz o mesmo, sem o palavrão, pois foi isto que vi: parados a não mais que vinte passos de onde estávamos, e dez de Good, havia um grupo de homens. Eram muito altos e cor de cobre, e alguns usavam grandes plumas de penas negras e pequenas capas de pele de leopardo. Isso foi tudo o que percebi na ocasião. Adiante deles estava um jovem com cerca de dezessete anos, a mão ainda erguida e o corpo inclinado à frente na posição de uma estátua grega de um arremessador de lanças. Evidente que o clarão de luz fora causado por uma arma que ele havia lançado.

Enquanto eu olhava, um homem de ares soldadescos se destacou à frente do grupo e, segurando o jovem pelo braço, disse algo a ele. Então avançaram contra nós.

Sir Henry, Good e Umbopa a essa altura haviam alcançado seus rifles e os erguido ameaçadoramente. O grupo de nativos mesmo assim avançou. Ocorreu-me que eles talvez não soubessem o que eram rifles, ou não os teriam tratado com tal pouco-caso.

— Abaixem suas armas! — gritei aos demais, percebendo que nossa única chance de segurança jazia na conciliação. Eles obedeceram, e caminhando à frente me dirigi ao homem mais velho que havia ralhado com o jovem.

— Saudações — falei em zulu, sem saber que língua usar. Para minha surpresa, fui compreendido.

— Saudações — respondeu o velho, não de fato na mesma língua, mas num dialeto tão próximo que nem eu nem Umbopa tivemos dificuldade alguma em compreendê-lo. Na verdade, como descobrimos depois, a língua falada por esse povo é uma antiga forma da língua zulu, carregando a mesma relação que o inglês de Chaucer tem com o inglês do século XIX.

— De onde vindes? — ele continuou. — Quem sois vós? E por que três de vós têm faces brancas, e a face do quarto é a face dos filhos de nossas mães? — E apontou Umbopa. Olhei para Umbopa conforme ele falava, e me ocorreu que ele estava certo. O rosto de Umbopa era como o dos homens diante de nós, como também seu grande porte era parecido ao deles. Mas não tive tempo de refletir sobre essa coincidência.

— Somos estrangeiros e viemos em paz — respondi, falando muito devagar, de modo que ele pudesse me compreender —, e este homem é nosso criado.

— Mentira — respondeu ele. — Estrangeiro algum pode cruzar as montanhas onde tudo perece. Mas que importância têm tuas mentiras? Se sois estranhos, então deveis morrer, pois estrangeiro algum deve viver na terra dos kukuanas. É a lei do rei. Preparai-vos para morrer, ó estrangeiros!

Hesitei ligeiramente com isso, em especial quando vi as mãos de alguns dos homens se insinuarem em direção aos flancos, onde de cada um pendia o que me pareceu ser uma faca larga e pesada.

— O que esse indigente disse? — perguntou Good.

— Ele diz que vão nos matar — respondi, sombrio.

— Ih, meu Deus! — grunhiu Good. E, como fazia quando ficava perplexo, levou a mão aos dentes falsos, puxando o conjunto superior para baixo e deixando que voltassem ao lugar com um estalo. Foi uma boa jogada, pois no instante seguinte aquela mui digna turba de kukuanas soltou um grito simultâneo de horror e recuou alguns metros num salto.

— Que foi isso? — perguntei.

— É a dentadura dele — murmurou Sir Henry empolgado. — Ele a moveu. Tire-a, Good, tire-a!

Ele obedeceu, enfiando o conjunto na manga da camisa de flanela.

No instante seguinte a curiosidade se sobrepôs ao medo, e os homens avançaram devagar. Aparentemente, eles agora haviam se esquecido da sua amável intenção de nos matar.

— Como pode ser, ó estrangeiros — perguntou o velho, solene, e apontou Good, que vestia nada além das botas e da camisa de flanela, e havia se barbeado apenas pela metade —, que este gordo, cujo corpo está coberto, e cujas pernas estão nuas, que de um lado do rosto mortiço tem barbas e no outro não, e que usa um olho transparente e brilhante... como pode ser, pergunto eu, que tenha ele dentes que se movem sozinhos, saindo da mandíbula e voltando conforme sua vontade?

— Abra a boca — falei para Good, que arreganhou os lábios e sorriu para o velho senhor feito um cão raivoso e revelando, para seu olhar espantado, duas estreitas linhas vermelhas de gengivas tão isentas de marfim quanto as de um elefante recém-nascido. A plateia suspirou.

— Onde estão os dentes dele? — perguntaram. — Nós os vimos com nossos olhos.

Virando a cabeça devagar e com um gesto de inefável pouco-caso, Good passou a mão diante da boca. Então sorriu outra vez, e vejam!, ali estavam duas fileiras de dentes adoráveis.

Agora o jovenzinho, que havia arremessado a faca, atirou-se ele próprio à grama e deu vazão a um longo uivo de horror. Quanto ao velho senhor, seus joelhos tremiam de medo.

— Vejo que sois espíritos — disse, hesitante. — Algum homem nascido de mulher terá tido pelos só de um lado do rosto e não no outro, ou um olho redondo e transparente, ou dentes que se movem e evaporam e crescem de novo? Perdoai-nos, ó meus senhores!

Isso é que era sorte, e não preciso dizer, aproveitei a oportunidade.

— Isso é certo — falei, com um sorriso imperial. — Não, ireis saber a verdade. Viemos de outro mundo, ainda que sejamos homens como vós. — E continuei: — Viemos da grande estrela que brilha à noite.

— Ah! Ah! — grunhiu o coro de aborígenes impressionado.

— Sim — continuei —, é verdade, nós viemos. — E outra vez sorri benevolente, enquanto soltava aquela mentira espetacular. — Viemos para ficar convosco um pouquinho e para vos abençoar durante nossa estadia. Vereis, ó amigos, que eu mesmo me preparei para esta visita ao aprender vossa língua.

— É verdade, é verdade — disse o coro.

— Contudo, meu senhor — disse o velho —, tu a aprendeste muito mal.

Lancei um olhar indignado para ele, e ele recuou.

— Agora, amigos — continuei —, podeis imaginar que após viagem tão longa, deveríamos em nossos corações buscar vingança por tal recepção, talvez lançando a fria morte contra a mão imperiosa que, enfim, lançou uma faca contra a cabeça daquele cujos dentes vêm e vão.

— Poupe-o, meus senhores — disse o velho, em súplica. — Ele é o filho do rei e eu sou seu tio. Se algo lhe acontecer, seu sangue recairá sobre minhas mãos.

— Sim, certamente — disse o rapaz com grande ênfase.

— Talvez duvideis de nosso poder de vingança — continuei, sem fazer caso do aparte. — Ficai e vos mostrarei. Aqui, ó cão e escravo — falei, me dirigindo a Umbopa num tom selvagem —, dá-me o tubo mágico que fala. — E dei uma piscada na direção do meu rifle expresso.

Umbopa entendeu tudo, e com o mais próximo que já vi de um sorriso em seu rosto altivo, ele me entregou a arma.

— Está aqui, ó Senhor dos Senhores — falou, com uma profunda mesura.

Agora, pouco antes de ter solicitado meu rifle, eu havia percebido um pequeno antílope *klipspringer* parado sobre um amontoado de rochas, a cerca de uns sessenta metros de distância, e decidi arriscar o tiro.

— Enxergais aquele cervo? — falei, apontando o animal distante para o grupo à minha frente. — Dizei-me, é possível a homem nascido de mulher matá-lo daqui, só com um barulho?

— Não é possível, meu senhor — respondeu o velho.

— No entanto hei de matá-lo — falei com calma.

Ergui o rifle e mirei no cervo. Era um animal pequeno e um que seria compreensível para um homem errar, mas eu sabia que não erraria.

Respirei fundo e apertei o gatilho devagar. O cervo estava imóvel feito pedra.

Bang! Ploft! O antílope saltou no ar e caiu sobre a pedra, mortinho da silva.

Um suspiro simultâneo de horror eclodiu do grupo à nossa frente.

— Se quereis carne — observei com frieza —, ide e trazei aquele cervo.

O velho fez um sinal, e um de seus seguidores partiu, logo voltando com o *klipspringer*. Percebi satisfeito que o atingira logo atrás do ombro. Eles se agruparam ao redor do corpo da pobre criatura, olhando consternados para o buraco da bala.

— Percebeis — disse — que não falo palavras vãs.

Não houve resposta.

— Se ainda assim duvidais de nosso poder — continuei —, deixai que um de vós vá até aquela pedra, para que eu faça dele o que fiz deste cervo.

Nenhum deles pareceu minimamente inclinado a se dobrar à sugestão, até que enfim o filho do rei falou:

— De acordo. Vai tu, meu tio, ficar parado naquela pedra. É só um cervo que a mágica matou. Certamente não pode matar um homem.

O velho senhor não levou a sugestão numa boa. Na verdade, pareceu ofendido.

— Não! Não! — exclamou logo. — Meus velhos olhos já viram o bastante. Estes são feiticeiros de fato. Vamos levá-los ao rei. Se alguém ainda assim quiser mais provas, que seja *ele* a ficar sobre a pedra, para que o tubo mágico fale com ele.

Houve uma expressão geral e agitada de divergência.

— Não vamos desperdiçar mágica da boa em nossos pobres corpos — disse um. — Estamos satisfeitos. Toda a feitiçaria de nosso povo não chega aos pés desta.

— Assim será — observou o velho senhor, num tom de alívio intenso. — Assim será, sem dúvida. Escutai, filhos das Estrelas, filhos do Olho brilhante e dos Dentes móveis, que fazem rugir o trovão e matam à distância. Eu sou Infadoos, filho de Kafa, antigo rei do povo kukuana. Esse jovem é Scragga.

— Ele quase fez eu me scragar — murmurou Good.

— Scragga, filho de Twala, o grande rei... Twala, marido de cem esposas, chefe e senhor supremo dos kukuanas, guardião da Grande Estrada, terror de seus inimigos, estudante das Artes Negras, líder de centenas de milhares de guerreiros. Twala o Caolho, o Negro, o Terrível.[4]

— Então — falei, com ar superior — nos leve até Twala. Não somos de conversar com subordinados e gente inferior.

— Está bem, meus senhores, nós os guiaremos, mas o caminho é longo. Estamos caçando a três dias de distância do palácio do rei. Mas tenham meus senhores paciência, e nós os guiaremos.

— Que assim seja — falei, de modo indiferente. — Temos todo o tempo do mundo, pois somos imortais. Estamos prontos, levem-nos. Mas, Infadoos, e vós, Scragga, cuidado! Não nos iludam com macaquices, não nos ponham armadilhas de raposa no caminho, pois antes que vosso cérebro de lama pense nisso, nós saberemos e nos vingaremos. A luz do olho transparente daquele das pernas nuas e da face de meia-barba irá destruir-vos e se espalhar por sua terra. Seus Dentes-que-vêm-e-vão se prenderão rápido em vós e os devorarão, a vós e vossas esposas e vossas crianças. O tubo mágico irá discutir convosco em altos brados e fará de vós peneiras. Cuidado!

Esse discurso magnífico não foi sem efeito; na realidade, poderia até ter sido dispensado, tão profundamente impressionados nossos amigos já estavam com nossos poderes.

O velho fez uma profunda reverência e murmurou as palavras "*koom*", que depois descobri serem a sua saudação real, correspondente ao *bayéte* dos zulus,[5] e se virou, dirigindo-se aos seus seguidores. Estes de imediato se puseram a pegar todos os nossos bens e objetos pessoais, para carregá-los, exceto as armas, que não queriam tocar de modo algum. Até mesmo pegaram as roupas de Good, que, como o leitor deve lembrar, estavam impecavelmente dobradas à sua frente.

Ele viu isso e saltou sobre eles, e uma discussão em voz alta se seguiu.

— Não vá o meu senhor do Olho Transparente e dos Dentes-que-vão-e-vêm tocar nelas — disse o velho. — Certamente que seu escravo deve carregá-las.

— Mas eu quero me vestir! — rosnou Good, num inglês nervoso.

Umbopa traduziu isso.

— Não, meu senhor — respondeu Infadoos. — Por que meu senhor iria cobrir suas lindas pernas pálidas dos olhos de seus servos? — Apesar dos cabelos negros, Good tinha uma pele particularmente alva. — Teremos nós ofendido a meu senhor para que ele faça tal coisa?

Aqui eu quase explodi em gargalhadas, e enquanto isso um dos homens se adiantou a carregar as roupas.

— Maldição! — rosnou Good. — Esse patife preto pegou minhas calças.

— Olha aqui, Good — disse Sir Henry —, você apareceu nesta terra de um certo modo e você deve se manter de acordo. Não deverá jamais vestir as calças outra vez. Daqui por diante você deve existir numa camisa de flanela, um par de botas e um monóculo.

— Sim — falei —, e com costeletas de um lado do rosto e nada no outro. Se você mudar alguma dessas coisas, o povo irá pensar que somos impostores. Lamento muito por você, mas, sério, você precisa. Se eles começarem a suspeitar de nós, nossa vida não valerá um tostão furado.

— Você acha isso mesmo? — Good perguntou, desanimado.

— Sim, acho mesmo. Suas "lindas pernas pálidas" e seu monóculo são agora *as* características do nosso grupo, e como disse Sir Henry, você deve se manter de acordo. Seja grato que você calçou as botas e que a temperatura está amena.

Good suspirou e não disse mais nada, mas custou-lhe duas semanas até se acostumar com seus novos e escassos trajes.

8.
Entramos em Kukuanalândia

Viajamos aquela tarde toda ao longo da magnífica estrada, que seguia firme numa direção noroeste. Infadoos e Scragga caminharam conosco, mas seus seguidores marcharam a uns cem passos atrás.

— Infadoos — falei enfim —, quem fez esta estrada?

— Ela foi feita em tempos antigos, meu senhor, ninguém sabe como ou quando, nem mesmo a sábia Gagoula, que tem vivido por gerações. Não somos antigos o bastante para lembrar sua construção. Ninguém sabe fazer estradas assim agora, mas o rei não deixa que a grama cresça sobre ela.

— E de quem são as inscrições nas paredes das cavernas por que passamos na estrada? — perguntei, me referindo às esculturas de estilo egípcio que havíamos visto.

— Meu senhor, as mãos que fizeram a estrada escreveram as maravilhosas inscrições. Não sabemos quem as escreveu.

— Quando foi que o povo kukuana chegou a esta terra?

— Meu senhor, nossa raça desceu para cá feito o sopro de uma tempestade há dez mil milhares de luas, das grandes terras que jazem além. — E ele apontou para o norte. — Eles não puderam seguir viagem por causa das altas montanhas que circundam a terra, assim dizem as antigas vozes de nossos pais que chegaram a nós seus filhos, e assim diz Gagoula, a sábia, a farejadora de bruxas. — E outra vez ele apontou para os cumes nevados. — A terra também era boa, então eles se assentaram aqui e cresceram fortes e poderosos, e agora nossos números são como a areia do mar, e quando o rei Twala chama seus regimentos, seus penachos cobrem a planície até onde o olho do homem consegue alcançar.

— Mas se a terra é cercada por montanhas, contra quem os regimentos lutarão?

— Não, meu senhor, a terra é aberta naquele lado — e de novo ele apontou na direção norte — e vez que outra, guerreiros caem sobre nós em nuvens, vindos de uma terra que não conhecemos, e nós os matamos. É a terça parte da vida de um homem desde que houve uma guerra. Muitas centenas morreram, mas nós destruímos aqueles que vieram nos devorar. Desde então não tem havido mais guerra.

— Seus guerreiros devem estar ficando inquietos de descansar sobre as lanças, Infadoos.

— Meu senhor, houve uma guerra, logo após termos destruído o povo que desceu sobre nós, mas foi uma guerra civil, cão come cão.

— Como foi isso?

— Meu senhor, o rei, que é meu meio-irmão, tinha um irmão nascido no mesmo parto e da mesma mulher. Não é nosso costume, meu senhor, permitir que gêmeos vivam, o mais fraco deve sempre morrer. Mas a mãe do rei escondeu a criança fraca, que nasceu por último, pois seu coração assim desejou, e essa criança é Twala, o rei. Eu sou seu irmão mais novo, nascido de outra esposa.

— Então?

— Meu senhor, Kafa, nosso pai, morreu quando chegamos à maioridade, e meu irmão Imotu foi feito rei em seu lugar, e por um tempo reinou e teve um filho com sua esposa favorita. Quando o bebê tinha três anos de vida, logo após a grande guerra, durante a qual homem algum pôde plantar ou colher, a fome grassou a terra, e o povo passou a murmurar por causa da fome e a olhar ao redor feito um leão faminto em busca de algo para estraçalhar. Foi então que Gagoula, a sábia e terrível mulher que não morre, fez uma proclamação ao povo, dizendo: "O rei Imotu não é rei". E naquela época Imotu estava doente por uma ferida e estava deitado em seu *kraal* incapaz de se mover. Então Gagoula entrou numa cabana e dela tirou Twala, meu meio-irmão, e gêmeo do rei, que ela havia escondido entre as cavernas e as rochas desde que nascera, e arrancando a *moocha* (tanga) de sua virilha, mostrou ao povo dos kukuanas a marca da cobra sagrada enrolada no seu umbigo, com a qual o filho mais velho do rei é marcado ao nascer, e gritou bem alto: "Contemplem vosso rei, o qual eu salvei para vocês até o dia de hoje!". Estando então o povo enlouquecido de fome e, portanto, incapaz de pensar ou conhecer a verdade, gritou: "O rei! O rei!". Mas eu sabia que não podia ser, pois meu irmão Imotu era o mais velho dos gêmeos e nosso legítimo rei. Bem quando o tumulto estava no auge, o rei Imotu, ainda que bastante doente, arrastou-se de sua tenda trazendo a esposa pela mão, seguido pelo seu filhinho Ignosi, que significa "o Trovão". "O que é esse barulho, por que gritais '*o rei, o rei*'?", ele perguntou. Então seu irmão gêmeo Twala, nascido da mesma mulher, e na mesma hora, correu até ele, e o agarrando pelos cabelos, o esfaqueou bem no coração com seu punhal. E o povo sendo volúvel, e pronto a adorar até mesmo o sol, bateu palmas e gritou: "*Twala é rei!* Agora sabemos que Twala é rei!".

— E que fim levou a esposa de Imotu e seu filho Ignosi? Twala os matou também?

— Não, meu senhor. Quando ela viu que seu senhor estava morto, a rainha pegou a criança com um grito e fugiu correndo. Dois dias depois ela chegou faminta a um *kraal*, e ninguém quis lhe dar leite ou comida, agora que seu senhor, o rei, estava morto, pois todos os homens odeiam o desafortunado. Mas ao anoitecer uma criancinha, uma menina, saiu e lhe trouxe milho para comer, e ela abençoou a criança e partiu para as montanhas com seu menino antes que o sol se levantasse outra vez, e lá ela deve ter perecido, pois ninguém a viu desde então, tampouco o pequeno Ignosi.

— Então se esse menino Ignosi vivesse, ele seria o verdadeiro rei dos kukuanas?

— Assim seria, meu senhor. A cobra sagrada se enrola ao seu umbigo. Se ele vivesse, seria rei. Mas, ai! Ele está morto há muito tempo. Veja, meu senhor. — E Infadoos apontou para um vasto agrupamento de cabanas rodeadas por uma cerca, que por sua vez era circundada por uma grande vala, que jazia na planície à nossa frente. — Aquele é o *kraal* onde a esposa de Imotu foi vista pela última vez com o menino Ignosi. É lá que iremos dormir esta noite, por sinal — ele acrescentou, hesitante. — Se é que os meus senhores sequer dormem neste mundo.

— Quando estamos entre os kukuanas, meu bom amigo Infadoos, fazemos como os kukuanas fazem — falei, majestático, e me virei rápido para falar com Good, que vinha caminhando pesadamente logo atrás, sua mente ocupada por completo em tentativas insatisfatórias de evitar que sua camisa de flanela ficasse esvoaçando com a brisa matutina. Mas, para meu assombro, dei de cara com Umbopa, que estava caminhando logo atrás de mim, e evidentemente vinha escutando com grande interesse a minha conversa com Infadoos. A expressão em seu rosto era de muita curiosidade, e me deu a impressão de um homem que lutava, com certo sucesso, para trazer de volta à mente algo havia muito esquecido.

Tudo isso se deu enquanto acelerávamos o passo num bom ritmo em direção da planície ondulando abaixo de nós. As montanhas que havíamos cruzado pairavam agora acima de nossa cabeça, e os Seios de Sabá estavam modestamente cobertos por diáfanas grinaldas de névoa. Conforme avançávamos, a terra ficava mais e mais adorável. A vegetação era luxuriante, sem ser tropical; o sol era caloroso e brilhante, mas não escaldante; e uma brisa graciosa soprava suave ao longo das encostas perfumadas das montanhas. De fato, essa nova terra era pouco menos que um paraíso terreno; em beleza, em riquezas naturais e em clima, eu nunca vira nada semelhante. O Transvaal é uma boa terra, mas não é nada comparado à Kukuanalândia.

Logo que havíamos começado, Infadoos despachara um mensageiro para avisar o povo do *kraal* — que, por sinal, estava sob seu comando militar — da nossa chegada. Esse homem partiu numa velocidade extraordinária, a qual, Infadoos me informou, ele manteria durante todo o caminho, pois correr era um exercício muito praticado entre sua gente.

O resultado dessa mensagem era visível agora. Quando chegamos a uns três quilômetros do *kraal*, pudemos ver que pelotões atrás de pelotões de homens estavam saindo de seus portões e marchando na nossa direção.

Sir Henry pousou a mão em meu braço e comentou que parecia que teríamos uma recepção calorosa. Algo em seu tom atraiu a atenção de Infadoos.

— Que os meus senhores não temam — ele disse rapidamente. — Pois em meu peito não levo a traição. Este regimento é dos que estão sob meu comando e vem sob minhas ordens para vos receber.

Assenti com tranquilidade, ainda que não estivesse tranquilo em minha mente.

A cerca de oitocentos metros dos portões desse *kraal*, havia uma longa faixa de terreno elevando-se gentilmente numa encosta em direção à estrada, e ali os regimentos se formaram. Era uma coisa linda de se ver, cada regimento com cerca de trezentos homens, avançando suavemente pela encosta, com lanças brilhantes e plumas ondulantes, para assumir sua posição designada. Na altura em que alcançamos a encosta, doze desses regimentos, ou ao todo três mil e seiscentos homens, haviam passado e assumido sua posição ao longo da estrada.

Por fim, chegamos ao primeiro regimento, e nos foi possível observar com assombro o mais magnífico conjunto de guerreiros que eu já havia visto. Eles eram todos homens de idade madura, a maioria veteranos com cerca de quarenta anos, e nenhum deles com menos de um metro e oitenta de altura, enquanto a maioria tinha quase dois metros. Usavam pesados penachos negros sobre a cabeça, feitos de penas de sakabula,[1] como as que enfeitavam os nossos guias. Ao redor da cintura, e abaixo do joelho direito, eram amarrados cordões de rabos de bois brancos, enquanto na mão esquerda carregavam escudos redondos medindo cerca de um metro de diâmetro. Esses escudos eram muito curiosos. A base era feita de uma placa de ferro forjado bem fina, sobre a qual se esticava couro bovino branco como leite.

As armas que cada homem carregava eram bastante simples, mas muito eficazes, consistindo de uma lança de duas pontas com cabo de madeira, curta e bem pesada, a lâmina tendo cerca de quinze centímetros na parte mais larga. Essas lâminas não eram usadas para arremessar, e sim para, tal qual a *bangwan* dos zulus,[2] ou punhal de azagaia, o combate direto, quando a ferida por elas infligida é terrível. Em acréscimo a esse *bangwan*, cada homem carrega três facas grandes e pesadas, tendo quase um quilo cada uma. Essas facas, chamadas de *tollas* pelos kukuanas, assumem o lugar das azagaias de arremesso dos zulus. Os guerreiros kukuanas podem lançá-las com grande precisão até a distância de cinquenta metros, e é seu costume ao atacar lançá-las em sequência contra o inimigo conforme se aproximam para o combate.

Cada regimento permaneceu rijo feito uma coleção de estátuas de bronze até que estivéssemos frente a eles quando, a um sinal dado por seu oficial comandante, que se destacava por sua capa de pele de leopardo, e permanecia alguns passos à frente, cada lança foi erguida no ar, e de trezentas gargantas projetou-se um súbito rugido com a saudação real de "*Koom*". Então, assim que havíamos passado, o regimento entrou em formação atrás de nós e seguiu na direção do *kraal*, até que por fim todo o regimento dos "Grisalhos" — assim chamados por seus escudos brancos[3] —, a tropa de choque do povo kukuana, estava marchando na nossa retaguarda num passo que fazia o chão tremer.

Por fim, saindo da Grande Estrada de Salomão, chegamos ao grande fosso que cercava o *kraal*, com não mais que um quilômetro e meio de diâmetro e uma forte paliçada de troncos de árvores empilhados em toda a volta. No portão, esse fosso é atravessado por uma ponte levadiça primitiva, que fora baixada pelo guarda para permitir que a cruzássemos. O *kraal* é extremamente bem planejado. O centro é cortado por um caminho largo cruzado em ângulos retos por outros caminhos assim dispostos de modo a dividir as cabanas em quarteirões quadrados, cada quarteirão sendo a caserna de um regimento. As tendas possuem forma de domos e feitas, assim como as dos zulus, com telas de acácia, lindamente cobertas com grama; mas, ao contrário das tendas zulus, elas possuem portas que qualquer homem pode atravessar. Além disso, são muito mais largas e cercadas por uma varanda com mais ou menos dois metros de largura, lindamente pavimentadas com pedras de calcário bem pequenas.

Ao longo de cada lado desse amplo caminho que corta o *kraal* havia centenas de mulheres, levadas a nos observar pela curiosidade. Elas eram extremamente bonitas, para uma raça nativa. Eram altas e graciosas, e suas silhuetas eram maravilhosamente belas. Seus cabelos, ainda que curtos, eram mais encaracolados do que lanosos, as feições eram com frequência aquilinas, e os lábios não eram desagradavelmente grossos, como é o caso da maioria das raças africanas. Mas o que nos chamou mais a atenção era seu aspecto excessivamente quieto e altivo. Elas eram todas muito bem treinadas em seus costumes, como o são as habituées de elegantes salões, e nesse aspecto eram distintas das mulheres zulus e suas primas massais que habitam os distritos além de Zanzibar. Sua curiosidade as levou a sair para nos ver, mas conforme caminhávamos em frente a elas, não se permitiam nenhuma expressão rude de assombro ou crítica selvagem. Nem mesmo quando o velho Infadoos, com um gesto sutil de sua mão, apontou o supremo assombro das "lindas pernas pálidas" do pobre Good, não se permitiram expressar o sentimento de intensa admiração que evidentemente dominava a mente delas. Elas fixaram seus olhos negros naquela nova e nevada beleza, pois, como creio ter dito, a pele de Good era excessivamente branca, e foi só. Mas foi demais para Good, que é modesto por natureza.

Quando chegamos ao centro do *kraal*, Infadoos parou à porta de uma tenda larga, que era cercada a certa distância por um círculo de outras menores.

— Entrai, Filhos das Estrelas — falou, numa voz magnífica. — E dignai-vos a descansar um pouco em nossas humildes habitações. Um pouco de comida vos será trazida em breve, para que não tenhais necessidade de apertar vossos cintos por fome. Um pouco de mel e um pouco de leite, e um boi ou dois, e algumas ovelhas, não muito, meus senhores, mas ainda assim um pouco de comida.

— Está bom — disse eu. — Infadoos, estamos exaustos de viajar por entre os reinos de ar, deixe-nos descansar agora.

Assim sendo, entramos na tenda, que encontramos plenamente preparada para nosso conforto. Sofás de peles curtidas foram espalhados para nos deitarmos, e nos foi deixada água para nos lavarmos.

Por fim escutamos uma gritaria do lado de fora, e ao chegar à porta, vimos uma linha de donzelas carregando leite e farinha torrada, e mel num pote. Atrás delas havia alguns jovens conduzindo um novilho gordo. Recebemos os presentes, e então um dos rapazes sacou a faca da cinta e habilmente cortou a garganta do novilho. Em dez minutos estava morto, esfolado e carneado. As melhores partes da carne foram então cortadas para nós, e o resto, em nome de nosso grupo, dei de presente aos guerreiros que nos rodeavam, que a pegaram e distribuíram os "presentes dos senhores brancos".

Umbopa se pôs ao trabalho, com o auxílio de uma jovem extremamente cativante, cozinhando nossa porção em uma grande panela de barro sobre um fogareiro erguido do lado de fora da tenda, e quando estava quase pronto, enviamos uma mensagem para Infadoos e convidamos ele e Scragga, o filho do rei, para se juntarem a nós.

Por fim eles vieram, e sentando-se sobre pequenos banquinhos, dos quais havia vários na tenda, pois em geral os kukuanas não se sentam sobre as pernas como os zulus, eles nos ajudaram a dar conta de nosso jantar. O velho senhor era muito afável e educado, mas percebi que o jovem nos tratava com ressalva. Como os demais, ele havia ficado impressionado com nossa aparência branca e nossas qualidades mágicas. Mas a mim pareceu que, ao descobrir que comíamos, bebíamos e dormíamos como outros mortais, seu assombro começava a desaparecer e a ser substituído por uma suspeita carrancuda — o que me deixou bastante desconfortável.

No decorrer de nossa refeição, Sir Henry me sugeriu que poderia ser bom descobrirmos se nossos anfitriões sabiam algo a respeito do destino de seu irmão, ou se haviam alguma vez visto ou ouvido falar dele. Mas, no geral, me ocorreu que seria mais sábio não dizer nada sobre o assunto no momento. Era difícil explicar um parente perdido vindo "das Estrelas".

Após jantar, buscamos nossos cachimbos e os acendemos, um procedimento que encheu Infadoos e Scragga de assombro. Os kukuanas evidentemente não estavam familiarizados com os prazeres divinos de fumar tabaco. A erva crescia abundante entre eles, mas, assim como os zulus, eles a usavam apenas como rapé, e não conseguiam identificá-la em sua nova forma.

Por fim perguntei a Infadoos quando daríamos continuidade à nossa viagem, e tive o prazer de saber que preparativos foram arranjados para que partíssemos na manhã seguinte, já tendo sido enviados mensageiros para informar o rei Twala de nossa chegada.

Aparentemente Twala estava em seu local principal, conhecido como Loo, preparando-se para o grande banquete anual que ocorreria na primeira semana de junho. Era nesse encontro que todos os regimentos, com exceção de alguns destacamentos deixados para fins de guarnições, eram levados para desfilar diante do rei. E era feita a grande Caça às Bruxas anual, da qual mais será dito adiante.

Deveríamos partir ao amanhecer, e Infadoos, que nos acompanharia, esperava que alcançássemos Loo na noite do segundo dia, a não ser que fôssemos detidos por acidentes ou cheias de rios.

Quando nos deram essa informação, nossos visitantes nos desejaram boa-noite. E, tendo organizado o revezamento de nossa vigia, três de nós se deitaram e dormiram o doce sono dos exaustos, enquanto o quarto se manteve de olho aberto, à espreita de uma possível traição.

9.
O rei Twala

Não será necessário detalhar demais os incidentes de nossa jornada até Loo. Foram dois dias inteiros de viagem ao longo da Grande Estrada de Salomão, que seguia caminho direto ao coração de Kukuanalândia. Basta dizer que, conforme avançávamos, a terra parecia cada vez mais rica, e os *kraals*, cercados por seus amplos cinturões de cultivo, cada vez mais numerosos. Eram todos erguidos sob os mesmos princípios do primeiro acampamento que havíamos alcançado, e eram guardados por grandes guarnições de tropas. Na realidade, em Kukuanalândia, assim como entre os alemães, os zulus e os masais, todo homem hábil era um soldado, de modo que toda a força da nação estava disponível para suas guerras, ofensivas ou defensivas. Conforme viajávamos, éramos ultrapassados por centenas de soldados apressando-se rumo a Loo, para estar presentes na grande revista e festival anual, e nunca vi tropas assim tão esplêndidas.

Ao entardecer do segundo dia, paramos para descansar um pouco no cume de algumas elevações sobre as quais a estrada passava, e lá, sobre uma bela e fértil planície, estava a própria Loo. Para uma cidade nativa era um lugar enorme, ouso dizer que eram quase oito quilômetros de diâmetro, com *kraals* periféricos se projetando dela, que serviam em grandes ocasiões como acantonamento para os regimentos, e com uma curiosa colina em forma de ferradura, com a qual estávamos destinados a nos familiarizar melhor, cerca de três quilômetros ao norte. A cidade estava lindamente situada, e pelo centro do *kraal*, dividindo-o em duas partes, corre um rio, que parece possuir pontes em vários lugares, na realidade o mesmo rio que havíamos visto nas encostas dos Seios de Sabá. Mais de cem quilômetros além, três grandes montanhas nevadas, posicionadas na ponta de um triângulo, despontavam do terreno plano. A conformação dessas montanhas era diferente dos Seios de Sabá, sendo abruptas e íngremes, ao invés de suaves e arredondadas.

Infadoos nos viu olhando para elas e ofereceu um comentário.

— A estrada acaba lá — disse ele, apontando as montanhas conhecidas entre os kukuanas como "As Três Bruxas".

— Por que ela acaba? — perguntei.

— Quem pode saber? — respondeu, dando de ombros. — As montanhas são cheias de cavernas, e há um grande fosso entre elas. Era lá que os sábios de outrora costumavam ir para buscar o que quer que fosse que buscavam nessa terra, e é lá agora que nossos reis são enterrados, no Lugar de Morte.

— O que é que eles buscavam? — perguntei, ansioso.

— Isso não sei. Meus senhores que vieram das Estrelas devem saber — ele respondeu, com um rápido olhar. Era evidente que sabia mais do que escolhera falar.

— Sim — continuei. — Tens razão, nas Estrelas nós sabemos muitas coisas. Ouvi dizer, por exemplo, que os sábios de outrora iam até aquelas montanhas para encontrar pedras brilhantes, brinquedos bonitos e aço amarelo.

— Meu senhor é sábio — ele respondeu com frieza. — Não sou mais que uma criança e não posso falar com meu senhor sobre tais assuntos. Meu senhor deve falar com a velha Gagoula, na casa do rei, que é tão sábia quanto meu senhor. — E seguiu adiante.

Assim que ele se foi, me virei para os demais e apontei as montanhas.

— Lá estão as minas de diamantes de Salomão — falei.

Umbopa estava de pé ao lado deles, aparentemente mergulhado num dos devaneios que lhe eram comuns, e escutou minhas palavras.

— Sim, Macumazahn — ele disse, em zulu. — Os diamantes com certeza estão lá, e vocês os terão, já que vocês homens brancos gostam tanto de dinheiro e brinquedos.

— Como sabeis disso, Umbopa? — perguntei ríspido, pois não gostei daqueles seus modos misteriosos.

Ele riu.

— Sonhei com isso essa noite, branquelos. — Então girou nos calcanhares e partiu.

— Mas, então — disse Sir Henry —, o que nosso amigo preto está querendo dizer? Ele sabe mais do que fala, isso está claro. Por sinal, Quatermain, terá ele escutado algo a respeito... do meu irmão?

— Nada. Ele perguntou para cada um com quem travou amizade, mas todos declararam que nenhum homem branco jamais esteve nesta terra antes.

— Vocês acham mesmo que ele chegou até aqui? — sugeriu Good. — Nós só alcançamos o lugar por milagre; seria possível ele ter chegado sem um mapa?

— Não sei — disse Sir Henry, melancólico. — Mas de algum modo, acho que vou encontrá-lo.

Aos poucos o sol se pôs, e então, de súbito, a escuridão correu sobre a terra como se fosse algo tangível. Não houve espaço de respiro entre o dia e a noite, nenhuma suave cena de transformação, pois nessas latitudes não existe crepúsculo. A mudança do dia para a noite é tão rápida e absoluta quanto a mudança da vida para a morte. O sol mergulhou e o mundo se envolveu em sombras. Mas não por muito tempo, pois a leste se viu um brilho, então vieram raios de luz prateada, e por fim uma gloriosa lua cheia iluminou a planície e disparou suas flechas luminosas por toda parte, preenchendo a terra com uma leve refulgência.

Ficamos parados observando aquela visão adorável, enquanto as estrelas surgiam pálidas diante dessa majestade apaziguada, e nosso coração se sentiu elevado na presença de uma beleza que não posso descrever. A minha vida tem sido difícil, mas há algumas coisas pelas quais sou grato por ter vivido, e uma delas é ter visto aquela lua brilhar sobre Kukuanalândia.

Por fim nossas meditações foram interrompidas por nosso educado amigo Infadoos.

— Se os meus senhores estão descansados, vamos viajar até Loo, onde uma cabana está sendo preparada para meus senhores esta noite. A lua brilha agora, então não iremos cair pelo caminho.

Consentimos, e em uma hora estávamos nos arredores da cidade, cuja extensão, mapeada como estava por uma centena de fogueiras, parecia absolutamente infinita. De fato Good, sempre afeito a piadas ruins, a batizou de Loo Ilimitado.[1] Logo chegamos a um fosso com uma ponte levadiça, onde nos deparamos com o chocalhar de armas e o grito de alerta de uma sentinela. Infadoos disse uma senha que não consegui entender, que foi recebida com uma saudação, e seguimos para a rua central da grande cidade gramada. Após quase meia hora de caminhada, passando fileiras sem fim de cabanas, Infadoos enfim parou ao portão de um pequeno grupo de cabanas que cercavam um pequeno pátio de pedrinhas de calcário, e nos informaram que essas seriam nossos "humildes" alojamentos.

Entramos, e descobrimos que fora designada uma cabana para cada um de nós. As cabanas eram superiores a qualquer uma que já tivéssemos visto, e em cada uma havia uma cama muito confortável feita de peles curtidas, espalhadas sobre colchões de ervas aromáticas. Também nos foi preparada comida, e assim que nos lavamos com água, que nos aguardava em jarros de cerâmica, algumas jovens de aparência belíssima nos trouxeram carnes assadas e espigas de milho delicadamente servidas em travessas de madeira, que nos ofereceram com profunda reverência.

Comemos e bebemos, e então, as camas todas movidas para uma só cabana a nosso pedido, precaução diante da qual as amigáveis donzelas sorriram, nos entregamos ao sono, completamente exaustos por nossa longa jornada.

Quando acordamos, foi para descobrir que o sol estava alto no céu, e as criadas, que não pareciam se incomodar por nenhum falso pudor, já aguardavam de pé dentro da cabana, tendo-lhes sido ordenado servir-nos e ajudar-nos a "ficar prontos".

— Ficarmos prontos, é verdade — grunhiu Good. — Quando só se tem uma camisa de flanela e um par de botas, isso não requer muito. Gostaria que você pedisse por minhas calças a elas, Quatermain.

Eu assim o fiz, mas fui informado de que tais relíquias sagradas já haviam sido enviadas ao rei, que nos receberia pela manhã.

Para surpresa e desapontamento das jovens, pedimos a elas para ficar do lado de fora, e nos pusemos a fazer a melhor toalete que as circunstâncias permitiam. Good até mesmo se deu ao trabalho de outra vez barbear o lado direito do rosto. O lado esquerdo, onde agora aparecia uma belíssima messe de costeleta, o instamos a não tocar de modo algum. Quanto a nós, nos contentamos com um bom banho e em pentear nossos cabelos. Os cachos loiros de Sir Henry estavam agora quase batendo nos ombros, e ele se parecia mais do que nunca com um ancestral dinamarquês, enquanto minhas madeixas grisalhas estavam com quase três centímetros de comprimento, em vez de um e meio, que de modo geral considero meu comprimento máximo.

Tínhamos já feito nosso desjejum e fumado um cachimbo quando nos foi trazida uma mensagem por ninguém menos que o próprio Infadoos, de que o rei Twala estava pronto para nos ver, se fosse de nosso agrado ir.

Indicamos em resposta que preferiríamos aguardar até que o sol estivesse um pouco mais alto, estávamos ainda cansados de nossa viagem etc. etc. É sempre bom que, ao tratar com gente incivilizada, não se demonstre muita pressa. Eles são rápidos em confundir educação com assombro ou servilismo. Assim, embora estivéssemos tão ansiosos para ver Twala quanto Twala poderia estar para nos ver, nos sentamos e aguardamos por uma hora, tempo ocupado na preparação dos presentes que nossas parcas provisões de bens permitiam — a constar, o rifle Winchester que fora usado pelo pobre Ventvögel e algumas miçangas de vidro. O rifle e munições nós pensamos em presentear a sua alteza real, e as miçangas eram para suas esposas e cortesãs. Nós já havíamos dado algumas a Infadoos e Scragga, e descobrimos que eles as adoraram, nunca tendo visto coisas assim antes. Enfim anunciamos que estávamos prontos, e guiados por Infadoos, partimos para nossa audiência, com Umbopa carregando o rifle e as miçangas.

Após caminhar alguns metros, chegamos a um cercado, algo como aqueles que contornavam as cabanas que nos haviam sido designadas, apenas que esse era cinquenta vezes maior, pois não cobria menos que seis ou sete acres de terreno. Ao redor da cerca externa havia uma fileira de cabanas, que eram as habitações das esposas do rei. Bem diante do portão, no lado mais distante da área aberta, havia uma cabana muito grande, isolada, na qual sua majestade residia. Todo o resto era terreno aberto, digo, seria aberto se não estivesse preenchido por regimento atrás de regimento de guerreiros, que foram reunidos ali em número de sete ou oito mil. Esses homens permaneciam parados feito estátuas conforme avançamos entre eles, e seria impossível dar uma ideia adequada da grandiosidade do espetáculo que apresentavam, com suas plumas ondulando, as lanças brilhantes e os escudos de ferro forrados de couro.

O espaço em frente da grande cabana estava vazio, mas em frente a ele foram colocados vários banquinhos. Em três, a um gesto de Infadoos, nós mesmos sentamos, com Umbopa ficando de pé atrás de nós. Quanto a Infadoos, ele assumiu uma posição à porta da cabana. Assim aguardamos por dez minutos ou mais em meio a um silêncio mortal, mas cientes de que éramos o alvo do olhar fixo de cerca de oito mil pares de olhos. Era, de certo modo, uma provação difícil, mas lidamos com ela o melhor possível. Por fim a porta da cabana abriu, e uma figura gigantesca, com uma *kaross* de pele de tigre[2] jogada sobre o ombro, deu um passo para fora, seguida pelo menino Scragga e o que nos pareceu ser um macaco ressequido, coberto com uma capa de pele. A figura sentou-se ela própria num banco, Scragga assumiu sua posição atrás dele, e o macaco ressequido rastejou de quatro até a sombra da cabana e acocorou-se.

Silêncio ainda.

Então a figura gigantesca soltou a *kaross* e se ergueu diante de nós, um espetáculo realmente alarmante. Aquele era um homem enorme com o semblante mais completamente repulsivo que já havíamos visto. Os lábios desse homem eram grossos como os de um negro, o nariz era achatado, ele tinha somente um olho negro brilhando, pois o outro era representado por um buraco no rosto, e toda sua expressão era cruel e sensual ao extremo. Da grande cabeça despontava um magnífico penacho de penas de avestruz branco, seu corpo era envolto numa camisa de brilhante cota de malha, enquanto, ao redor do peito e do joelho direito, estavam as guarnições habituais de rabo de boi branco. Em sua mão direita havia uma lança enorme, ao redor do pescoço um grosso colar de ouro, e preso à testa brilhava opaco um enorme e solitário diamante bruto.

Silêncio ainda, mas não por muito tempo. Enfim o homem, que supomos com acerto ser o rei, levantou o grande dardo em sua mão. No mesmo instante, oito mil lanças foram erguidas em resposta, e de oito mil gargantas ecoou a saudação real de "*Koom*". Por três vezes isso se repetiu, e a cada vez a terra tremeu com o barulho, que só pode ser comparado com as notas graves de um trovão.

— Tenha humildade, ó povo — incitou uma voz fina que parecia vir do macaco na sombra. — Eis o rei.

— EIS O REI — trovejaram as oito mil gargantas em resposta. — TENHA HUMILDADE, Ó POVO, EIS O REI.

Então houve silêncio outra vez — um silêncio mortal. Contudo, foi quebrado. Um soldado à nossa esquerda derrubou o escudo, que caiu com um clangor contra o piso de calcário.

Twala virou seu único olho gélido na direção do barulho.

— Tu, vem aqui — disse, num tom frio.

Um belo rapaz despontou de sua fileira e se pôs diante dele.

— Foi teu escudo que caiu, ó cão desajeitado. Terás feito uma reprimenda a mim em frente a estes estranhos das Estrelas? Que tens a dizer em tua defesa?

Vimos o pobre coitado ficar branco sob sua pele escura.

— Foi por acaso, ó Bezerro da Negra Vaca — ele murmurou.

— Então será um acaso pelo qual pagarás. Fizeste-me de idiota, prepara-te para morrer.

— Sou gado de meu rei — respondeu ele baixinho.

— Scragga — rugiu o rei. — Deixa-me ver como usas tua lança. Mata este tolo desastrado por mim.

Scragga avançou com um sorriso maldoso e ergueu sua lança. A pobre vítima cobriu os olhos com as mãos e ficou imóvel. Quanto a nós, estávamos paralisados de horror.

— Uma, duas... — ele balançou a lança, e então atacou, ah! Direto. A lança projetou-se trinta centímetros das costas do soldado. Ele soltou as mãos e caiu morto. Da multidão ao nosso redor emergiu algo como um murmúrio, que passou de um lado ao outro, e então sumiu. A tragédia havia acabado; ali estava o cadáver, e não tínhamos ainda nos dado conta de que ela havia sido toda encenada. Sir Henry levantou-se e soltou uma grande injúria; então, sobrepujado pela impressão do silêncio, sentou-se novamente.

— Foi um bom arremesso — disse o rei. — Levem-no embora.

Quatro homens saíram das fileiras, e erguendo o corpo do homem assassinado, o carregaram embora.

— Cubram as manchas de sangue, cubram-nas — incitou a voz fina que vinha da figura simiesca. — A palavra do rei foi dita, a ruína do rei foi dada.

Então uma garota veio de trás da cabana, carregando um jarro cheio de pedrinhas de calcário, que ela espalhou por sobre a mancha vermelha, tirando-a de vista.

Enquanto isso, Sir Henry fervia de raiva com o ocorrido, e foi com dificuldade que o mantivemos quieto.

— Sente-se, pelo amor de Deus — murmurei. — Nossa vida depende disso.

Ele cedeu e continuou quieto.

Twala permaneceu em silêncio até que os traços da tragédia fossem removidos, então se dirigiu a nós.

— Gente branca — disse —, que veio não sei de onde nem por quê, saudações.

— Saudações, Twala, rei dos kukuanas — respondi.

— Gente branca, de onde viestes e o que procurais?

— Viemos das Estrelas, não nos perguntes como. Viemos em busca desta terra.

— Vindes de longe para ver uma coisinha à toa. E este homem convosco — disse, apontando Umbopa. — Também ele vem das Estrelas?

— Também. Há gente de vossa cor nos céus acima, mas não perguntes de assuntos elevados demais para ti, rei Twala.

— Falais com voz muito alta, povo das Estrelas — Twala respondeu num tom que não gostei nem um pouco. — Lembrai que as Estrelas estão muito distantes e estais aqui. E se eu fizer de vós o que fiz daquele que levaram embora?

Ri alto, ainda que houvesse pouco riso em meu coração.

— Ó rei — disse eu. — Sê prudente, caminha com cuidado sobre pedras quentes, para que não queimes teus pés, segura a lança pelo cabo, para que não cortes tua mão. Tocas em um fio de cabelo de nossa cabeça, e a destruição recairá sobre ti. Ora, não terão aqueles ali — apontei para Infadoos e Scragga, que, malvadinho como era, se ocupava em limpar o sangue do soldado de sua lança — contado que tipo de homens somos? Terias já visto alguém que seja como nós? — E apontei Good, com bastante certeza de que ao menos nunca viram ninguém parecido com *ele*, do modo como estava agora.

— É verdade, nunca vi — disse o rei, observando Good com interesse.

— Não terão contado a ti sobre como enviamos a morte de longe? — continuei.

— Eles me contaram, mas não acreditei neles. Deixe-me vê-lo matar. Mate para mim um homem dentre os que estão lá — apontou para o lado oposto do *kraal* — e eu acreditarei.

— Não — respondi. — Não derramamos sangue de homem algum, exceto em caso de punição. Mas se queres ver, pede a teus criados que levem um boi até os portões do *kraal*, e antes que ele tenha corrido vinte passos eu o derrubarei morto.

— Não — gargalhou o rei. — Mate-me um homem e eu acreditarei.

— Bom, ó rei, que assim seja — respondi com frieza. — Caminha até o campo aberto, e antes que teus pés alcancem o portão, estarás morto. Ou, se não quiseres, envia teu filho Scragga.

Naquele momento, me daria muito prazer derrubar Scragga a bala.

Ao escutar essa sugestão, Scragga soltou uma espécie de uivo e disparou para dentro da cabana.

Twala franziu a testa majestático, a sugestão não o agradou.

— Que um novilho seja levado — falou.

Dois homens partiram de imediato, correndo velozes.

— Agora, Sir Henry — falei —, dê seu tiro. Quero mostrar a esse rufião que não sou o único mágico aqui da turma.

Sir Henry de pronto pegou seu expresso e se preparou.

— Espero dar um bom tiro — ele grunhiu.

— Você precisa — respondi. — Se errar a primeira carga, dispare a segunda. Mire para uns cento e trinta metros e espere até o animal virar de lado.

Então veio uma pausa, até que por fim avistamos um boi correndo na direção do portão do *kraal*. Atravessou o portão; então, avistando aquela imensidão de gente, parou estupidificado, virou de lado e mugiu.

— É a sua deixa — murmurei.

O rifle foi erguido.

Bang! Ploft! E o boi caiu de costas esperneando, atingido nas costelas. A bala semioca fez bem seu trabalho, e um suspiro de assombro percorreu os milhares reunidos.

Virei-me com frieza.

— Terei eu mentido, ó rei?

— Não, branquelo, é a verdade — foi a resposta algo espantada.

— Escuta, Twala — continuei —, tu já viste. Sabe agora que viemos em paz, não em guerra. Vê — e ergui o rifle de repetição Winchester —, aqui está o cajado oco que possibilitará a ti matar como nós matamos, apenas esta dádiva coloco perante ti, mas não deves matar homem algum com ela. Se a ergueres contra um homem, ela te matará. Fica, eu irei te mostrar. Manda que um soldado ande cinquenta passos e ponha o cabo da lança no chão, de tal modo que o lado achatado da lâmina fique apontado para nós.

Em alguns segundos estava feito.

— Agora, vê, acolá quebrarei a lâmina.

Dando uma olhada cuidadosa, disparei. A bala atingiu o lado chato da lança e estilhaçou a lâmina em pedacinhos.

Outra vez elevou-se um suspiro de assombro.

— Agora, Twala, nós entregamos este tubo mágico para ti, e eventualmente eu irei te mostrar como usá-lo, mas cuida como usarás a mágica das Estrelas contra o homem da terra. — E lhe entreguei o rifle.

O rei o segurou com muita cautela e o pôs no chão a seus pés. Quando ele fez isso, observei a figura simiesca enrugada arrastando-se da sombra da cabana. Rastejava de quatro, mas quando chegou ao local onde o rei estava, ela se pôs de pé e, baixando o manto de peles de seu rosto, revelou o mais extraordinário e bizarro semblante. Aparentemente era o de uma mulher de idade avançada, tão encolhido que seu tamanho não parecia maior que o rosto de uma criança de um ano de idade, ainda que feito de uma quantidade de rugas acentuadas e amareladas. Nessas rugas se localizava um corte profundo, que representava a boca, abaixo da qual o queixo curvava-se para fora numa ponta. Não havia nariz do qual se falar, a visão poderia ser tomada por aquela de um cadáver ressecado ao sol, não fosse por um par de grandes olhos escuros, ainda cheios de fogo e inteligência, que brilhavam e se moviam debaixo das sobrancelhas brancas como a neve e de um crânio projetando-se da cor de pergaminho, feito joias de um ossário. Quanto à cabeça em si, era perfeitamente calva e de tonalidade amarela, enquanto seu enrugado couro cabeludo movia-se e contraía-se feito a crista de uma cobra.

A figura a que esse semblante horrendo pertencia, semblante de fato tão horrendo que fez um arrepio de medo passar por nós conforme a olhávamos, ficou de pé por um momento. Então de súbito projetou uma garra magricela armada com unhas de quase três centímetros de comprimento, e a repousou sobre o ombro do rei Twala, começando a falar numa voz fina e penetrante:

— Escutai, ó rei! Escutai, ó guerreiros! Escutai, ó montanhas e planícies e rios, lar da raça dos kukuanas! Escutai, ó sol e céus, ó chuvas e tempestades e névoas! Escutai, ó homens e mulheres, ó jovens e donzelas, e vós bebês nascituros! Escutai, todas as coisas que vivem e devem morrer! Escutai, todas as coisas mortas e que viverão outra vez para outra vez morrerem! Escutai, o espírito da vida está em mim e profetizo. Eu profetizo! Eu profetizo!

As palavras morreram num gemido fraco, e o temor pareceu tomar conta do coração de todos que a escutavam, incluindo os nossos. Essa velha era muito terrível.

— SANGUE! SANGUE! SANGUE! Rios de sangue. Sangue por toda parte. Eu vejo, eu farejo, eu sinto seu gosto... é salgado! Ele corre vermelho pelo chão, ele chove vindo dos céus. PASSOS! PASSOS! PASSOS! A trilha do homem branco vindo de longe. Ela balança a terra, a terra treme diante de seu mestre. Sangue é bom, o sangue vermelho é brilhante, não há cheiro como o cheiro do sangue recém-derramado. Os leões irão lambê-lo e rosnar, os abutres lavarão suas asas nele e gritarão de prazer. Sou velha! Sou velha! Já vi muito sangue, ha-ha! Mas verei mais se morrer, e serei feliz. Quão velha eu sou, pensai vós? Vossos pais me conheceram, e os pais deles me conheceram, e os pais dos pais dos pais. Já vi o homem branco e conheço seus desejos. Sou velha, mas as montanhas são mais velhas do que eu. Quem fez a grande estrada, dizei! Quem escreveu as imagens nas rochas, dizei! Quem ergueu os Três Silenciosos além, que observam sobre o fosso, dizei! — E ela apontou na direção das três montanhas íngremes que havíamos visto na noite anterior. — Não sabeis, mas eu sei. Foi uma gente branca que esteve aqui antes de vós, que cá estarão quando não estivermos mais, que irão devorá-los e destruí-los. SIM! SIM! SIM! E o que eles buscam, Os Brancos, Os Terríveis, os habilidosos em mágicas e conhecimentos, os fortes, os constantes? O que é esta pedra brilhante em tua testa, ó rei? Que mãos fizeram as guarnições de ferro em teu peito, ó rei? Não sabeis, mas eu sei, eu, a Velha, a Sábia, eu, a *Isanusi*,[3] a caçadora de bruxas!

Então ela virou sua cabeça calva de abutre na nossa direção.

— Que buscais vós, homens brancos das Estrelas... ah, sim, das Estrelas? Procurais alguém perdido? Não o encontrareis aqui. Ele não está aqui. Nunca por eras e eras um pé branco pisou nesta terra. Nunca, exceto uma vez, e eu lembro que ele veio para morrer. Viestes pelas pedras brilhantes, sei disso... sei disso. Encontrareis as pedras quando o sangue secar, mas ireis embora quando as encontrardes ou ficareis comigo? HA-HA-HA! E tu, tu com a pele preta e postura orgulhosa — ela apontou seu dedo magro para Umbopa —, quem és tu e o que procuras? Não pedras brilhantes, não o metal amarelo que reluz, estes deixarás para os "homens brancos das Estrelas". Acho que te conheço, acho que posso sentir o cheiro do sangue em teu coração. Tira a cinta...

Aqui as feições dessa criatura extraordinária entraram em convulsão, e ela tombou no chão espumando num ataque epilético e foi carregada para dentro da cabana.

O rei se ergueu tremendo e balançou a mão. No mesmo instante os regimentos começaram a partir, e em dez minutos, exceto por nós, o rei e alguns criados, o grande espaço foi deixado vazio.

— Gente branca — ele falou —, passa pela minha cabeça a ideia de vos matar. Gagoula falou palavras estranhas. Que dizeis vós?

Eu gargalhei.

— Toma cuidado, ó rei, não somos fáceis de matar. Viste o destino do boi; queres que seja contigo como foi com o boi?

O rei franziu a testa.

— Não é bom ameaçar um rei.

— Não ameaçamos, falamos a verdade. Tenta nos matar, ó rei, e aprenderás.

O grande selvagem pôs a mão na testa e refletiu.

— Ide em paz — ele enfim falou. — Esta noite será a grande dança. Deveis assisti-la. Não temais que eu faça armadilhas para vós. Amanhã pensarei a respeito.

— Está bem, ó rei — respondi despreocupadamente, e então, acompanhado por Infadoos, nos levantamos e voltamos para nosso *kraal*.

10.

A caça às bruxas

Ao chegarmos em nossa cabana, sinalizei para que Infadoos entrasse conosco:

— Agora, Infadoos — falei —, gostaríamos de falar-te.

— Que os meus senhores falem.

— Nos parece, Infadoos, que o rei Twala é um homem cruel.

— É assim mesmo, meus senhores. Ai, céus! A terra chora por causa de suas crueldades. Esta noite vereis. É a grande caça às bruxas, e muitos serão farejados como feiticeiros, e então mortos.[1] Homem algum está a salvo. Se o rei cobiça o gado de um homem, ou a esposa de um homem, ou se teme que um homem possa incitar uma rebelião contra ele, então Gagoula, que vós vistes, ou alguma das mulheres caçadoras de feitiços que ela instruiu, irá farejar esse homem como um feiticeiro, e ele será morto. Muitos irão morrer antes que a lua desapareça amanhã. É sempre assim. Talvez eu também seja morto. Até agora, fui poupado, pois sou habilidoso em batalha e sou amado pelos soldados. Mas não sei por quanto tempo mais vou viver. A terra geme com as crueldades do rei Twala, ela tem medo dele e de seus métodos sangrentos.

— Mas então, Infadoos, por que é que o povo não se livra dele?

— Não, meus senhores, ele é o rei, e se ele for morto, Scragga irá reinar em seu lugar, e o coração de Scragga é mais negro que o coração de seu pai Twala. Se Scragga fosse rei, seu jugo sobre nosso pescoço seria mais pesado que o jugo de Twala. Se Imotu não tivesse sido morto, ou se seu filho Ignosi tivesse vivido, poderia ter sido diferente. Mas ambos estão mortos.

— Como sabes tu que Ignosi está morto?[2] — disse a voz atrás de nós. Nos viramos atônitos para ver quem havia falado. Era Umbopa.

— Que dizes, garoto? — perguntou Infadoos. — Quem te mandou falar?

— Escuta, Infadoos — foi a resposta —, e eu te contarei a história. Anos atrás o rei Imotu foi morto nesta terra e sua esposa fugiu com o menino Ignosi. Não foi assim?

— Foi assim.

— Foi dito que a mulher e seu filho morreram nas montanhas. Não foi assim?

— Foi assim também.

— Bem, acontece que a mãe e o menino Ignosi não morreram. Eles cruzaram as montanhas e foram conduzidos por uma tribo de andarilhos do deserto por sobre as areias além, até enfim chegarem à água e grama e árvores outra vez.

— Como tu sabes disso?

— Escuta. Eles viajaram e viajaram, uma jornada de muitos meses, até alcançarem a terra de um povo chamado Amazulu,[3] que também são da estirpe dos kukuanas e vivem para a guerra, e com eles se demoraram por muitos anos, até que a mãe morreu. Então o filho Ignosi se tornou um andarilho outra vez e viajou por uma terra de maravilhas, onde vivem pessoas brancas, e por muitos anos mais ele aprendeu a sabedoria da gente branca.

— É uma historinha bonita — disse Infadoos, incrédulo.

— Por anos ele viveu lá trabalhando como serviçal e soldado, mas mantendo em seu coração tudo o que sua mãe lhe disse sobre sua própria terra, e confabulando em sua mente como ele poderia viajar para lá para ver sua gente e a casa de seu pai antes de morrer. Por longos anos ele viveu e esperou, e enfim a hora chegou, como sempre chega para aquele que espera por ela, e ele conheceu alguns brancos que iriam procurar por essa terra desconhecida e juntou-se a eles. Os brancos partiram e viajaram mais e mais, buscando por um dos seus que se perdeu. Eles cruzaram o deserto escaldante, cruzaram as montanhas nevadas e por fim alcançaram a terra dos kukuanas, e lá encontraram a *ti*, ó Infadoos.

— Certamente és louco por falar isso — disse o velho soldado atônito.

— É o que pensas; veja, eu te mostrarei, ó meu tio. Eu sou Ignosi, legítimo rei dos kukuanas!

Então num único gesto Umbopa tirou sua *moocha* ou tanga e se pôs nu diante de nós.

— Vê — ele disse —, o que é isso? — E apontou para o desenho de uma grande cobra tatuada em azul ao redor de seu umbigo, o rabo desaparecendo na boca aberta bem acima de onde as coxas se juntam ao corpo.

Infadoos olhou, seus olhos quase saltando da cabeça. Então caiu de joelhos.

— *Koom! Koom!* — ele exclamou. — É o filho de meu irmão, é o rei.

— Não te falei, meu tio? Levanta-te, não sou ainda o rei, mas com tua ajuda e com a ajuda destes bravos branquelos, que são meus amigos, eu serei. Contudo, a bruxa velha Gagoula estava certa, a terra será lavada em sangue antes, e o dela correrá junto, se ela tiver algum e puder morrer, pois ela matou meu pai com suas palavras e fez minha mãe fugir. E agora, Infadoos, escolha. Irás colocar tua mão entre as minhas e ser dos meus? Irás compartilhar dos perigos que se apresentam diante de mim e me ajudar a derrubar esse tirano e assassino, ou não? Escolhe.

O velho colocou a mão na cabeça e pensou. Então se ergueu e, avançando até onde Umbopa, ou melhor, Ignosi estava, ajoelhou-se diante dele e segurou sua mão.

— Ignosi, legítimo rei dos kukuanas. Coloco minhas mãos em tuas mãos e serei teu até a morte. Quando eras um bebê, eu te afagava nos meus joelhos; que agora meu velho braço golpeie por ti e pela liberdade.

— Isso é bom, Infadoos. Se eu vencer, serás o maior homem no reino depois do rei. Se eu falhar, irão apenas morrer, e a morte não está muito longe de ti. Ergue-te, meu tio. E vós, branquelos, ireis me ajudar? Tanto vos tenho a oferecer! As pedras brancas! Se eu vencer e puder encontrá-las, tereis tantas quanto conseguirdes carregar. Irá isso satisfazer-vos?

Eu traduzi essa observação.

— Diga-lhe — respondeu Sir Henry — que ele se engana quanto aos ingleses. Riqueza é bom, e se surgir em nosso caminho a pegaremos. Mas um cavalheiro não se vende por riquezas. Contudo, falando por mim mesmo, digo isso: sempre gostei de Umbopa, e tanto quanto puder ficarei com ele nesse negócio. Será muito agradável para mim acertar as contas com aquele diabo cruel do Twala. O que você diz, Good, e você, Quatermain?

— Bem — disse Good —, para adotar a linguagem da hipérbole, que essa gente toda parece gostar, você pode lhe dizer que uma briga é sempre boa, aquece o coraçãozinho da gente, e até onde me cabe estou com esse rapaz. Minha única exigência é que ele permita que eu use calças.

Traduzi a essência dessas respostas.

— Isso é bom, meus amigos — disse Ignosi, ex-Umbopa. — E o que dizes tu, Macumazahn, estás também comigo, velho caçador, mais esperto que o búfalo ferido?

Pensei um pouco e cocei a cabeça.

— Umbopa, ou Ignosi — falei —, não gosto de revoluções. Sou um homem de paz e um tanto covarde. — Aqui Umbopa sorriu. — Mas, por outro lado, fico com meus amigos, Ignosi. Você ficou conosco e se portou como um homem, e eu ficarei com você. Mas lembre-se, sou um mercador e tenho que ganhar a vida, então aceito a oferta que você fez desses diamantes no caso de porventura estarmos em posição de nos servir deles. Outra coisa: nós viemos, como sabe, para procurar pelo irmão perdido de Incubu — isto é, Sir Henry. Você deve nos ajudar a encontrá-lo.

— Isso eu farei — respondeu Ignosi. — Ouve, Infadoos, pela marca da cobra em meu umbigo, dize-me a verdade. Terá algum homem branco do teu conhecimento posto os pés nesta terra?

— Nenhum, ó Ignosi.

— Se algum homem branco tivesse sido visto ou se dele tivessem chegado notícias, tu ficarias sabendo?

— Eu certamente teria sabido.

— Tu escutaste, Incubu — disse Ignosi a Sir Henry. — Ele não esteve aqui.

— Bem, bem — disse Sir Henry, suspirando. — Aí está. Suponho que ele nunca chegou tão longe. Pobre camarada, pobre camarada! Então foi tudo a troco de nada. Que a vontade de Deus seja feita.

— Agora aos negócios — interrompi, ansioso para fugir de um assunto doloroso. — É muito bonito ser rei por direito, Ignosi, mas como propõe se tornar rei de fato?

— Não, isso não sei. Infadoos, tens tu um plano?

— Ignosi, filho do Relâmpago — respondeu seu tio. — Esta noite é a grande dança e caça às bruxas. Muitos serão farejados e perecerão, e no coração de muitos outros há a dor e a angústia e a fúria contra o rei Twala. Quando a dança acabar, então eu falarei com alguns dos grandes chefes, que por sua vez, se eu conseguir convencê-los, falarão com seus regimentos. Primeiro falarei calmamente com os chefes, para levá-los a ver que tu és o rei de fato, e creio que até a luz da manhã tu terás vinte mil lanças em teu comando. E agora devo ir e pensar, e escutar e preparar. Depois que a dança acabar, se eu ainda estiver vivo, e nós estivermos todos vivos, eu te encontrarei aqui, e poderemos falar. Na melhor hipótese, deve haver guerra.

Nesse momento nossa conferência foi interrompida pelo alerta de que haviam chegado mensageiros do rei. Avançando até a porta da cabana, ordenamos que entrassem, e por fim três homens entraram, cada um trazendo uma brilhante camisa de cota de malha e um magnífico machado de batalha.

— Os presentes de meu senhor, o rei, para os brancos das Estrelas! — disse o arauto que veio com eles.

— Nós agradecemos ao rei — respondi. — Recolham-se.

Os homens partiram, e nós examinamos a armadura com grande interesse. Era o trabalho mais impressionante em cota de malha que qualquer um de nós já havia visto. Uma peça inteira se dobrava tão fina que formava um volume de elos pouco maior do que caberia entre duas mãos.

— Vocês fazem coisas assim nesta terra, Infadoos? — perguntei. — Elas são lindas.

— Não, meu senhor, elas vieram de nossos ancestrais. Não sabemos quem as fez, e não há mais do que umas poucas.* Ninguém além daqueles de sangue real podem vesti-las. São malhas mágicas pelas quais nenhuma lança pode passar, e aqueles que as vestem estão bem protegidos em batalha. O rei deve estar muito satisfeito ou muito assustado, ou não teria enviado estas vestes de aço. Vistam-nas esta noite, meus senhores.

Passamos o resto daquele dia quietos, descansando e conversando sobre a situação, que já era suficientemente excitante. Por fim o sol desceu, a centena de fogos de vigília rebrilhou, e pela escuridão escutamos o pisotear de muitos pés e o bater de muitas lanças, conforme os regimentos passavam aos

---

* No Sudão, espadas e cotas de malha ainda são usadas pelos árabes, cujos ancestrais devem tê-las retirado dos corpos de cruzados. [N. E.]

lugares apontados para se aprontarem para a grande dança. Então a lua cheia brilhou em esplendor, e conforme ficamos observando seus raios, Infadoos chegou, trajando seu manto de guerra, acompanhado por uma guarda de vinte homens que nos escoltariam até a dança. Como ele havia recomendado, já envergávamos as camisas de cota de malha que o rei nos enviara, tendo-as vestido debaixo de nossas roupas comuns, e descobrindo para nossa surpresa que não eram pesadas, tampouco desconfortáveis. Essas camisas de aço, que evidentemente haviam sido feitas para homens de muito grande estatura, pendiam um pouco frouxas em Good e em mim, mas caíram como uma luva em Sir Henry. Então, amarrando nossos revólveres ao redor de nosso peito, e tomando nas mãos os machados de batalha que o rei havia enviado junto das armaduras, partimos.

Ao chegarmos no grande *kraal*, onde havíamos sido recebidos naquela manhã pelo rei, descobrimos que estava bem cheio com uns vinte mil homens organizados em regimentos ao redor. Esses regimentos eram por sua vez divididos em companhias, e entre cada companhia corria uma pequena trilha que dava espaço para os caça-bruxas passarem de cima a baixo. É impossível conceber qualquer coisa mais imponente que essa visão da presença dessa ampla e ordenada multidão de homens. Eles ficavam parados em perfeito silêncio, e a lua derramava sua luz sobre a floresta de suas lanças erguidas, sobre suas formas majestáticas, plumas ondulantes e os tons harmoniosos de seus escudos multicores. Para onde quer que olhássemos, havia uma linha atrás da outra de rostos escuros encimados por lanças cintilantes a perder de vista.

— Certamente o exército inteiro está aqui? — perguntei a Infadoos.

— Não, Macumazahn — ele respondeu. — Só um terço dele. Um terço se apresenta nesta dança todo ano, outro terço é mantido do lado de fora caso haja problemas quando a matança começar, mais dez mil guarnecem os entrepostos ao redor de Loo, e o resto vigia os *kraals* no interior. É um grande povo, já vês.

— Eles são muito silenciosos — disse Good, e de fato a intensa imobilidade entre tal vasta multidão de homens vivos era quase avassaladora.

— Que disse o Bougwan? — perguntou Infadoos.

Traduzi.

— Aqueles sobre os quais paira a sombra da Morte são silenciosos — ele respondeu, sombrio.

— Irão matar muitos?

— Muitos.

— Parece-me — falei aos demais — que estamos prestes a assistir a um espetáculo de gladiadores organizado sem pesar as despesas.

Sir Henry teve um arrepio, e Good disse que desejava que pudéssemos sair disso.

— Diga-me — perguntei a Infadoos —, estamos em perigo?

— Não sei, meu senhor; espero que não. Mas não tenhas medo. Se sobreviverdes a esta noite, tudo correrá bem convosco. Os soldados murmuram contra o rei.

Nessa altura tínhamos avançado firmes em direção ao centro do espaço aberto, no meio do qual foram colocados alguns banquinhos. Conforme prosseguimos, percebemos outro pequeno grupo vindo da direção da cabana real.

— É o rei Twala, seu filho Scragga e a velha Gagoula. E veja, com eles estão aqueles que matam — disse Infadoos, apontando o pequeno grupo de cerca de doze homens gigantescos e de aparência selvagem, armados com lanças em uma mão e pesados *kerries*[4] na outra.

O rei sentou-se no banquinho central, Gagoula se agachou a seus pés, e os demais ficaram atrás.

— Saudações, senhores brancos — bradou Twala, ao se aproximar. — Sentem-se, não desperdicem tempo precioso... a noite é muito curta para os feitos que devem ser executados. Chegastes em boa hora e vereis um espetáculo glorioso. Olhai ao redor, senhores brancos, olhai ao redor. — E correu seu olho solitário e maldoso de regimento em regimento. — Podem as estrelas exibir-vos tal visão? Vedes como tremem em sua perversidade, todos aqueles que possuem o mal em seu coração e temem o julgamento dos céus acima?

— COMECEM! COMECEM! — fumegou Gagoula, com sua voz fina e perfurante. — As hienas têm fome, elas uivam por comida. COMECEM! COMECEM!

Então, por um momento, houve intensa quietude, tornada horrível pelo presságio do que estava por vir.

O rei ergueu sua lança, e súbito vinte mil pés foram erguidos, como se pertencessem a um único homem, e baixaram com um baque sobre a terra. Isso se repetiu três vezes, fazendo com que o chão sacudisse e tremesse. Então, de um ponto distante do círculo, uma voz solitária começou a cantar um lamento, cujo refrão era mais ou menos assim:

— *O que cabe ao homem nascido de mulher?*

A resposta voltava saindo de cada garganta naquele vasto regimento:

— *Morte!*

Gradualmente, contudo, a canção foi entoada por um regimento a cada vez, até que a multidão inteira do exército estivesse cantando, e não pude mais seguir as palavras, exceto até onde pareciam acompanhar várias fases das paixões, medos e alegrias humanas. Ora parecia ser uma canção de amor, ora um crescente e majestoso canto de guerra, e por último um lamento fúnebre terminando de repente num gemido de partir o coração que seguiu ecoando e rolando ao longe num som cujo volume era de gelar o sangue.

De novo recaiu o silêncio sobre o lugar, e de novo foi quebrado pelo rei erguendo a mão. No mesmo instante escutamos bater de pés, e da multidão de guerreiros apareceram figuras estranhas e horríveis correndo em nossa direção. Conforme se aproximaram, vimos que eram mulheres, a maioria envelhecida, pois seus cabelos brancos, decorados com pequenas bexigas tiradas de peixes, esvoaçavam atrás delas. O rosto delas era pintado com listras brancas e amarelas; de suas costas pendiam peles de cobras, e ao redor de seus peitos chacoalhavam colares de ossos humanos, enquanto cada uma segurava uma pequena varinha bifurcada na mão enrugada. Ao todo havia dez delas. Quando chegaram à nossa frente, uma, apontando com sua varinha na direção da figura agachada de Gagoula, bradou:

— Mãe, velha mãe, estamos aqui.

— BOM! BOM! BOM! — respondeu aquela velha iniquidade. — Vossos olhos estão aguçados, *Isanunis*, vós que enxergais em lugares sombrios?

— Mãe, eles estão aguçados.

— BOM! BOM! BOM! Vossas orelhas estão abertas, *Isanusis*, vós que escutais palavras que não saem de línguas?

— Mãe, elas estão abertas.

— BOM! BOM! BOM! Vossos sentidos estão despertos, *Isanusis*, vós que podeis farejar sangue, podeis purgar a terra dos perversos que se comprazem na maldade contra o rei e contra seus vizinhos? Estais prontas para fazer a justiça dos céus acima, vós a quem ensinei, que comestes o pão de minha sabedoria e bebestes da água de minha mágica?

— Mãe, nós podemos.

— Então ide! Não demoreis, ó abutres. Vede, os matadores — apontou o agourento grupo de carrascos atrás — afiaram suas lanças. Os brancos que vieram de longe estão famintos por ver. *Ide!*

Com um grito selvagem, as horríveis pastoras de Gagoula partiram em toda direção, como fragmentos de uma cápsula, os ossos secos ao redor dos peitos chacoalhando conforme corriam, rumo a vários pontos do denso círculo humano. Não conseguíamos observar todas, então fixamos nossos olhos na *Isanusi* mais perto de nós. Quando chegou a alguns passos dos guerreiros, ela parou e começou a dançar selvagemente, girando e girando com uma rapidez quase inacreditável, e gritando frases como "eu o farejo, o malfeitor!", "Ele está perto, aquele que envenenou a própria mãe!", "Eu escuto os pensamentos daquele que pensou mal do rei!".

Dançou mais e mais rápido, até que se lançou ela própria num tal frenesi de excitação que a espuma voou de suas mandíbulas rangentes, até que seus olhos pareceram saltar da cabeça e seu corpo tremeu visivelmente. De repente ela parou e se enrijeceu toda, como um cão que aponta quando fareja a caça, e então, estendendo a varinha, ela começou a arrastar-se furtivamente na direção dos soldados na sua frente. Nos pareceu que conforme ela se aproximava, o estoicismo deles ia embora, e eles se encolhiam perto dela. Quanto a nós, acompanhamos seus movimentos com uma fascinação horrível. Por fim, ainda rastejando e agachando-se feito um cachorro, a *Isanusi* se pôs diante deles. Então parou e apontou, e de novo arrastou-se um ou dois passos.

Súbito, veio o fim. Com um grito, ela se esticou e tocou um guerreiro alto com sua varinha bifurcada. No mesmo instante, dois de seus colegas, aqueles parados imediatamente ao lado dele, agarraram o condenado, cada um por um braço, e avançaram com ele até o rei.

Ele não resistiu, mas vimos que arrastava os membros como se estivesse paralisado, e seus dedos, dos quais a lança havia caído, estavam moles como os de um homem próximo da morte.

Quando ele veio, dois dos vilanescos carrascos avançaram um passo para encontrá-lo. Por fim se viram frente a frente, e os carrascos viraram-se olhando na direção do rei como que procurando por ordens.

— Matem! — disse o rei.

— Matem! — guinchou Gagoula.

— Matem! — ecoou Scragga, com uma risadinha oca.

Quase no mesmo instante em que as palavras foram pronunciadas, veio a morte horrível. Um homem golpeou com a lança o coração da vítima, e para dupla certeza, o outro esmagou seu cérebro com a grande clava.

— Um — contou o rei Twala, feito uma Madame Defarge negra, como diria Good, e o corpo foi arrastado alguns metros e largado.

A coisa mal havia terminado quando outro pobre coitado foi trazido feito gado para o abatedouro. Dessa vez pudemos ver, pela capa de pele de leopardo que vestia, que esse homem era pessoa de boa posição. Outra vez as hórridas sílabas foram pronunciadas, e a vítima caiu morta.

— Dois — contou o rei.

E assim aquele jogo mortal continuou, até que cerca de cem corpos estivessem dispostos em fileiras atrás de nós. Eu já havia ouvido falar dos espetáculos de gladiadores de César e das touradas espanholas, mas tomo a liberdade de duvidar se algum deles poderia ter metade do horror da caça às bruxas dos kukuanas. Espetáculos de gladiadores e touradas espanholas ao menos contribuíam para o divertimento público, o que certamente não era o caso ali. O mais contumaz sensacionalista recuaria de qualquer sensação se soubesse estar marcado para que sua própria pessoa fosse o tema do "evento" seguinte.

Numa ocasião, nos levantamos e tentamos protestar, mas fomos severamente repreendidos por Twala.

— Que a lei siga seu curso, branquelos. Estes cães são magos e malfeitores, é bom que morram — foi a única resposta que nos foi concedida.

Perto das dez e meia houve uma pausa. As caça-bruxas se reuniram todas juntas, aparentemente exaustas de seu trabalho sangrento, e pensamos que a performance havia se encerrado. Mas não era bem assim, pois nesse momento, para nossa surpresa, a anciã Gagoula ergueu-se de sua posição agachada e, apoiando-se ela própria com um bastão, avançou para o espaço aberto. Era uma visão extraordinária ver essa velha e apavorante criatura com cabeça de urubu, quase dobrada ao meio pela extrema velhice, ganhar força aos poucos, até que por fim se agitasse quase tão ativa quanto suas malfadadas pupilas. Ela correu para lá e para cá, cantando para si mesma, até que de súbito disparou na direção de um homem alto, parado em frente a um dos regimentos, e tocou nele. Assim que fez isso, uma espécie de grunhido cresceu no regimento que o homem evidentemente comandava. Mas dois de seus oficiais o agarraram mesmo assim e o levaram para ser executado. Soubemos depois que era um homem de grande riqueza e importância, sendo de fato primo do rei.

Ele foi executado, e Twala contou cento e três. Então Gagoula outra vez disparou para lá e para cá, aos poucos chegando mais e mais perto de nós.

— Raios me partam se não acho que ela vai tentar seus joguinhos conosco — exclamou Good, com horror.

— Bobagem! — disse Sir Henry.

Quanto a mim, quando vi aquela velha demônia dançando mais e mais perto, meu coração definitivamente afundou até minhas botas. Olhei para a longa fileira de corpos atrás de nós e me arrepiei.

Gagoula foi dançando mais e mais perto e por tudo que é mais sagrado, parecendo-se com um galho torto ou uma vírgula, seus olhos horríveis brilhando e ardendo com o mais profano dos brilhos.

Ela chegou mais perto e mais perto ainda, cada criatura naquela vasta assembleia observando seus movimentos com intensa ansiedade. Por fim ela ficou imóvel e apontou.

— Qual vai ser? — perguntou Sir Henry a si mesmo.

Num instante todas as dúvidas se dissiparam, pois a bruxa velha correu e tocou Umbopa, ou Ignosi, no ombro.

— Eu o farejo — ela ganiu. — Matem-no, matem-no, ele está cheio de maldade. Matem-no, o estranho, antes que o sangue flua por ele. Mate-o, ó rei.

Houve uma pausa, da qual tomei vantagem no mesmo instante.

— Ó rei — chamei, levantando-me de meu assento. — Este homem é servo de vossos hóspedes, é deles o cão. Quem quer que derrame o sangue de nosso cão derrama nosso sangue. Pela lei sagrada da hospitalidade, eu clamo proteção por ele.

— Gagoula, mãe das caça-bruxas, o farejou. Ele deve morrer, branquelos — foi a resposta curta e grossa.

— Não, ele não vai morrer — respondi. — Aquele que tentar tocar nele é que irá de fato morrer.

— Peguem-no! — rugiu Twala aos carrascos, que estavam vermelhos até os olhos com o sangue de suas vítimas.

Eles avançaram na nossa direção, e então hesitaram. Quanto a Ignosi, ele agarrou sua lança e ergueu-se, como se determinado a vender caro sua vida.

— Recuai, seus cães! — gritei. — Recuai, se quereis ver a luz de amanhã. Se tocardes num cabelo da cabeça dele, vosso rei morrerá. — E cobri Twala com meu revólver. Sir Henry e Good também sacaram suas pistolas, Sir Henry apontando a sua ao líder dos carrascos, que avançava para executar a sentença, e Good mirou deliberadamente em Gagoula.

Twala franziu o cenho perceptivelmente quando minha arma se alinhou ao seu largo peito.

— Bem — falei —, o que será, Twala?

Então ele falou:

— Abaixai seus tubos mágicos — ele disse. — Vós haveis rogado a mim em nome da hospitalidade, e por esta razão, mas não por medo do que podeis fazer, eu o poupo. Ide em paz.

— Está bem — respondi, despreocupadamente. — Estamos exaustos de carnificina e vamos dormir. Está encerrada a dança?

— Está encerrada — Twala respondeu amuado. — Deixem que estes cães mortos — apontou a longa fileira de cadáveres e ergueu sua lança — sejam lançados às hienas e aos abutres.

No mesmo instante, os regimentos começaram a se desfazer pelo portão do *kraal* em perfeito silêncio, ficando apenas um grupo fatigado para trás, para levar embora os cadáveres daqueles que foram sacrificados.

Então também nos levantamos, e fazendo nosso salamaleque à sua majestade, que ele mal se deu ao trabalho de perceber, partimos para nossas cabanas.

— Bem… — disse Sir Henry, quando sentamos, tendo antes acendido uma lamparina do tipo usado pelos kukuanas, cuja palha é feita da fibra de uma espécie de folha de palma, e o óleo é de gordura clarificada de hipopótamo. — Bem, me sinto estranhamente inclinado a vomitar.

— Se eu tinha alguma dúvida quanto a ajudar Umbopa a se rebelar contra aquele canalha infernal — disse Good —, ela já se dissipou. Fiz tudo o que podia para me manter imóvel enquanto aquela carnificina ocorria. Tentei manter meus olhos fechados, mas eles se abriam bem na hora errada. Eu me pergunto onde está Infadoos. Umbopa, meu amigo, você tem que nos agradecer. Sua pele ficou bem perto de ter um buraco.

— Eu sou grato, Bougwan — foi a resposta de Umbopa, depois da minha tradução. — E não irei esquecer. Quanto a Infadoos, ele logo estará aqui. Precisamos aguardar.

Então acendemos nossos cachimbos e aguardamos.

II.

Damos um sinal

Por um longo tempo — duas horas, acho eu —, ficamos lá sentados em silêncio, assoberbados demais pela lembrança dos horrores que havíamos visto para poder conversar. Por fim, bem quando pensávamos em entrar — pois já quase amanhecia —, ouvimos o som de passos. Escutamos o "alto" do vigia no portão do *kraal*, que aparentemente foi respondido, ainda que não num tom audível, pois os passos continuaram avançando; e no instante seguinte Infadoos entrou na cabana, seguido de meia dúzia de chefes com ares imponentes.

— Meus senhores — ele falou. — Eu vim, conforme dei palavra. Meus senhores e Ignosi, legítimo rei dos kukuanas, eu trouxe comigo estes homens — apontou a fileira de chefes —, que são grandes homens entre nós, tendo cada um o comando de três mil soldados, que vivem para fazer o que lhes mandam, em nome do rei. Eu lhes contei aquilo que vi e o que meus ouvidos escutaram. Agora, deixa que também eles vejam a cobra sagrada ao redor de ti e escutem a história, Ignosi, para que possam dizer se assumirão ou não tua causa contra o rei Twala.

Como resposta, Ignosi outra vez se despiu de sua tanga e exibiu a cobra tatuada. Cada chefe, por sua vez, se aproximou e examinou o sinal sob a fraca luz da lanterna, e sem dizer uma palavra, todos foram para o outro lado.

Então Ignosi vestiu sua *moocha* e, dirigindo-se a eles, repetiu a história que havia detalhado pela manhã.

— Agora que ouvistes, chefes — disse Ignosi, quando terminou —, que dizeis vós: ireis ficar ao lado deste homem e ajudá-lo a recuperar o trono de seu pai, ou não? A terra grita contra Twala, e o sangue do povo flui feito água de uma fonte. Vós vistes esta noite. Havia dois outros chefes com quem eu pretendia conversar, e onde estão eles agora? As hienas uivam sobre seus cadáveres. Logo sereis como eles se não atacardes. Então escolhei, meus irmãos.

O mais velho dos cinco homens, um guerreiro baixo e compacto, de cabelos brancos, deu um passo à frente e respondeu:

— Tuas palavras são verdadeiras, Infadoos. A terra grita. Meu próprio irmão está dentre aqueles que morreram hoje, mas isto é um assunto grave, e a coisa é difícil de acreditar. Como saberemos que não levantaremos nossas lanças por um ladrão e mentiroso? É um assunto grave, digo eu, o qual ninguém consegue ver o final. Pois disto se pode ter certeza, o sangue correrá em rios antes que o trabalho seja feito, muitos ainda irão pender para o lado do rei, pois os homens preferem adorar o sol que está brilhando nos céus ao invés daquele que ainda não se ergueu. Esses brancos das Estrelas, sua magia é grande, e Ignosi está sob a proteção de suas asas. Se ele for mesmo o rei de direito, que nos deem um sinal e deem ao povo um sinal, que todos possam ver. Assim os homens irão pender ao nosso lado, sabendo que é verdade que a magia do homem branco estará com eles.

— Tu tens o sinal da cobra — respondi.

— Meu senhor, não é o bastante. A cobra pode ter sido colocada lá desde a infância deste homem. Mostre-nos um sinal, e bastará. Mas não nos moveremos sem um sinal.

Os outros consentiram, e me virei com perplexidade para Sir Henry e Good e expliquei a situação.

— Acho que já resolvi essa — disse Good, exultante —; peça-lhes que nos deem um momento para pensar.

Fiz isso, e os chefes se retiraram. Assim que eles se foram, Good foi até a caixinha onde mantinha seus remédios, abriu-a e tirou uma caderneta, em cujas primeiras folhas havia um almanaque.

— Agora vejam só, pessoal, amanhã não é o dia 4 de junho? — perguntou.

Estávamos mantendo um registro cuidadoso dos dias, então éramos capazes de responder que era.

— Muito bem. Então aqui está... 4 de junho, eclipse total da Lua[1] começando às oito e quinze da noite pela hora de Greenwich, visível em Tenerife, África do Sul etc. Aqui está o seu sinal. Diga-lhes que iremos escurecer a lua amanhã à noite.

A ideia era esplêndida. Na realidade, o único ponto fraco era o temor de que o almanaque de Good pudesse estar incorreto. Se fizéssemos uma falsa profecia sobre tal assunto, nosso prestígio se perderia para sempre, assim como as chances de Ignosi ao trono dos kukuanas.

— Suponhamos que o almanaque esteja errado — sugeriu Sir Henry para Good, que estava absorto rabiscando numa página em branco do livro.

— Não vejo razão para supor nada do tipo — foi a resposta. — Eclipses sempre são pontuais, ao menos tem sido minha experiência com eles, e este será visto na África do Sul, é o que se declara enfaticamente. Estou trabalhando nos cálculos o melhor que posso, sem saber nossa exata posição, e acredito que o eclipse deve começar aqui perto das dez horas amanhã à noite, e durar até meia-noite e meia. Por mais ou menos uma hora e meia devemos estar em total escuridão.

— Bem — disse Sir Henry —, suponho que é melhor arriscarmos.

Concordei, ainda que receoso, pois um eclipse é um animal arisco com o qual lidar — pode ser uma noite nublada, por exemplo, ou nossas datas podem estar erradas —, e enviamos Umbopa para chamar os chefes de volta. Enfim eles vieram, e me dirigi a eles assim:

— Grandes homens dos kukuanas, e tu, Infadoos, escutai. Não é de nosso feitio mostrar nossos poderes, pois fazê-lo é interferir com o curso da natureza e jogar o mundo no medo e na confusão. Mas, uma vez que o assunto é dos grandes, e como estamos irritados com o rei por causa da matança que vimos, e por causa do ato da *Isanusi* Gagoula, que teria levado nosso amigo Ignosi à morte, estamos determinados a quebrar a regra e dar um sinal tal que todo homem possa ver. Vinde — e os levei à porta da cabana e apontei para a esfera vermelha da lua. — Que vedes lá?

— Nós vemos a lua poente — respondeu o porta-voz do grupo.

— É isso mesmo. Agora dizei-me, pode algum homem mortal apagar aquela lua antes de sua hora de se pôr, e baixar a cortina da noite escura sobre a terra?

O chefe deu uma risadinha com a pergunta.

— Não, meus senhores, isso homem algum pode fazer. A lua é mais forte que o homem que olha para ela, tampouco pode ela mudar seu curso.

— Vós dizeis isso. Contudo eu vos digo que amanhã à noite, perto de duas horas antes da meia-noite, nós faremos com que a lua seja devorada pela duração de uma hora e meia. Sim, a profunda escuridão cobrirá a terra, e será um sinal de que Ignosi é de fato o rei dos kukuanas. Se fizermos isso, estareis satisfeitos?

— Sim, meus senhores — respondeu o velho chefe com um sorriso, que se refletiu no rosto de seus companheiros. — *Se* fizerdes isso, ficaremos deveras satisfeitos.

— Será feito. Nós três, Incubu, Bougwan e Macumazahn, assim dizemos e será feito. Ouves, Infadoos?

— Ouço, meus senhores, mas é uma coisa maravilhosa o que prometeis, apagar a lua, a mãe do mundo, quando ela está no seu auge.

— Ainda assim o faremos, Infadoos.

— Está bem, meus senhores. Hoje, duas horas após o pôr do sol, Twala mandará buscar meus senhores para testemunhar a dança das garotas, e uma hora após a dança começar, a garota que Twala achar a mais bela de todas será morta por Scragga, o filho do rei, como sacrifício aos Silenciosos, que se sentam e mantêm vigia nas montanhas além. — E apontou na direção dos três picos de aparência estranha onde a Estrada de Salomão supostamente acabava. — Que meus senhores possam então escurecer a lua e salvar a vida da donzela, e o povo irá acreditar de verdade.

— Sim — disse o velho chefe, ainda sorrindo um pouco. — O povo vai acreditar mesmo.

— A três quilômetros de Loo — continuou Infadoos — há uma colina curvada como a lua nova, uma fortaleza, onde meu regimento e três outros regimentos que estes chefes comandam estão posicionados. Nesta manhã faremos um plano pelo qual dois ou três outros regimentos possam ser movidos também para lá. Então, se de fato meus senhores podem escurecer a lua, na escuridão tomarei meus senhores pela mão e os conduzirei para fora de Loo até este local, onde deverão ficar a salvo, e então poderemos fazer guerra contra o rei Twala.

— Está bem — falei. — Deixe-nos dormir um pouco e prepararmos nossa magia.

Infadoos se ergueu e, saudando-nos, partiu com os chefes.

— Meus amigos — disse Ignosi, assim que eles se foram —, podeis fazer essa coisa maravilhosa, ou dissestes palavras vazias aos capitães?

— Acreditamos que conseguimos sim, Umbopa... digo, Ignosi.

— É estranho — ele respondeu —, não fôsseis ingleses, eu não acreditaria, mas aprendi que os "cavalheiros" ingleses não dizem mentiras. Se sobrevivermos a isso, tenham certeza que eu os recompensarei.

— Ignosi — disse Sir Henry —, prometa-me uma coisa.

— Prometerei, Incubu, meu amigo, mesmo antes de ouvir — respondeu o grandalhão com um sorriso. — O que é?

— Isto: que se algum dia você se tornar rei dessa gente, você irá acabar com o farejamento de feiticeiras, tais como os que vimos na noite passada, e que nunca mais ocorrerá a morte de um homem sem julgamento.[2]

Ignosi pensou por um instante após eu ter traduzido esse pedido e então respondeu:

— Os costumes dos pretos não são como os modos dos brancos, Incubu, tampouco damos tanto valor à vida.[3] Mesmo assim, eu prometo. Se estiver em meu poder contê-las, as caçadoras de bruxas não caçarão mais, tampouco homem algum irá morrer sem um tribunal ou julgamento.

— É uma troca, então — disse Sir Henry. — E agora vamos descansar um pouquinho.

Completamente exaustos, logo caímos no sono, e dormimos até Ignosi nos acordar perto das onze horas. Então nos levantamos, nos lavamos e comemos fartamente o desjejum. Após isso, saímos da cabana e caminhamos ao redor, nos divertindo em examinar a estrutura das cabanas kukuanas e observando os costumes das mulheres.

— Espero que esse eclipse venha — disse então Sir Henry.

— Se não vier, logo estará tudo acabado para nós — respondi, tristemente. — Pois tão certo quanto estarmos vivos, alguns desses chefes vão contar a história toda para o rei, e então vai haver outra espécie de eclipse, do qual certamente não iremos gostar.

Voltando à cabana, comemos o jantar e passamos o resto do dia recebendo visitas de cerimônia e curiosidade. Enfim o sol se pôs, e aproveitamos um par de horas tão silenciosas quanto nossos pressentimentos melancólicos nos permitiriam. Finalmente, passando das oito e meia, um mensageiro veio de

Twala nos levar à grande "dança das meninas" anual que estava para ser celebrada.

Vestimos apressados as camisas de cota de malha que o rei havia nos enviado, e levando conosco nossos rifles e munição, de modo a tê-los à mão caso precisássemos fugir, como sugerido por Infadoos, partimos com coragem o bastante, ainda que por dentro tremêssemos de medo. O grande espaço defronte ao *kraal* do rei estava com uma aparência bem diferente daquela com que se apresentara na noite anterior. No lugar das sombrias fileiras de guerreiros havia grupos atrás de grupos de garotas kukuanas, não excessivamente vestidas, no que tange ao vestuário, mas cada uma coroada com uma guirlanda de flores e segurando uma folha de palma em uma mão e uma flor de copo-de-leite na outra. No centro do espaço iluminado pela lua sentava-se o rei Twala, com a velha Gagoula a seus pés, acompanhado por Infadoos, o menino Scragga e doze guardas. Também estava presente uma porção de chefes, dentre os quais reconheci a maioria de nossos amigos da noite anterior.

Twala nos saudou com aparente cordialidade, ainda que eu o tenha visto fixar o olho maldoso em Umbopa.

— Bem-vindos, brancos das Estrelas — ele disse. — Esta será uma visão distinta da que seus olhos viram à luz da última lua, mas não será uma visão tão boa. Garotas são agradáveis, e se não fosse pelas que são como essas — e apontou ao seu redor —, nenhum de nós estaria aqui hoje. Mas homens são melhores. Os beijos e as palavras gentis das mulheres são doces, porém o som do bater das lanças dos guerreiros e o cheiro do sangue dos homens são mais doces! Tomaríeis esposas dentre nosso povo, branquelos? Se assim for, escolhei a mais bela aqui, e vós a tereis, tantas quanto quiserdes. — E ele parou esperando uma resposta.

Ainda que a possibilidade não parecesse desprovida de atrativos para Good, que, como a maioria dos marinheiros, é de natureza suscetível, eu sendo velho e esperto, prevendo as infinitas complicações que qualquer coisa do tipo envolveria, pois mulheres trazem problemas tão certo quanto a noite segue o dia, dei uma resposta apressada:

— Obrigado, ó rei, mas nós homens brancos casamos apenas com mulheres brancas como nós. Vossas donzelas são belas, mas não são para nós!

O rei riu.

— Está bem. Em nossa terra há um provérbio que diz: "Os olhos de uma mulher são sempre brilhantes, não importa a cor", e outro que diz: "Ame aquela que está presente, mas esteja certo de que aquela que está ausente é falsa contigo", mas talvez as coisas não sejam assim nas Estrelas. Numa terra onde os homens são brancos, qualquer coisa é possível. Que seja assim, branquelos. As garotas não vão implorar! Sede outra vez bem-vindos, e bem-vindo sê tu, o que é preto. Se a Gagoula aqui tivesse feito as coisas a seu modo, estarias duro e frio a essa altura. Sorte tua que também vieste das Estrelas, ah-ah!

— Eu poderia te matar antes que me matasses, ó rei — foi a resposta calma de Ignosi. — E tu estarias duro antes que meus membros cessassem de dobrar.

Twala ficou alarmado.

— Falas com ousadia, garoto — respondeu, irritado. — Ponha-se no seu lugar.

— Pode ser ousado aquele cujos lábios são verdadeiros. A verdade é uma lança afiada que voa longe e acerta o alvo. É uma mensagem "das estrelas", ó rei.

Twala ficou desconfiado, e seu único olho brilhou feroz, mas não disse mais nada.

— Que comece a dança — ele gritou, e então as garotas coroadas de flores saltaram à frente em grupos, cantando uma canção doce e balançando as delicadas folhas de palma e os copos-de-leite. E continuaram dançando, parecendo etéreas e espirituais sob a luz triste e suave da lua que se erguia. Ora rodopiavam para cá e para lá, ora juntavam-se em simulação de combate, balançando em pequenas cirandas aqui e ali, vindo à frente, caindo para trás em uma confusão ordenada, deliciosa de se ver. Enfim elas pararam, e uma linda jovem saltou das fileiras e começou a dar piruetas em frente a nós com uma graça e vigor que fariam inveja à maioria das bailarinas. Por fim ela se retirou exausta, e outra tomou seu lugar, então outra e outra, mas nenhuma delas, fosse em graça, habilidade ou atrativos pessoais, chegou aos pés da primeira.

Quando as meninas escolhidas haviam todas dançado, o rei ergueu sua mão.

— Qual julgais a mais bela, branquelos? — ele perguntou.

— A primeira — falei sem pensar. No instante seguinte me arrependi, pois lembrei do que Infadoos havia nos dito sobre a mulher mais bela ser oferecida em sacrifício.

— Então penso como vocês pensam e olho como vocês olham. Ela é a mais bela! E é uma pena para ela, pois deve morrer!

— SIM, DEVE MORRER! — ganiu Gagoula, lançando um olhar rápido na direção da pobre garota, que, ainda ignorante do destino horrível que a aguardava, estava parada uns dez metros distante da primeira fila do grupo de donzelas, ocupada nervosamente em fazer a flor de sua coroa em pedaços, pétala por pétala.

— Por quê, ó rei? — disse eu, contendo minha indignação com dificuldade. — A garota dançou bem e nos agradou. Ela é bela também, seria difícil compensá-la com a morte.

Twala riu enquanto respondia:

— É nosso costume, e as figuras que se sentam nas pedras além — e apontou na direção dos três cumes distantes — devem receber sua cota. Se eu falhar em levar à morte a mais bela garota hoje, o infortúnio recairá sobre mim e minha casa.

Assim diz a profecia de meu povo: "Se o rei não sacrificar a mais bela garota, no dia da dança das donzelas, aos Antigos que se sentam e observam das montanhas, então ele deverá cair, e sua casa também". Vede, brancos, meu irmão que reinou antes de mim não ofereceu o sacrifício, devido às lágrimas da mulher, e ele caiu, bem como sua casa, e eu reino em seu lugar. Está acabado: ela deve morrer! — E então, virando-se para os guardas: — Tragam-na logo; Scragga, afia tua lança.

Dois dos homens avançaram um passo, e conforme avançavam, a garota, pela primeira vez dando-se conta de seu destino iminente, gritou bem alto e tentou fugir. Mas as mãos fortes a pegaram rápido e a trouxeram, chorando e se debatendo, diante de nós.

— Qual é teu nome, menina? — perguntou Gagoula. — Quê! Não vai responder? Deve o filho do rei fazer logo seu trabalho?

Com essa deixa, Scragga, parecendo mais maligno do que nunca, avançou um passo e ergueu sua grande lança, e naquele momento eu vi a mão de Good se dirigir ao revólver. A pobre garota notou o leve brilho do aço por entre as lágrimas, e isso moderou sua angústia. Ela parou de se debater e, juntando as mãos convulsivamente, ficou tremendo dos pés à cabeça.

— Vejam — bradou Scragga com grande prazer —, ela se encolhe só de ver o meu brinquedinho, ainda nem provou o gosto dele. — E deu tapinhas na lâmina larga de sua lança.

— Se algum dia eu tiver a chance, você vai pagar por isso, seu cachorrinho — escutei Good murmurar baixinho.

— Agora que estás quieta, diga-nos teu nome, minha querida. Vem, fale alto, e não temas — disse Gagoula com escárnio.

— Ah, mãezinha — respondeu a garota, com voz trêmula. — Meu nome é Foulata, da casa de Suko. Ah, mãezinha, por que eu devo morrer? Não fiz nada de errado!

— Reconforta-te — continuou a velha em seu odioso tom de escárnio. — Deves morrer, é verdade, como sacrifício aos Antigos que estão sentados além. — E ela apontou os cumes. — Mas é melhor dormir à noite do que labutar de dia, é melhor morrer do que viver, e morrerás pela nobre mão do próprio filho do rei.

A jovem Foulata contorceu as mãos em angústia e gritou alto:

— Ai, crueldade! E eu sou tão jovem! Que fiz para que nunca mais veja o sol nascer à noite, ou as estrelas seguindo sua trilha ao anoitecer, para que eu não possa mais colher flores quando o orvalho é fresco, ou escutar o riso das águas? Pobre de mim, que não poderei mais ver o rosto de meu pai, nem sentir o beijo de minha mãe, nem cuidar do carneiro doente! Pobre de mim, amante nenhum colocará o braço ao meu redor e olhará em meus olhos, nem crianças nascerão de mim! Ah, crueldade, crueldade!

E de novo ela apertou as mãos e virou o rosto coroado de flores e manchado de lágrimas para os céus, parecendo tão amável em seu desespero — pois ela era uma mulher bonita de fato — que certamente sua visão teria derretido o coração de qualquer um menos cruel que os três demônios à nossa frente. O apelo do príncipe Arthur aos rufiões que vieram cegá-lo[4] não era mais tocante do que o dessa menina selvagem.

Mas não comoveu Gagoula ou o mestre de Gagoula, ainda que eu tenha visto sinais de misericórdia nos guardas atrás e no rosto dos chefes. E quanto a Good, ele bufou forte de indignação e fez um movimento como se fosse ao seu auxílio. Com a percepção das mulheres, a garota condenada interpretou o que se passava em sua mente, e num súbito movimento atirou-se diante dele e agarrou as "lindas pernas brancas".

— Ai, paizinho branco das Estrelas — ela bradou. — Joga sobre mim o manto da tua proteção, deixa-me rastejar à sombra de tua força, para que eu possa ser salva. Ai, protege-me desses homens cruéis e da misericórdia de Gagoula!

— Tudo bem, amorzinho, protegerei você — soltou Good, num inglês nervoso. — Venha, levante-se, aí está uma boa menina. — E ele se curvou para pegar sua mão.

Twala virou-se e gesticulou para seu filho, que avançou com a lança erguida.

— Agora é a sua hora — Sir Henry sussurrou para mim. — O que está esperando?

— Estou esperando aquele eclipse — respondi. — Não tirei os olhos da lua pela última meia hora, e ela nunca me pareceu mais saudável.

— Bem, você precisa arriscar agora, ou a menina vai ser morta. Twala está perdendo a paciência.

Reconhecendo a força do argumento e tendo lançado um último olhar desesperado para a face brilhante da lua, pois nunca o mais ardente astrônomo com uma teoria a provar aguardou com tanta ansiedade por eventos celestiais, avancei com toda a dignidade que consegui conjurar, me pondo entre a garota prostrada e o avanço da lança de Scragga.

— Rei — falei —, não há de ser assim. Nós não vamos suportar isso. Deixa a garota partir em segurança.

Twala se ergueu de seu assento com fúria e espanto, e dos chefes e das fileiras cerradas de donzelas, que haviam se agrupado devagar em antecipação da tragédia, veio um murmúrio de assombro.

— NÃO HÁ DE SER ASSIM! Tu, cão branco, que lates para o leão em sua caverna: *não vai ser assim!* Estás louco? Toma cuidado, ou o destino dessa galinha vai recair sobre ti e àqueles contigo. Como podes salvar a ela ou a ti? Quem és tu para que te ponha entre mim e minha vontade? Recua, digo eu. Scragga, mate-a! Ho, guardas! Peguem estes homens.

Ao seu comando, homens correram rápido de detrás da cabana, onde evidentemente haviam sido colocados de antemão.

Sir Henry, Good e Umbopa se posicionaram ao meu lado e ergueram seus rifles.

— Parai! — gritei com ousadia, ainda que no momento meu coração já estivesse nas minhas botas. — Parai! Nós, os brancos das Estrelas, dizemos que não vai ser assim. Chegueis só mais um passo, e apagaremos a lua feito uma lamparina soprada pelo vento, como só nós que habitamos nela podemos fazer, e lançaremos a Terra na escuridão. Ouseis desobedecer e provareis de nossa mágica.

Minha ameaça fez efeito; os homens se detiveram, e Scragga ficou parado diante de nós, com a lança erguida.

— Escutem-no! Escutem-no! — Gagoula ganiu. — Escutem o mentiroso que diz que vai apagar a lua feito uma lamparina. Deixem-no fazer isso, e a garota será poupada. Sim, deixem que faça isso, ou que morra pela garota, ele e aqueles junto dele.

Olhei para a lua com desespero, e então, para meu intenso prazer e alívio, vi que nós — ou no caso o almanaque — não estávamos enganados. Nas bordas do grande orbe pairava uma leve orla de sombra, enquanto um matiz esfumaçado crescia sobre sua superfície brilhosa. Jamais esquecerei aquele momento de supremo, soberbo alívio.

Então ergui minha mão solenemente na direção do céu, um exemplo que Sir Henry e Good seguiram, e citei uma ou duas linhas das *Lendas de Ingoldsby* no tom mais impressionante que consegui. Sir Henry deu continuidade com um verso tirado do Velho Testamento, e algo sobre Balbus construindo um muro, em latim,[5] enquanto Good se dirigiu à Rainha da Noite num catatau do mais clássico baixo calão em que conseguiu pensar.

Aos poucos a penumbra, a sombra de uma sombra, cresceu sobre a superfície brilhante, e enquanto crescia, escutei profundos suspiros de medo surgindo da multidão ao redor.

— Vê, ó rei! — bradei. — Vê, Gagoula! Vede, chefes e povo e mulheres, e dizei se os brancos das Estrelas mantêm sua palavra, ou se são mentirosos vazios! A lua escurece diante de seus olhos, logo haverá escuridão; sim, escuridão na hora da lua cheia. Pedis por um sinal, ele é dado a vós. Escurece, ó lua! Recolhe tua luz, tu que és pura e sagrada. Leva o coração orgulhoso dos assassinos usurpadores ao pó e engole o mundo em sombras.

Um grito de terror eclodiu entre os observadores. Alguns ficaram petrificados de medo, outros se atiraram de joelhos e gritaram alto. Quanto ao rei, ele permaneceu sentado e foi ficando pálido em sua pele escura. Apenas Gagoula manteve a coragem.

— Vai passar — ela anunciou. — Já vi isso antes, nenhum homem pode apagar a lua. Não percam a cabeça, fiquem parados... a sombra vai passar.

— Aguardai e vereis — retruquei, pulando de empolgação. — Ó lua! Lua! Lua! Que te faz tão fria e inconstante? — Essa citação apropriada veio das páginas de um romance popular que eu por acaso tinha lido recentemente, ainda que, pensando agora, fosse ingratidão minha insultar da Senhora Celeste, que se mostrava agora nossa mais fiel amiga, como quem tenha se comportado com o amante apaixonado do livro. Então acrescentei: — Continue para mim, Good, não consigo lembrar mais nenhum poema. Seja um bom amigo e pragueje.

Good respondeu nobremente a essa convocação de suas faculdades inventivas. Nunca antes tive a mais vaga noção da profundidade e alcance e altura dos poderes de um oficial da Marinha praguejando. Ele se manteve por dez minutos sem pausa em diversas línguas, e muito raramente se repetiu.

Enquanto isso, o anel de escuridão cresceu, enquanto toda aquela grande assembleia fixava seus olhos nos céus encarando e encarando num silêncio fascinado. Sombras estranhas e profanas excediam-se sobre o luar, uma quietude agourenta preencheu o lugar. Tudo se manteve imóvel feito a morte. Os minutos foram passando devagar e em meio ao silêncio mais solene, e enquanto eles passavam, a lua cheia foi passando mais e mais fundo pela sombra da Terra, conforme a porção tinta de seu círculo deslizava em terrível majestade ao longo das crateras lunares. O grande orbe alvo parecia se aproximar e crescer em tamanho. Ele assumiu um azul acobreado, então aquela porção de sua superfície ainda não obscurecida foi ficando cinzenta, e ao final, com a completude se aproximando, suas montanhas e planícies podiam ser vistas brilhando lúridas por entre um brilho escarlate.

O anel de escuridão seguiu crescendo. Agora já tinha passado de mais da metade do orbe vermelho-sangue. O ar foi ficando denso, e ainda mais profundamente tinto de uma escuridão avermelhada. Seguiu crescendo até que mal podíamos ver os rostos ferozes do grupo à nossa frente. Som algum saiu dos espectadores, e por fim Good parou de praguejar.

— A lua está morrendo... os magos brancos mataram a lua — gritou enfim o príncipe Scragga. — Vamos todos morrer na escuridão. — E animado pelo medo ou fúria ou ambos, ele ergueu a lança e a arremessou com toda a força contra o peito de Sir Henry. Mas ele se esqueceu das cotas de malha que o rei nos havia dado e que vestíamos debaixo de nossas roupas. O aço rebateu inofensivo, e antes que ele pudesse repetir o golpe, Curtis arrancou a lança de sua mão e o atravessou com ela.

Scragga caiu morto.

Ao verem isso, e enlouquecidos de medo pela escuridão crescente e pela sombra ímpia que, conforme acreditavam, engolia a lua, o grupo das garotas irrompeu numa confusão selvagem, e elas correram aos gritos até os portões. O pânico não parou aí. O próprio rei, seguido de seus guardas, alguns dos chefes e Gagoula, coxeando embora atrás deles em maravilhoso furor, fugiu para as cabanas, de modo que no instante seguinte nós mesmos, a quase-vítima Foulata, Infadoos e a maioria dos chefes que nos entrevistaram na noite anterior, fomos deixados a sós na cena, juntos com o corpo de Scragga, filho de Twala.

— Chefes — falei —, nós vos demos seu sinal. Se estais satisfeitos, fujamos rapidamente ao lugar que falastes. O encanto agora não pode ser detido. Irá perdurar por uma hora e a metade de uma hora. Vamos nos cobrir em escuridão.

— Venham — disse Infadoos, virando-se para partir, exemplo seguido pelos deslumbrados capitães, por nós e pela jovem Foulata, que Good tomou pelo braço.

Antes que alcançássemos os portões do *kraal*, a lua se fora por completo, e de cada quarto do firmamento as estrelas mergulharam para dentro do céu escuro.

Segurando uns aos outros pelas mãos, partimos aos trancos pela escuridão.

12.
Antes da batalha

Para nossa sorte, Infadoos e os chefes conheciam perfeitamente todos os caminhos da grande cidade; assim, passamos por atalhos sem sermos importunados e, apesar da escuridão, avançamos bastante.

Viajamos por uma hora ou mais, até que o eclipse começasse enfim a passar, e o lado da lua que havia primeiro desaparecido se tornasse visível outra vez. De repente, enquanto observávamos, dela estourou um raio de luz prateada, acompanhado por um espantoso brilho avermelhado, que pairou sobre a escuridão dos céus feito uma lamparina celestial, e que visão selvagem e adorável era aquela. Mais cinco minutos e as estrelas começaram a aparecer, e havia luz suficiente para enxergamos nossos arredores. Então descobrimos que estávamos bem longe da cidade de Loo e nos aproximando de uma colina grande e de cume chato, medindo cerca de três quilômetros de circunferência. Essa colina, que é uma formação comum na África do Sul, não é muito alta. De fato, sua maior elevação mal passa de sessenta metros, mas tem a forma de uma ferradura, e suas laterais são bastante íngremes e cobertas de pedregulhos. No platô coberto de grama em seu topo há terreno bom de acampar, o qual tem sido utilizado para acantonamento militar de parcas forças. Sua guarnição regular era um regimento de três mil homens, mas enquanto subíamos pelo lado íngreme da montanha sob a lua em regresso, percebemos que vários desses regimentos estavam acampados ali.

Alcançando enfim o platô, encontramos multidões de homens despertos de seu sono, tremendo de medo e amontoados em extrema consternação com o fenômeno natural que testemunhavam. Passando por eles sem dizer palavra, chegamos numa cabana no centro do terreno, onde ficamos surpresos em encontrar dois homens nos aguardando, equipados com nossos bens e pertences pessoais, que obviamente tínhamos sido obrigados a deixar para trás em nossa fuga apressada.

— Mandei buscá-los — explicou Infadoos — e também essas. — E ergueu as calças havia muito tempo perdidas de Good.

Com uma exclamação de prazer extasiado, Good saltou sobre elas e se pôs a vesti-las no mesmo instante.

— Mas certamente meu senhor não irá esconder suas lindas pernas pálidas! — exclamou Infadoos, pesaroso.

Porém Good insistiu, e apenas uma vez o povo kukuana teria outra oportunidade de ver suas belas pernas. Good é um homem muito modesto. Desde então, precisaram satisfazer seus anseios estéticos apenas com sua única costeleta, seu olho transparente e seus dentes móveis.

Ainda olhando com afetuosa lembrança para as calças de Good, a seguir Infadoos nos informou que ele tinha ordenado os regimentos a entrar em formação tão logo o dia raiasse, para explicar-lhes por completo a origem e circunstâncias da rebelião que fora decidida pelos chefes, e para apresentá-los ao legítimo herdeiro do trono, Ignosi.

Consequentemente, quando o sol nasceu, as tropas — ao todo vinte mil homens, e a fina flor do exército kukuana — foram reunidas em um amplo espaço aberto, para onde fomos. Os homens estavam agrupados nos três lados de uma densa praça, apresentando um espetáculo magnífico. Assumimos nossa posição no lado aberto da quadra e fomos rapidamente cercados pelos principais chefes e oficiais.

Após ser pedido silêncio, Infadoos se dirigiu a eles. Narrou-lhes, numa linguagem vigorosa e graciosa — pois, como a maioria dos kukuanas de alto escalão, era um orador nato —, a história do pai de Ignosi e de como ele foi basicamente assassinado pelo rei Twala, e sua esposa e filhos expulsos para morrerem de fome. Então lembrou que o povo sofria e gemia sob o reinado cruel de Twala, citando os procedimentos da noite anterior, quando, com a desculpa de serem malfeitores, muitos dos nobres da terra foram arrastados e mortos perversamente. A seguir se pôs a dizer que os senhores brancos das Estrelas, olhando para aquela terra abaixo, haviam percebido seus problemas, determinando-se, com grande inconveniência para si próprios, a aliviá-la de seu fardo. Disse que haviam assim tomado pela mão o verdadeiro rei dos kukuanas, Ignosi, que definhava no exílio, e o conduzido por sobre as montanhas; que eles haviam visto a perversidade dos feitos de Twala, e como sinal aos hesitantes, e para salvar a vida da menina Foulata, haviam de fato, por força de sua alta magia, apagado a lua e matado o jovem Scragga, e que eles estavam preparados para defendê-los e ajudá-los a derrubar Twala, e colocar em seu lugar o rei legítimo, Ignosi.

Ele terminou seu discurso em meio a murmúrios de aprovação. Então Ignosi deu um passo à frente e começou a falar. Tendo reiterado tudo o que seu tio Infadoos havia dito, ele concluiu um discurso poderoso com essas palavras:

— Ó chefes, capitães, soldados e povo, ouvistes minhas palavras. Agora tereis que fazer a escolha entre mim e aquele que senta em meu trono, o tio que matou seu irmão e expulsou o filho de seu irmão para que morresse no frio e na noite. Que sou o rei de fato estes — apontou os chefes — podem lhes dizer, pois eles viram a cobra ao redor de meu umbigo. Se eu não fosse o rei, estariam estes homens brancos a meu lado com toda sua mágica? Tremei, chefes, capitães, soldados e povo! A escuridão que eles trouxeram sobre a terra para confundir

Twala e acobertar nossa fuga, escuridão mesmo na hora da lua cheia, não está ainda diante de vossos olhos?

— Está — responderam os soldados.

— Eu sou o rei. Digo a vós, eu sou o rei — continuou Ignosi, levando sua grande estatura ao ápice e erguendo seu grande machado de batalha de lâmina larga acima da cabeça. — Se houver algum homem dentre vós que diga que eu não o sou, deixai que ele avance e eu lutarei com ele agora, e seu sangue será o símbolo vermelho de que lhes digo a verdade. Deixai que ele avance, digo. — E balançou o grande machado até que brilhasse sob a luz do sol.

Como ninguém pareceu disposto a responder a essa versão heroica de *Dilly, dily, come and be killed*,[1] nosso ex-escudeiro continuou seu discurso.

— Sou o rei de fato, e deveis ficar a meu lado na batalha; se eu ganhar o dia, ireis comigo rumo à vitória e à honra. Eu vos darei gado e esposas, e tomareis o lugar de todos os regimentos; e se vós tombardes, eu tombarei convosco. E vede, eu vos faço essa promessa, de que quando me sentar no trono de meus pais, o derramamento de sangue irá cessar na terra. Não mais clamareis por justiça e encontrareis carnificina, não mais irá a farejadora de bruxos caçá-los para que sejam mortos sem motivo. Homem algum irá morrer, exceto aqueles que ofenderam as leis. Vossos *kraals* não serão mais devorados. Cada um de vós irá dormir em segurança em sua própria cabana e não temerá nada, e a justiça caminhará vendada sobre a terra. Tereis escolhido, chefes, capitães, soldados e povo?

— Nós escolhemos, ó rei — veio a resposta.

— Isso é bom. Voltai a cabeça e vede como os mensageiros de Twala partem para além da grande cidade, de leste a oeste, e de norte a sul, para reunir um grande exército para derrotar a mim e a vós, e estes meus amigos e protetores. Amanhã, ou talvez depois, ele virá contra nós com todos os que lhe são fiéis.

Então saberei qual dos homens é de fato um homem meu, o homem que não teme morrer por sua causa, e eu vos digo que ele não será esquecido na hora dos espólios. Tenho dito, ó chefes, capitães, soldados e povo. Agora, ide para vossas cabanas e preparai-vos para a guerra.

Houve uma pausa, até que por fim um dos chefes ergueu a mão, e soou a saudação real, *Koom*. Era um sinal de que os soldados aceitavam Ignosi como seu rei. Então eles marcharam em batalhões.

Meia hora depois, fizemos um conselho de guerra, no qual todos os comandantes dos regimentos estavam presentes. Era evidente para nós que não levaria muito tempo para sermos atacados por forças superiores. De fato, de nossa posição na colina podíamos ver tropas se agrupando, e mensageiros correndo de Loo em todas as direções, sem dúvida chamando soldados para virem ao auxílio do rei. Tínhamos do nosso lado cerca de vinte mil homens, compostos de sete dos melhores regimentos daquela terra. Twala, assim calcularam Infadoos e os chefes, tinha no mínimo entre trinta mil ou trinta e cinco mil homens de confiança entre os atualmente arregimentados em Loo, e acreditavam que ao meio-dia do dia seguinte ele seria capaz de juntar outros cinco mil ou mais em seu auxílio. Era possível, é claro, que algumas de suas tropas o desertassem e viessem para nosso lado, mas não era uma contingência com que se podia contar. Enquanto isso, estava claro que Twala preparava ações ativas para nos subjugar. Corpos fortemente armados de homens já estavam patrulhando ao redor da colina, e havia também outros sinais de um ataque iminente.

Infadoos e os chefes, contudo, eram da opinião de que ataque nenhum ocorreria naquele dia, que seria dedicado a preparativos e à remoção por qualquer meio disponível do efeito moral produzido na mente dos soldados pelo suposto escurecimento mágico da lua. O ataque seria no dia seguinte, disseram, e estavam certos.

Enquanto isso, trabalhamos para fortalecer nossa posição de todo modo possível. Quase todo homem foi chamado, e ao longo do dia, que pareceu bastante curto, muito foi feito. Os caminhos que subiam à colina — que era mais um hospital do que uma fortaleza, sendo geralmente usada como local de acampamento para regimentos que sofriam após ações recentes nas partes insalubres daquela terra — foram cuidadosamente bloqueados com pilhas de pedras, e todas as outras vias de acesso restaram tão inexpugnáveis quanto o tempo permitiu. Pilhas de penedos foram coletadas de vários pontos para rolarem sobre o avanço inimigo, posições foram apontadas para diferentes regimentos, e todo preparativo que nossa imaginação conjunta pudesse conceber foi feito.

Pouco antes do pôr do sol, enquanto descansávamos do trabalho, percebemos uma pequena companhia de homens avançando na nossa direção vinda de Loo, dentre os quais havia um que levava uma folha de palma na mão em sinal de que vinha como arauto.

Ao nos aproximarmos, Ignosi, Infadoos, um ou dois chefes e nós mesmos descemos para o pé da montanha para encontrá-lo. Era um sujeito galante, vestindo a capa de pele de leopardo adequada.

— Saudações! — ele bradou, enquanto vinha. — O rei saúda aqueles que fazem uma guerra ímpia contra o rei. O leão saúda os chacais que rosnam nos seus calcanhares.

— Fale — eu disse.

— Tais são as palavras do rei. Rendei-vos à misericórdia do rei ou coisas piores recairão sobre vós. Já se arrancou o ombro de um touro preto, e o rei o arrasta ao redor do campo.[*]

---

[*] Esse costume cruel não se limita aos kukuanas, pois não é de todo incomum entre as tribos africanas na eclosão de uma guerra ou qualquer outro importante evento público. [A. Q.]

— Quais são os termos de Twala? — perguntei por curiosidade.

— Seus termos são misericordiosos, dignos de um grande rei. Estas são as palavras de Twala, o caolho, o poderoso, o marido de milhares de esposas, senhor dos kukuanas, guardião da Grande Estrada, amado pelos Estranhos que se sentam em silêncio no cume das montanhas, bezerro da Vaca Preta, elefante cujo passo faz tremer a terra, terror dos malfeitores, avestruz cujos pés devoram o deserto, o Grandioso, o Mais Negro, o Sábio, rei de geração a geração! Estas são as palavras de Twala: "Eu terei misericórdia e ficarei satisfeito com um pouquinho de sangue. Um em cada dez deve morrer, o resto ficará livre, mas o branco Incubu, que matou meu filho Scragga, e seu serviçal negro, que almeja meu trono, e meu irmão Infadoos, que fermentou a rebelião contra mim, estes deverão morrer por meio de torturas como oferenda aos Silenciosos". Estas são as palavras misericordiosas de Twala.

Após consultar-me um pouco com os demais, respondi falando alto, para que os soldados pudessem ouvir, desta maneira:

— Volta, cão, volta para Twala, que te enviou, e diga-lhe que nós, Ignosi, autêntico rei dos kukuanas, Incubu, Bougwan e Macumazahn, os Sábios das Estrelas, que escureceram a lua, Infadoos da casa real, e os chefes, capitães e povo aqui reunidos, dão resposta e dizem: "Que nós não iremos nos render, que antes de o sol se pôr duas vezes, o cadáver de Twala estará duro aos portões de Twala, e Ignosi, cujo pai Twala matou, irá reinar em seu lugar". Agora vai, antes que te expulsemos aos açoites, e cuida o modo como ergue tua mão contra gente como nós.

O arauto riu alto.

— Vossas palavras grandiosas não assustam um homem — ele bradou. — Mostrai-vos tão ousados assim amanhã, ó vós que escureceram a lua. Sede ousados, lutem, e sede felizes, antes que os corvos biquem seus ossos até que fiquem mais brancos que vossos rostos. Adeus. Talvez nos encontremos na batalha. Não fujais para as Estrelas, eu rogo, esperai por mim, branquelos. — E com essa ponta de sarcasmo ele se retirou, e quase imediatamente o sol baixou.

Aquela noite foi agitada, pois cansados como estávamos, os preparativos para a luta do dia seguinte continuaram sob a luz da lua até onde foi possível, e mensageiros constantemente iam e vinham do lugar onde estávamos sentados em conselho. Por fim, cerca de uma hora após a meia-noite, tudo o que podia ser feito estava feito, e o acampamento, salvo pelo chamado ocasional de uma sentinela, mergulhou no silêncio. Sir Henry e eu, acompanhados por Ignosi e um dos chefes, descemos a colina e fizemos a ronda nos piquetes. Conforme avançávamos, de súbito, de todo canto inesperado lanças brilharam ao luar, apenas para desaparecer de volta assim que dizíamos a senha. Ficou claro para nós que ninguém estava dormindo no seu posto. Então retornamos, escolhendo nosso caminho com cautela por entre centenas de soldados adormecidos, muitos dos quais faziam seu último descanso terreno.

O luar brilhou sobre suas lanças e brincou sobre suas feições, tornando-os pavorosos; o vento frio da noite balançava seus penachos altos e fúnebres. Ali dormiam numa confusão selvagem, de braços esticados e membros dobrados, suas formas rígidas e robustas ficando esquisitas e inumanas sob o luar.

— Quantos destes você crê que estarão vivos a essa hora amanhã? — perguntou Sir Henry.

Balancei a cabeça e olhei outra vez para os homens adormecidos, e para a minha imaginação cansada, porém agitada, pareceu que a Morte já os houvesse tocado. Meu olho mental já separava aqueles que estavam marcados para o abate, e meu coração foi invadido por uma grande impressão do mistério da vida humana e por um pesar avassalador por sua futilidade e tristeza. Nessa noite, centenas dormem um sono sadio; amanhã, eles, e muitos outros com eles, nós mesmos talvez, estaremos rijos no frio, suas esposas serão viúvas, seus filhos órfãos, e perderão seu espaço para sempre. Apenas a velha lua irá brilhar serena, o vento noturno irá agitar a grama, e o grande planeta irá descansar, do modo como fazia éons antes de existirmos e fará éons depois de termos sido esquecidos.

Contudo o homem não morre enquanto o mundo, ao mesmo tempo sua mãe e monumento, seguir existindo. Seu nome se perde, é verdade, mas o sopro que ele respirou ainda agitará o topo dos pinheiros sobre as montanhas, o som das palavras que ele pronunciou ainda ecoará sobre o espaço. Os pensamentos que seu cérebro fez nascer herdamos hoje. Suas paixões são a causa de nossa vida, os prazeres e pesares que ele conheceu nos são familiares — e o fim do qual ele fugiu apavorado certamente será também o nosso!

O universo está, na realidade, cheio de fantasmas, não os espectros com lençóis das igrejas, mas os elementos inextinguíveis da vida individual, que uma vez tendo sido, jamais *morrem*, pois eles se fundem e mudam, e mudarão outra vez, eternamente.

Toda sorte de reflexões dessa natureza passou pela minha cabeça — pois conforme vou envelhecendo, lamento dizer que vou sendo tomado por um detestável hábito de pensar — enquanto ficava ali parado encarando aquelas sombrias embora fantásticas fileiras de guerreiros, dormindo, como eles dizem, "em cima das lanças".

— Curtis — falei. — Estou num estado de medo lamentável.

Sir Henry cofiou sua barba loira e riu, respondendo:

— Ouvi dizer que você já fez esse tipo de observação antes, Quatermain.

— Bem, agora é para valer. Você sabe, duvido muito que algum de nós esteja vivo amanhã à noite. Seremos atacados com forças esmagadoras, e só por sorte vamos conseguir manter este lugar.

— Vamos dar conta de uma boa leva deles, de qualquer modo. Olhe aqui, Quatermain, esse é um negócio sujo, e um no qual, falando francamente, não devíamos ter nos metido, mas estamos nele agora, então temos que fazer o nosso melhor trabalho. Pessoalmente, eu preferiria ser morto lutando do que de qualquer outro modo, e agora que parece haver poucas chances de encontrarmos meu pobre irmão, a ideia me parece mais fácil. Mas a sorte favorece o bravo, e nós podemos vencer. De qualquer modo, a batalha será horrível, e tendo uma reputação a manter, temos que estar nisso de corpo e alma.

Ele fez essa última observação num tom pesaroso, mas havia um brilho em seus olhos que contradizia sua melancolia. Tive a impressão de que Sir Henry Curtis na realidade gostava de lutar.

Depois disso fomos dormir por algumas horas.

Perto do amanhecer fomos acordados por Infadoos, que veio dizer que uma grande agitação fora percebida em Loo, e que grupos de infantaria ligeira do rei estavam se dirigindo aos nossos postos avançados.

Nos levantamos e nos vestimos para a luta, cada um colocando sua camisa de cota de malha, vestimentas pelas quais nos sentimos bastante agradecidos na atual conjuntura. Sir Henry levou a coisa ao pé da letra e vestiu-se como um guerreiro nativo. "Quando você está em Kukuanalândia, faça como os kukuanas", ele observou, enquanto largava o aço brilhante sobre seu peito largo, que lhe caiu como uma luva. Tampouco parou por aí. A seu pedido, Infadoos providenciou-lhe um conjunto completo do uniforme nativo. Ao redor da garganta ele prendeu a capa de pele de leopardo de um oficial comandante, na testa amarrou um penacho feito de penas de avestruz negro, usadas apenas pelos generais de alto escalão, e ao redor da cintura, um magnífico *moocha* feito de rabos de bois brancos. Um par de sandálias, uma faixa de pelo de bode na coxa, um pesado machado de batalha com cabo de chifre de rinoceronte, um escudo de ferro redondo coberto com couro branco de boi, e o número regular de *tollas*, ou facas de arremesso, completaram seu equipamento. Contudo, ele acrescentou seu revólver. A roupa era selvagem, sem dúvida, mas devo dizer que raras vezes tive visão melhor do que a de Sir Henry Curtis nesses trajes. Valorizava seu físico magnífico, e quando Ignosi chegou, vestido de modo similar, pensei com meus botões que nunca vira dois homens tão esplêndidos.

Quanto a mim e Good, a cota de malha não nos caiu tão bem. Para começar, Good insistiu em manter seus calções recém-recuperados, e um cavalheiro baixo e robusto, com um monóculo e metade do rosto barbeado, vestindo cota de malha cuidadosamente metida em calções de veludo cotelê, ficava mais chamativo do que imponente. No meu caso, sendo a cota de malha muito grande para mim, a coloquei por cima de toda a minha roupa, o que a fez se avolumar de um modo pouco lisonjeiro. Contudo, dispensei meus calções, mantendo apenas meus *veldtschoons*, estando determinado a ir para a batalha com as pernas nuas, de modo a ficar mais leve para correr, no caso de uma retirada rápida se tornar necessária. A cota de malha, a lança e o escudo, que eu não sabia como usar, um par de *tollas*, um revólver e um grande penacho, que prendi no alto do meu chapéu de caçador, de modo a dar um toque final sanguinário à minha aparência, completaram meu modesto equipamento. Em acréscimo a todos esses artigos tínhamos, é claro, nossos rifles, mas como a munição era pouca, e eles seriam inúteis no caso de uma carga de infantaria, arranjamos para que fossem levados por carregadores atrás de nós.

Quando estávamos enfim equipados, engolimos apressados um pouco de comida, e então partimos para ver como as coisas estavam indo. A certa altura, no platô da montanha, havia um pequeno *koppie* de pedras marrons, que tinha a dupla função de quartel-general e torre de comando. Ali encontramos Infadoos cercado por seu próprio regimento, os Grisalhos, que era sem dúvida o melhor dos exércitos kukuanas, e o mesmo que havíamos visto pela primeira vez no *kraal* fronteiriço. Esse regimento, agora com três mil e quinhentos homens, vinha sendo mantido na reserva, e os homens estavam deitados na grama divididos em grupos e vigiando as forças do rei arrastando-se para fora de Loo feito longas colunas de formigas. Não parecia haver fim para o comprimento dessas colunas — três ao todo, e cada uma delas contando, pelo que julgamos, com pelo menos onze mil ou doze mil homens.

Assim que saíram da cidade, o regimento se formou. Então uma coluna marchou para a direita, uma para a esquerda e a terceira veio lentamente na nossa direção.

— Ah — disse Infadoos —, eles vão nos atacar de três lados ao mesmo tempo.

Isso nos pareceu uma notícia importante, pois nossa posição no topo da montanha sendo extensa, medindo dois quilômetros e meio de circunferência, era importante que nossas forças defensivas, comparavelmente menores, ficassem tão concentradas quanto possível. Mas, uma vez que era impossível impor o modo como deveríamos ser atacados, tínhamos que fazer o melhor com o que tínhamos, e assim enviamos ordens aos vários regimentos para que se preparassem para receber ataques separados.

13.
O ataque

Aos poucos, e sem dar a menor impressão de pressa ou agitação, as três colunas avançaram. Quando estavam a cerca de quinhentos metros de nós, a coluna do centro parou à beira de um trecho de planície aberta que corria pela colina acima, para dar tempo às outras divisões de cercar nossa posição, que assumira mais ou menos a formação de uma ferradura, com suas duas pontas direcionadas para a cidade de Loo. O objetivo dessa manobra era que o ataque triplo fosse feito em simultâneo.

— Ah, o que eu não daria por uma metralhadora *gatling*! — grunhiu Good, enquanto contemplava as falanges cerradas abaixo de nós. — Eu iria limpar essa planície em vinte minutos.

— Não temos nenhuma, então não adianta desejar uma. Mas suponho que você pode dar um tiro, Quatermain — disse Sir Henry. — Veja o quão perto pode chegar daquele camarada alto que parece estar no comando. Dois para um que você não acerta, e um soberano adicional, a ser honestamente pago se sairmos dessa, que você não faz a bala chegar a cinco metros dele.

Essa me irritou e, carregando o rifle expresso com uma bala sólida, esperei até que o amigo lá se afastasse uns dez metros de seus homens, buscando uma visão melhor de nossa posição, acompanhado apenas por um ordenança. E então, me deitando no chão e apoiando o expresso numa pedra, dei conta dele. O rifle, como todo expresso, tinha alcance de apenas trezentas e vinte jardas, então levando em conta a queda da trajetória da bala, eu mirei um pouco abaixo do pescoço, o que, pelos meus cálculos, o acertaria no peito. Ele ficou bem parado e me deu todas as oportunidades, mas fosse pela afobação ou pelo vento, ou pelo fato de o homem ser um alvo distante, não sei como, mas eis o que aconteceu. Pegando uma boa visão, como pensei, apertei o gatilho, e quando a nuvem de fumaça clareou, para meu desgosto vi meu alvo parado de pé ileso, enquanto seu ordenança, que estava ao menos três passos à esquerda, estava caído no chão aparentemente morto. Dando uma rápida meia-volta, o oficial que eu mirara começou a correr na direção de seus homens com alarme evidente.

— Bravo, Quatermain — disse Good. — Você o assustou.

Isso me deixou muito irritado, pois odeio errar em público, quando é possível evitar. Quando um homem é mestre em uma única arte, ele gosta de manter sua reputação nessa arte. Bastante abalado por meu fracasso, fiz uma coisa precipitada. Rapidamente cobrindo o general enquanto corria, disparei o segundo cano. No mesmo instante o pobre homem abriu os braços e tombou à frente de cara no chão. Dessa vez não cometi nenhum erro, e — digo isso como prova do quão pouco pensamos nos outros quando nossa própria segurança, orgulho ou reputação estão em jogo — fui rude o bastante para me sentir satisfeito com essa visão.

Os regimentos que testemunharam a façanha aplaudiram selvagemente essa exibição da mágica do homem branco, que tomaram como um bom agouro, enquanto as forças a que o general pertencia — e que, de fato, como confirmamos depois, ele comandava — recuaram em confusão. Sir Henry e Good agora pegaram seus rifles e começaram a atirar, este último "metralhando" eficientemente a densa massa diante dele com outro Winchester de repetição, e eu também dei um tiro ou dois, com o resultado, até onde pudemos ver, de deixar seis ou oito homens *hors de combat* antes que estivessem fora de alcance.

Assim que paramos de atirar, um rugido sinistro veio do nosso flanco direito, e então outro similar se ergueu à nossa esquerda. As outras duas divisões estavam nos atacando.

Ao escutar isso, a multidão de homens diante de nós abriu-se um pouco, avançou na direção da colina e subiu pelo trecho gramado num trote lento, cantando uma canção gutural enquanto corriam. Disparamos várias vezes com nossos rifles enquanto vinham, com Ignosi se juntando a nós ocasionalmente, e demos conta de vários homens, mas, claro, não causamos mais efeito sobre aquela poderosa agitação de humanidade armada do que alguém que atirasse uma ou duas pedras sobre a rebentação das ondas.

E então eles vieram, com um grito e bater de lanças. Agora avançavam contra os piquetes que posicionamos entre as pedras ao pé da colina. Depois disso o avanço foi mais lento, pois ainda que não tivéssemos oferecido nenhuma oposição séria, as forças de ataque precisavam subir a colina, e vieram devagar para poupar fôlego. Nossa primeira linha de defesa ficava a meio caminho descendo a lateral do declive, a segunda ficava a cinquenta metros mais para trás, enquanto a terceira ocupava o topo do platô.

E então eles atacaram, berrando seu grito de guerra: *Twala! Twala! Shayela! Shayela!*[1] (*"Twala! Twala!* Atacar! Atacar!"). *Ignosi! Ignosi! Shayela! Shayela*, respondeu nossa gente. Estavam bastante perto agora, e as *tollas*, ou facas de arremesso, começaram a brilhar à frente e atrás, e então com um grito horrível a batalha começou.

De um lado ao outro a massa de guerreiros balançou em luta, homens caindo feito folhas ao vento do outono, mas em pouco tempo a superioridade de forças de ataque começou a surtir efeito, e nossa primeira linha de defesa foi lentamente pressionada para trás até se fundir com a segunda. Ali o embate foi bastante acirrado, mas outra vez nossa gente foi empurrada para trás e para cima, até que enfim, após vinte minutos do começo da luta, nossa terceira linha entrou em ação.

A essa altura os atacantes estavam bastante exaustos, e além disso haviam perdido muitos homens feridos ou mortos, e romper aquela terceira linha impenetrável de lanças se mostrou além das suas forças. Por algum tempo, as linhas fervilhantes dos selvagens oscilaram para a frente e para trás, no feroz vaivém das marés de batalha, e o resultado era duvidoso. Sir Henry assistiu à luta desesperada com um brilho no olhar, e então, sem dizer nada ele saiu correndo, seguido por Good, e se atirou em meio ao fervor do combate. Quanto a mim, fiquei onde estava.

Os soldados perceberam sua figura alta enquanto entrava na batalha, e dali subiu um grito de *"Nanzia Incubu! Nanzia Unkungunklovo!"* (Eis o elefante!) *"Shayela! Shayela!"*.

Daquele momento em diante não havia mais dúvidas quanto ao desfecho. Lutando com bravura esplêndida, centímetro a centímetro, foram pressionando as forças de ataque colina abaixo, até que por fim recuassem sobre as forças-reserva numa espécie de confusão. Também nesse instante, um mensageiro chegou para dizer que o ataque esquerdo havia sido repelido, e eu mal começava a me parabenizar, acreditando que a questão estava encerrada por ora, quando, para nosso horror, percebemos que os nossos homens envolvidos na defesa do flanco direito foram levados na nossa direção pela planície, seguidos por enxames de inimigos, que claramente haviam obtido sucesso a essa altura.

Ignosi, que estava ao meu lado, numa olhada avaliou a situação e despachou uma ordem rápida. No mesmo instante o regimento reserva ao nosso redor, os Grisalhos, ficou de prontidão.

Ignosi deu voz de comando outra vez, que foi assumida e repetida pelos capitães, e em outro segundo, para meu intenso desgosto, me vi envolvido num ataque furioso contra o avanço adversário. Ficando o tanto quanto possível atrás da figura enorme de Ignosi, e tirando o máximo que pude de uma situação ruim, marchei para a morte como se gostasse disso. Num minuto ou dois, avançamos por entre os grupos em fuga de nossos homens, que de imediato começaram a retomar a formação atrás de nós, e então não sei dizer o que foi que aconteceu. Tudo de que me lembro é de um som horrível e contínuo de choque dos escudos, e a aparição súbita de um imenso rufião, cujos olhos pareciam estar literalmente saltando de sua cabeça, vindo direto na minha direção com uma lança ensanguentada. Mas — e digo isso com orgulho — me ergui à altura da ocasião, ou no caso, me agachei a ela. Foi uma daquelas a que a maioria teria sucumbido de uma vez por todas. Vendo que se eu ficasse onde estava teria sido morto, assim que aquela hórrida aparição veio, eu me atirei para baixo dele com tanta agilidade que, incapaz de deter o próprio avanço, ele mergulhou de cabeça, passando por cima de onde eu havia me prostrado. E antes que pudesse se levantar de novo, *eu* havia me erguido por trás e encerrei o assunto com meu revólver.

Logo depois alguém me derrubou, e não me lembro de mais nada do ataque.

Quando voltei a mim, me vi de volta ao *koppie*, com Good inclinado sobre mim segurando um pouco de água numa cabaça.

— Como está se sentindo, meu velho? — ele perguntou, ansioso.

Eu me levantei e me sacudi antes de responder.

— Muito bem, obrigado — respondi.

— Graças a Deus! Quando vi que carregavam você, me senti muito mal, pensei que você já era.

— Não foi dessa vez, meu caro. Acho que levei apenas um golpe na cabeça, que me derrubou. Como terminou?

— Eles foram repelidos em toda a linha, por enquanto. As perdas são terrivelmente pesadas. Temos cerca de duzentos mortos e feridos, e eles devem ter perdido trezentos. Olhe, eis uma visão e tanto! — e apontou as longas linhas de homens avançando em quartetos.

No centro de cada quarteto, e sendo carregada por estes, havia uma espécie de bandeja de couro, da qual as forças kukuanas sempre levam certa quantidade consigo, com uma alça em cada extremidade. Nessas bandejas — e seu número parecia infinito — deitavam-se homens feridos, que conforme chegavam eram rapidamente examinados por curandeiros, dos quais havia dez em cada regimento. Se a ferida não fosse do tipo fatal, o paciente era levado embora e tratado com o máximo de cuidado que as circunstâncias permitiam. Mas se, por outro lado, as condições do ferido se mostrassem sem esperanças, o que se seguia era bastante pavoroso, ainda que, sem dúvida, fosse a mais sincera misericórdia. Um dos curandeiros, sob o pretexto de conduzir um exame, rapidamente abria uma artéria com uma faca afiada, e em um minuto ou dois o paciente morria sem dor. Houve muitos casos naquele dia em que isso foi feito. Na realidade, foi feito na maioria das vezes quando a ferida estava no corpo, pois o corte feito pela entrada das lanças imensamente largas usadas pelos kukuanas geralmente tornava a recuperação impossível. Na maioria dos casos, o pobre coitado já estava inconsciente, e em outros o cortezinho fatal na artéria era feito de modo tão rápido e indolor que eles nem pareciam notar. Mesmo assim era uma visão pavorosa, e uma da qual ficamos felizes em escapar. De verdade, não lembro de nada assim que tivesse me afetado mais do que ver esses bravos soldados terem seu sofrimento encerrado pelas mãos rubras do curandeiro, exceto, de fato, na ocasião em que, após um ataque, vi uma tropa de suázis[2] enterrar *vivos* os seus feridos desenganados.

Fugindo rápido dessa cena horrível para o lado mais afastado do *koppie*, encontramos Sir Henry, que ainda segurava o machado de combate em mãos, Ignosi, Infadoos e um ou dois dos chefes absortos em reunião.

— Graças a Deus, aí está você, Quatermain! Não consigo entender o que Ignosi quer fazer. Me parece que embora tenhamos rebatido o ataque, Twala está agora recebendo grandes reforços e mostrando disposição de nos atacar, com a perspectiva de nos matar de fome.

— Isso é complicado.

— Sim, ainda mais que Infadoos diz que o suprimento de água acabou.

— Meu senhor, é isso mesmo — disse Infadoos. — A fonte não consegue suprir as necessidades de tão grande multidão e está secando rápido. Antes do anoitecer estaremos todos sedentos. Escuta, Macumazahn. Tu és sábio, sem dúvida, e sem dúvida tens visto muitas guerras nas terras de onde vieste... isto é, se de fato eles fazem guerras nas Estrelas. Agora dize, o que devemos fazer? Twala trouxe muitos novos homens para tomar o lugar dos que tombaram. Contudo Twala aprendeu sua lição. O falcão não esperava encontrar a garça pronta, mas nossos bicos perfuraram seu peito, ele teme nos atacar outra vez. Também nós fomos feridos, e ele vai esperar até que estejamos mortos. Ele irá nos cercar feito cobra ao redor da presa e esperar sentado pelo fim da luta.

— Ouço o que dizes — falei.

— Então, Macumazahn, vês que não temos água aqui, e pouca comida, e precisamos escolher entre essas três coisas: perecer feito um leão faminto em sua caverna, ou lutar para chegarmos até o norte, ou... — e então ele se levantou e apontou na direção da densa massa de nossos inimigos — nos atirar em cheio na garganta de Twala. Incubu, o grande guerreiro... pois hoje ele lutou feito um búfalo numa rede, e os soldados de Twala caíram diante de seu machado feito milho verde sob o granizo, eu vi com estes olhos... Incubu diz "ataquem", mas o elefante está sempre disposto a atacar. Agora, o que diz Macumazahn, a velha raposa, que tanto viu e gosta de atacar seus inimigos por trás? A palavra final está com o rei Ignosi, pois é o direito dos reis falar de guerras, mas escutemos tua voz, ó Macumazahn, que vigias durante a noite, e também a voz daquele do olho transparente.

— O que dizes tu, Ignosi? — perguntei.

— Não, meu pai — respondeu nosso outrora serviçal, que agora, investido como estava em todas as armas da guerra selvagem, parecia impecavelmente um rei guerreiro. — Fala tu primeiro e deixa que eu, que sou apenas uma criança em sabedoria diante de ti, escute as tuas palavras.

Tendo assim adjurado, após me consultar rapidamente com Good e Sir Henry, apresentei resumidamente minha opinião de que, estando encurralados, nossas melhores chances, ainda mais tendo em vista a perda de nosso suprimento de água, seriam a de iniciar um ataque contra as forças de Twala. Então recomendei que os ataques deveriam ser feitos de imediato, "antes que nossas feridas endurecessem", e também antes que a visão das forças sobrepujantes de Twala fizesse o coração de nossos soldados "derreter feito gordura no fogo". De outro modo, observei, alguns dos capitães poderiam mudar de ideia e, dando trégua a Twala, desertar para ele, ou mesmo nos trair para suas mãos.

Essa opinião expressa pareceu ter sido bem recebida como um todo. De fato, entre os kukuanas minhas declarações foram respeitadas como nunca antes ou depois. Mas a verdadeira decisão quanto a nossos planos seria de Ignosi, que, desde que fora reconhecido como o legítimo rei, pôde exercer os direitos quase ilimitados da soberania, incluindo, é claro, a decisão final sobre assuntos de generalato, e foi para ele que todos os olhos se voltaram.

Por fim, após uma pausa, durante a qual pareceu refletir profundamente, falou:

— Incubu, Macumazahn e Bougwan, bravos brancos e meus amigos; Infadoos, meu tio, e chefes, meu coração está decidido. Atacarei Twala hoje, e o golpe definirá meu destino, sim, e minha vida... minha vida e a vossa. Escutai: assim eu atacarei. Vedes como a colina se curva feito a meia-lua e como a planície corre feito uma língua verde em nossa direção dentro da curva?

— Nós vemos — respondemos.

— Bom. Agora é meio-dia, e os homens comem e descansam após a labuta da batalha. Quando o sol se virar e tiver viajado um pouquinho na direção da escuridão, faze com que teu regimento, meu tio, avance junto descendo a língua verde, e quando Twala avistá-lo, irá correr com suas forças para esmagá-lo. Mas a posição é estreita, e os regimentos só poderão vir contra ti um de cada vez, de tal modo que eles poderão ser destruídos um por um, e os olhos de todo o exército de Twala estarão fixos num combate tal como jamais visto por nenhum vivente. E contigo, meu tio, irá meu amigo Incubu, para que quando Twala avistar seu machado de batalha brilhando nas primeiras fileiras dos Grisalhos, seu coração encolha. E eu irei com o segundo regimento, aquele que te seguirá, para que caso tu sejas destruído, como pode acontecer, ainda reste um rei pelo qual lutar, e comigo irá Macumazahn, o Sábio.

— Está bem, ó rei — disse Infadoos, aparentemente contemplando a certeza da completa aniquilação de seu regimento com perfeita calma. De fato, esses kukuanas são um povo maravilhoso. A morte não lhes traz nenhum terror quando vem no cumprimento do dever.

— E enquanto os olhos da multidão de soldados de Twala estiverem assim fixos no combate — continuou Ignosi —, vede, um terço dos homens que forem deixados vivos conosco, ou seja, uns seis mil, irá de mansinho ao longo do chifre direito da colina para cair sobre o flanco esquerdo das forças de Twala, e um terço irá de mansinho ao longo do chifre esquerdo e irá cair sobre o flanco direito de Twala. E quando eu vir que os chifres estão prontos para espetar Twala, então irei, com os homens que me restarem, avançar em cheio nas barbas de Twala, e se a sorte nos favorecer, o dia será nosso, e antes que a noite conduza seus bois negros de montanha em montanha, nos sentaremos em paz em Loo. E agora vamos comer e nos preparar. E, Infadoos, te prepara para que o plano seja seguido sem falhas. E que meu pai branco Bougwan vá com o chifre direito, para que seu olho brilhante possa dar coragem aos capitães.

Os preparativos para o ataque, ainda que feitos rapidamente, foram postos em ação com uma agilidade que dava conta da perfeição do sistema militar kukuana. Em pouco mais de uma hora, as rações foram servidas e devoradas, as divisões se formaram, o esquema do ataque foi explicado aos líderes, e toda a força, contando cerca de dezoito mil homens, estava pronta para partir, com exceção da guarda deixada para cuidar dos feridos.

Por fim Good veio falar com Sir Henry e comigo.

— Adeus, meus camaradas — ele disse. — Vou partir com a ala direita de acordo com as ordens, então vim para um aperto de mãos, no caso de não nos encontrarmos outra vez, vocês sabem — acrescentou, com ênfase.

Nos cumprimentamos em silêncio e não sem exibirmos tanta emoção quanto os anglo-saxões são capazes de mostrar.

— É um negócio esquisito — disse Sir Henry, sua voz profunda oscilando um pouco —, e confesso que não espero ver o sol de manhã. Até onde consigo dizer, os Grisalhos, com quem vou partir, deverão lutar até serem varridos para possibilitar que as alas passem despercebidas e flanqueiem Twala. Bem, que assim seja. Em todo caso, será uma morte de homem. Adeus, meu bom camarada. Deus o abençoe! Espero que você resista e viva para se cobrir de diamantes. E se o fizer, ouça meu conselho, e nunca mais se envolva com pretendentes ao trono!

No instante seguinte Good nos cumprimentou a ambos pela mão e partiu, e então Infadoos veio e levou Sir Henry até sua posição na dianteira dos Grisalhos, enquanto, com muitas apreensões, parti com Ignosi até meu posto no segundo regimento de ataque.

14.
A última batalha dos Grisalhos[1]

Em poucos minutos, os regimentos destinados a conduzir os movimentos de flanco marcharam em silêncio, mantendo-se cuidadosamente a sota-vento da elevação do terreno de modo a ocultar seu avanço dos olhos aguçados dos batedores de Twala.

Foi dada meia hora ou mais de tempo entre a partida dos chifres ou asas do exército, antes que se fizesse qualquer agitação da parte dos Grisalhos e seu regimento de apoio, conhecidos como os Búfalos, que formavam seu peito, e destinavam-se a suportar o peso maior da batalha.

Ambos os regimentos estavam quase perfeitamente descansados e cheios de força, os Grisalhos tendo ficado de reserva toda a manhã e tendo perdido não mais que um pequeno número de homens, ao revidar aquela parte do ataque que obteve sucesso em quebrar a linha de defesa, na ocasião em que avancei junto deles e fui derrubado por minhas dores. Quanto aos Búfalos, eles haviam formado a terceira linha de defesa à esquerda, e uma vez que as forças de ataque naquele ponto não tiveram sucesso em quebrar a segunda linha, mal precisaram entrar em ação.

Infadoos, que era um velho general cauteloso, e sabia da absoluta importância de manter elevado o espírito de seus homens às vésperas de tal confronto desesperado, fez uma pausa para se dirigir a seu próprio regimento, os Grisalhos, em linguagem poética: explicou-lhes a honra que receberiam ao ser colocados assim na linha de frente da batalha e em ter o grande guerreiro branco das Estrelas para lutar com eles em suas fileiras; e prometendo uma grande recompensa em gado e promoções a todos aqueles que sobrevivessem, no caso das forças de Ignosi obterem sucesso.

Olhei para as longas fileiras de penachos negros ondulantes e rostos severos abaixo deles e suspirei ao pensar que, dentro de mais ou menos uma hora, a maioria ou talvez todos desses magníficos guerreiros veteranos, nenhum deles homem com menos de quarenta anos de idade, estaria morta ou morrendo na poeira. Não poderia ser de outro modo, eles foram condenados, com aquele sábio descuido pela vida humana que é a marca do grande general, que não raro salva suas tropas e atinge seus fins, indo rumo à morte certa, em nome de dar à sua causa e ao restante de seu exército uma chance de vitória. Eles estavam predestinados à morte e sabiam a verdade. Seria sua tarefa enfrentar regimento após regimento dos exércitos de Twala na estreita faixa de grama abaixo de nós, até que fossem exterminados ou que as asas encontrassem uma oportunidade favorável para seu ataque. E mesmo assim nunca hesitaram, tampouco eu pude detectar sinal de medo no rosto de um único guerreiro. Ali estavam eles: indo para a morte certa, prestes a desertar a abençoada luz do dia para sempre, e mesmo assim capazes de contemplar seu destino sem um tremor. Mesmo naquele momento eu não podia evitar de comparar seu estado mental com o meu, que estava longe da serenidade, e suspirar de inveja e admiração. Nunca antes eu havia visto uma devoção tão absoluta à ideia de dever e uma indiferença tão completa aos seus frutos amargos.

— Eis vosso rei! — o velho Infadoos encerrou, apontando para Ignosi. — Lutai e caí por ele, como é o dever do bravo, e que o nome daquele que se acovarda em morrer por seu rei, ou que vira as costas para seu inimigo, seja maldito e vergonhoso para todo o sempre. Eis vosso rei, chefes, capitães e soldados!

Agora, fazei vossas honras à Cobra Sagrada, e então segui em frente, que Incubu e eu vos mostraremos o caminho ao coração das hostes de Twala.

Houve uma pausa momentânea, e então de súbito um murmúrio se ergueu das falanges serradas diante de nós, um som que era como um marulho distante, causado pelo suave bater do cabo de seis mil lanças contra o escudo de seus portadores. Ele aumentou lentamente, até que o volume crescente se aprofundou e se expandiu no rugido de um som contínuo, que ecoou feito um trovão contra as montanhas e preencheu o ar com suas ondas pesadas. Então ele diminuiu, desaparecendo aos poucos, e de súbito irrompeu a saudação real.

Ignosi, pensei comigo mesmo, bem poderia ficar orgulhoso naquele dia, pois nenhum imperador romano jamais ganhou tal saudação de gladiadores "prestes a morrer".

Ignosi reconheceu essa magnífica homenagem erguendo seu machado de batalha, e então os Grisalhos partiram em formação de três linhas, cada uma contendo cerca de mil guerreiros, fora os oficiais. Quando a última companhia havia avançado cerca de quinhentos metros, Ignosi se pôs à frente dos Búfalos, cujo regimento era posicionado numa formação tríplice similar, e deu ordem para marcharem, e assim partimos, comigo, não é preciso dizer, entoando as mais calorosas preces para que eu saísse inteiro daquela aventura. Já me vi em mais de uma situação esquisita, mas nada tão desagradável como aquela, ou uma em que minhas chances de sair vivo fossem tão pequenas.

No tempo em que alcançamos a beira do platô, os Grisalhos já estavam a meio caminho, descendo a encosta para a faixa de grama que subia até a curva da montanha, algo como a ranilha do casco do cavalo subindo para a sola. A agitação no campo de Twala na planície adiante era bem grande, e os regimentos começavam a avançar um atrás do outro num longo trote gingado, a fim de alcançar o sopé da faixa de terra antes que as forças de ataque pudessem entrar na planície de Loo.

Essa faixa de terra, que possuía quase quatrocentos metros de profundidade, mesmo na base ou na parte mais larga não tinha mais que seiscentos e cinquenta passos de largura, enquanto na ponta mal tinha noventa. Ao passarem pela encosta da colina rumo à ponta da faixa de terra, os Grisalhos assumiram a formação de uma coluna, e ao atingir o ponto onde ela se afastava outra vez, reassumiram sua formação tríplice e fizeram alto.

Então nós — ou seja, os Búfalos — descemos a ponta da faixa de terra e assumimos nossa posição como reservas, cerca de cem metros atrás da última fileira dos Grisalhos, e num terreno ligeiramente mais alto. Com isso, ficávamos livres para observar a totalidade das forças de Twala, que evidentemente receberam reforços desde a manhã do ataque, e apesar das perdas, não deviam ter agora menos do que quarenta mil, movendo-se rapidamente em nossa direção. Mas, ao se aproximarem da base da faixa de terra, eles hesitaram, tendo percebido que apenas um único regimento por vez poderia avançar pelo desfiladeiro, e que lá, a cerca de setenta metros da entrada, inexpugnável exceto pela frente, devido aos paredões de pedra de cada lado, estava o famoso regimento dos Grisalhos, orgulho e glória do exército kukuana, pronto para barrar-lhes a passagem, feito os três romanos que certa vez protegeram uma ponte contra milhares.[2]

Eles hesitaram e por fim pararam seu avanço. Não havia pressa de cruzar lanças com essas três fileiras sombrias de guerreiros que se mantinham tão firmes e preparadas. Logo, porém, apareceu um general alto, vestindo o costumeiro penacho de plumas de avestruz balançando na cabeça, seguido por um grupo de chefes e ordenanças, ninguém menos, creio eu, que o próprio Twala. Ele deu uma ordem, e o primeiro regimento, soltando um grito, atacou na direção dos Grisalhos, que se mantiveram perfeitamente imóveis e quietos até que as tropas de ataque estivessem a cinquenta metros, e uma salva de *tollas*, ou facas de arremesso, voou por sobre suas fileiras.

Então de repente, com um salto e um grito, eles avançaram erguendo as lanças, e o regimento se viu numa luta mortal. No segundo posterior, o choque do bater de escudos chegou aos nossos ouvidos feito o som do trovão, e a planície parecia estar viva com os lampejos da luz refletida nas lanças cintilantes. Aquela massa crescente de humanidade se esfaqueando em combate balançou de um lado ao outro, mas não por muito tempo. Súbito as linhas de ataque começaram a ficar mais finas, e então num lento e longo fôlego único, os Grisalhos passaram por cima deles, tal qual uma grande onda que se encorpa e passa por cima de um coral submerso. Estava feito, aquele regimento fora completamente destruído, mas os Grisalhos tinham ainda duas fileiras, um terço de seus homens estava morto.

Cerrando fileiras ombro a ombro, outra vez eles pararam em silêncio e aguardaram o ataque, e me alegrei em avistar a barba amarela de Sir Henry conforme ele se movia de um lado ao outro organizando as fileiras. Então ainda estava vivo!

Enquanto isso, avançamos para o local do encontro, obstruído por cerca de quatro mil seres humanos prostrados, mortos, morrendo e feridos, e literalmente pintado de vermelho com sangue. Ignosi deu a ordem, que foi logo repassada pelas fileiras, para que nenhum dos feridos inimigos fosse morto, e até onde pudemos ver, esse comando foi seguido escrupulosamente. Teria sido uma visão chocante, se tivéssemos encontrado tempo para pensar numa coisa assim.

Mas agora um segundo regimento, distinguido pelas plumas, saiotes e escudos brancos, estava se movendo para atacar os dois mil Grisalhos restantes, parados esperando com o mesmo silêncio sinistro de antes, até que o inimigo estivesse a cinquenta metros ou menos, quando se lançaram sobre eles com uma força irrefreável. Outra vez veio o terrível ribombar do choque de escudos, e enquanto assistíamos, a tragédia se repetiu.

Mas dessa vez a situação ficou por mais tempo indefinida: na verdade pareceu, por instantes, quase impossível aos Grisalhos vencer. O regimento de ataque, que era formado por jovens, lutou com a maior fúria, e a princípio parecia estar empurrando os veteranos para trás. A carnificina foi realmente horrível, centenas tombando a cada minuto, e dentre os gritos dos guerreiros e os grunhidos dos moribundos, ao som da música do entrechoque de lanças, veio um assovio contínuo de "*isiji, isiji*", o grito de triunfo de cada vitorioso conforme sua azagaia ia atravessando o corpo de cada oponente que tombava.

Mas uma disciplina perfeita e a bravura constante e inabalável operam maravilhas, e um soldado veterano vale dois jovens, como logo ficou evidente. Pois justo quando pensávamos que estava tudo acabado para os Grisalhos, e nos preparávamos para ocupar seu lugar assim que fossem destruídos, escutei a voz profunda de Sir Henry ribombando em meio ao estrondo, e vi de relance seu machado de batalha girando conforme ele o balançava alto acima de seu penacho. Então veio uma mudança, os Grisalhos pararam de avançar, ficando parados feito uma pedra, contra a qual as furiosas ondas de lanceiros rebentavam várias vezes, apenas para recuar. Logo começaram a se mover outra vez — agora à frente, pois como não possuíam armas de fogo, não havia fumaça, e podíamos ver tudo. Mais outro minuto, e o ataque foi ficando mais fraco.

— Ah, esses são *homens*, eles vão triunfar outra vez — disse Ignosi, que estava ao meu lado com os dentes cerrados de empolgação. — Vê, está feito!

De súbito, como sopros de fumaça na boca de um canhão, o regimento de ataque se dividiu em grupos de fuga, seus adereços brancos flutuando atrás deles ao vento, deixando para trás os oponentes vitoriosos, mas ai, esse não era mais um regimento. Da elegante linha tripla, que havia entrado em ação quarenta minutos antes com a força de três mil homens, restavam ali no máximo seiscentos homens ensanguentados, os demais estavam caídos a seus pés. E mesmo assim gritaram e balançaram as lanças em triunfo, e então, ao invés de recuar como esperávamos, eles correram à frente por uns cem metros ou mais, atrás dos grupos de oponentes em fuga, tomaram posse de uma elevação do terreno e, reassumindo sua formação tripla, formaram um anel triplo ao redor de sua base. E ali, graças aos céus, parado no topo do monte por um minuto, eu vi Sir Henry, aparentemente ileso, e com ele nosso velho amigo Infadoos. Então os regimentos de Twala avançaram contra o bando condenado, e outra vez fechou-se o combate.

Como aqueles que leem esta história já terão percebido há muito tempo, sou um pouco covarde, para ser sincero, e absolutamente não sou dado a lutar, ainda que de algum modo tenha sido minha sina estar nessa posição desagradável e ser obrigado a derramar o sangue do homem. Mas eu sempre detestei, e tenho evitado perder meu próprio sangue tanto quanto possível, às vezes fazendo uso criterioso dos meus pés. Nesse momento, contudo, pela primeira vez na minha vida, senti meu âmago ferver de ardor bélico. Fragmentos guerreiros das *Lendas de Ingoldsby*, junto de vários versos sanguinários do Velho Testamento, brotaram em minha mente feito cogumelos no escuro; meu sangue, que até então estava congelado de horror, começou a pulsar em minhas veias, e então fui tomado pelo desejo selvagem de matar e não poupar ninguém. Olhei ao redor para as fileiras cerradas de guerreiros atrás de nós, e de algum modo, no mesmo instante, comecei a me perguntar se meu rosto se parecia com o deles. Lá estavam eles, as mãos se contraindo, os lábios separados, os traços ferozes imbuídos do desejo feroz pela batalha, e nos olhos o brilho de um cão de caça que, após uma longa perseguição, avista sua presa.

Apenas o coração de Ignosi, a julgar por aparente autocontrole, parecia, sob todos os efeitos, bater tão calmo quanto nunca debaixo de sua capa de pele de leopardo, ainda que mesmo *ele* cerrasse os dentes. Eu não podia mais me segurar.

— Vamos ficar aqui até criarmos raízes, Umbopa... digo, Ignosi... enquanto Twala engole nossos irmãos lá longe? — perguntei.

— Não, Macumazahn — ele respondeu. — Vê, agora é o momento certo, vamos colhê-lo.

Enquanto ele falava, um novo regimento passou correndo pelo anel sobre a elevação, e dando a volta, o atacou pelo lado de cá.

Então, erguendo seu machado de batalha, Ignosi deu o sinal de avanço e, berrando o selvagem grito de guerra kukuana, os Búfalos avançaram com um ímpeto que era o do mar.

O que se seguiu imediatamente a isso está fora do meu alcance contar. Tudo de que me lembro é de um avanço irregular, porém ordenado, que parecia abalar a terra. Uma súbita mudança de front e formação por parte do regimento contra o qual o ataque era dirigido, então um choque horrível, um rugido surdo de vozes e um brilho contínuo de lanças, vistos através de nuvens rubras de sangue.

Quando minha mente clareou, me encontrei de pé dentro do restante dos Grisalhos perto do topo da elevação, e logo atrás de ninguém menos que o próprio Sir Henry. Como fui parar ali até agora não faço ideia, mas Sir Henry depois me contou que fui levado pela primeira carga furiosa dos Búfalos quase até seus pés, e ali deixado, enquanto eles por sua vez eram pressionados a recuar. Ato contínuo, ele correu para fora do círculo e me arrastou para o abrigo.

Quanto à luta que se seguiu, quem poderá descrevê-la? Várias vezes as multidões avançaram contra nosso círculo que diminuía momentaneamente e várias vezes as repelimos.

Saem-se bem os lanceiros casmurros,
Feito carvalhos impenetráveis e escuros,
Cada um se pondo onde o colega estava
No instante em que este tombava

Como alguém já disse lindamente.[3]

Era uma coisa esplêndida de ver aqueles bravos batalhões vindo sem parar para a barreira de seus mortos, às vezes erguendo os mortos diante de si para que recebessem nossos golpes de lança, apenas para deixar seus próprios corpos a aumentar as pilhas crescentes. Era uma coisa bonita de ver, aquele velho guerreiro, tão calmo como se estivesse num desfile, gritando ordens, provocações e até mesmo piadas, para manter o ânimo de seus homens restantes, e então, conforme cada ataque se desenrolava, avançando para onde quer que o combate estivesse mais acirrado, para fazer sua parte em repeli-lo. E ainda mais bonita era a visão de Sir Henry, cujas penas de avestruz haviam sido arrancadas por um arremesso de lança, de tal modo que seus cabelos amarelos balançavam ao vento atrás dele. Ali estava ele, o grande dinamarquês, pois não era nada além de suas mãos, seu machado e sua armadura toda rubra de sangue, e ninguém sobrevivia ao seu golpe. Eu o vi atacando um atrás do outro, conforme algum grande guerreiro se aventurava a desafiá-lo, e enquanto golpeava, ele gritava "*O-hoy! O-hoy!*" como seus ancestrais berserkers,[4] e o golpe passava arrebentando escudos e lanças, penachos, cabelos e cabeças, até que por fim nenhum deles se aproximava do grande branco *takhati*, o feiticeiro, que matava e nunca falhava.

Mas de súbito ergueu-se um grito de *"Twala, y'Twala"* e da multidão surgiu ninguém menos que o gigantesco rei caolho em pessoa, também armado com um machado de batalha e escudo, e trajando cota de malha.

— Onde estás, Incubu, tu, homem branco, que matou meu filho Scragga... vamos ver se consegues me matar! — ele berrou, e ao mesmo tempo arremessou uma *tolla* em cheio em Sir Henry, que por sorte a viu chegando e a apanhou com seu escudo, que foi perfurado, ficando presa na placa de ferro atrás do couro.

Então, com um grito, Twala correu até ele, e com seu machado de batalha deu-lhe um golpe tal contra seu escudo que a mera força do impacto fez Sir Henry, forte como era, cair de joelhos.

Mas a coisa não passou disso, pois, naquele instante, do regimento ao nosso redor emergiu algo como um grito de espanto, e ao olhar para cima vi o motivo.

À direita e à esquerda a planície estava fervilhando com os penachos de guerreiros ao ataque. Os esquadrões de flanco haviam chegado em nosso auxílio. O momento não poderia ter sido mais bem escolhido. Todo o exército de Twala, como Ignosi previu, havia voltado sua atenção para o embate sangrento que grassava ao redor do restante dos Grisalhos e também dos Búfalos, que estavam agora travando sua própria batalha ali por perto, e cujos dois regimentos formavam o peito de nosso exército.

Foi somente quando nossos chifres estavam para se fechar sobre eles que cogitaram dessa aproximação, pois acreditavam que essas forças estavam escondidas de reserva no topo da colina em forma de lua. E agora, antes mesmo que pudessem assumir uma formação de defesa adequada, os *Impis*[5] que os flanqueavam saltaram feito cães de caça contra seus flancos.

Em cinco minutos o desfecho da batalha estava definido. Cercados por ambos os lados, e consternados com o horrível massacre sofrido nas mãos dos Grisalhos e dos Búfalos, o regimento de Twala irrompeu em fuga, e logo toda a planície entre nós e a cidade de Loo estava tomada por grupos de soldados correndo em retirada. Quanto às hostes que pouco antes haviam cercado a nós e aos Búfalos, elas se dissiparam como num passe de mágica, e por fim fomos deixados lá feito uma rocha de que o mar se retraiu. Mas que visão era aquela! Ao nosso redor os mortos e moribundos jaziam em pilhas, e dos bravos Grisalhos restaram ali apenas noventa e cinco homens de pé. Mais de três mil e quatrocentos haviam tombado nesse único regimento, a maior parte deles para nunca mais se erguer.

— Homens — disse Infadoos, tranquilo, observando o que restara dele e de seu pelotão nos intervalos entre atar uma ferida em seu braço —, vocês mantiveram a reputação de seu regimento, e a luta desse dia será lembrada pelos filhos de seus filhos. — E então ele se virou e apertou a mão de Sir Henry Curtis. — És um grande capitão, Incubu — ele disse, com simplicidade. — Eu vivi uma longa vida entre guerreiros e conheci muitos bravos, porém nunca havia visto um homem como tu.

Nesse momento os Búfalos começaram a marchar, ultrapassando nossa posição na estrada para Loo, e quando eles se foram, uma mensagem nos chegou da parte de Ignosi pedindo que Infadoos, Sir Henry e eu nos juntássemos a eles. Ordens também foram dadas aos noventa Grisalhos restantes para que se empenhassem na coleta dos feridos, e nos juntamos a Ignosi, que nos informou que estava acelerando o passo a caminho de Loo para completar sua vitória capturando Twala, se isso fosse possível. Antes que fôssemos muito longe, nos deparamos com a figura de Good sentado sobre um formigueiro a cerca de cem passos de nós. Perto dele havia o corpo de um kukuana.

— Ele deve estar ferido — falou Sir Henry, ansioso. Mal comentou isso, e algo impensável aconteceu. O cadáver do soldado kukuana, ou ao menos o que parecia ser seu cadáver, se levantou de súbito, derrubou Good de cabeça para baixo sobre o formigueiro e começou a espetá-lo com a lança. Corremos em desespero até ele, e à medida que nos aproximamos, vimos o guerreiro musculoso golpeando repetidas vezes Good caído, que a cada golpe balançava os membros no ar. Ao nos ver chegando, o kukuana deu um último e violento golpe, e aos gritos de "engula essa, feiticeiro!", saiu correndo. Good não se moveu, e concluímos que nosso pobre camarada já era. Nos aproximamos dele infelizes, e ficamos surpresos ao encontrá-lo pálido e fraco sim, mas com um sorriso sereno no rosto, e seu monóculo ainda preso ao olho.

— Armadura da boa, essa — murmurou, ao ver nossos rostos se curvando sobre ele. — Enganou direitinho aquele mandrião — disse, e então desmaiou. Ao examiná-lo, descobrimos que ele havia sido gravemente ferido na perna por uma *tolla* ao longo da perseguição, mas que a cota de malha evitara que a lança de seu último agressor fizesse qualquer coisa além de machucá-lo gravemente. Foi uma saída providencial. Como nada poderia ser feito por ele no momento, ele foi colocado num dos escudos de palha usados pelos feridos, e o carregamos conosco.

Ao chegarmos diante do mais próximo portão de Loo, encontramos um de nossos regimentos o vigiando em obediência às ordens recebidas de Ignosi. Da mesma forma, os demais regimentos estavam guardando diferentes saídas da cidade. O oficial no comando desse regimento saudou Ignosi como rei e o informou que o exército de Twala havia se abrigado na cidade, embora o próprio Twala houvesse escapado, mas acreditava que estavam completamente desmoralizados e iriam se render. Em seguida Ignosi, após se aconselhar conosco, enviou arautos a cada portão com ordens aos defensores que os abrissem, prometendo por sua palavra real a vida e o perdão a cada soldado que depusesse suas armas, mas dizendo que, se não o fizessem até o anoitecer, ele iria certamente queimar a cidade e todos dentro de seus portões. Essa mensagem não foi sem efeito. Meia hora depois, entre gritos e vivas dos Búfalos, a ponte foi baixada por sobre o fosso, e os portões do outro lado foram abertos.

Tomando as devidas precauções contra emboscadas, marchamos para dentro da cidade. Ao longo das estradas havia milhares de guerreiros abatidos, cabisbaixos, com suas lanças e escudos aos pés, e que, liderados por seus oficiais, saudaram Ignosi como rei conforme passava. Marchamos adiante até o *kraal* de Twala. Quando alcançamos o grande espaço, onde um dia ou dois antes havíamos testemunhado a revista e a caça às bruxas, o encontramos deserto. Não, não exatamente deserto, pois lá, do outro lado, em frente à sua cabana, estava sentado o próprio Twala, com apenas uma companhia: Gagoula.

Foi uma visão melancólica vê-lo sentado, com seu machado de batalha e seu escudo postos de lado, o queixo contra a armadura peitoral, com apenas uma bruxa velha como companhia, e apesar de seus crimes e más ações, fui atravessado por uma pontada de compaixão enquanto olhava Twala assim "caído das alturas". Nenhum soldado de todos os seus exércitos, nenhum cortesão das centenas que se arrastavam ao seu redor, nem mesmo uma esposa solitária ficara para compartilhar de seu destino ou aliviar a amargura de sua queda. Pobre selvagem! Ele estava aprendendo a lição que o destino ensina à maioria de nós que vivemos tempo o bastante, de que os olhos da humanidade são cegos para os desacreditados, e que aquele que cai indefeso encontra poucos amigos e pouca misericórdia. Não que ele merecesse alguma, neste caso.

Atravessando o portão do *kraal*, marchamos ao longo do espaço aberto até onde o ex-rei se sentava. O regimento parou quando chegou a cerca de cinquenta metros dele, e acompanhado apenas de uma pequena guarda avançamos em sua direção, com Gagoula nos insultando amargamente enquanto avançávamos. Conforme nos aproximamos, Twala, pela primeira vez, ergueu sua cabeça emplumada, e com seu único olho, que parecia brilhar de fúria contida quase tanto quanto o grande diamante preso ao redor de sua testa, encarou seu bem-sucedido rival: Ignosi.

— Salve, ó rei! — ele disse, com amargura irônica. — Tu que comeste do meu pão e que agora com a ajuda da mágica dos homens brancos seduziste meus regimentos e derrotaste meu exército, salve! Que destino guardaste para mim, ó rei?

— O destino que guardaste para meu pai, em cujo trono tens sentado por todos esses muitos anos! — foi a resposta severa.

— Está bom. Vou te mostrar como se morre, para que possas lembrar disso na tua vez. Vê, o sol afunda em sangue. — E ele apontou seu machado de batalha na direção do orbe poente. — É justo que meu sol se ponha em sua companhia. E agora, ó rei? Estou pronto para morrer, mas clamo pela bênção da Casa Real Kukuana* de morrer lutando. Tu não podes recusá-la, ou mesmo esses covardes que hoje fogem terão vergonha de ti.

— Está concedida. Escolha: com quem irás lutar? Contigo eu não posso lutar, pois o rei luta somente na guerra.

O olho sombrio de Twala correu nossas fileiras de cima a baixo, e senti, no instante em que se deteve em mim, que aquela posição havia criado um novo horror. E se ele escolhesse começar lutando *comigo*? Que chance eu teria contra um selvagem desesperado de quase dois metros de altura e proporcionalmente tão largo quanto? Melhor seria eu cometer suicídio de vez. Sem demora, me decidi a recusar o combate, mesmo que eu fosse expulso de Kukuanalândia por

---

* É a lei entre os kukuanas que nenhum homem descendente direto do sangue real pode ser morto, senão por seu próprio consentimento, o qual, contudo, jamais é recusado. É permitido a ele que escolha uma sucessão de oponentes, a serem aprovados pelo rei, contra os quais possa lutar até que seja morto por um deles. [A. Q.]

consequência. Creio eu que é melhor ser expulso do que ser esquartejado com um machado de batalha.

Twala enfim falou:

— Incubu, que me dizes, vamos terminar o que começamos hoje, ou devo te chamar de covarde, amarelo até o fígado?

— Não — intrometeu-se Ignosi, apressado. — Não deves lutar com Incubu.

— Não se ele estiver com medo — disse Twala.

Infelizmente, Sir Henry compreendeu essa observação, e o sangue ferveu em suas bochechas.

— Eu luto com ele — falou. — Ele vai ver se tenho medo.

— Pelo amor de Deus — me intrometi. — Não arrisque sua vida contra a de um homem desesperado. Qualquer um que o tenha visto hoje sabe que você é corajoso o suficiente.

Joguei com as cartas que tinha contra esse quixotismo absurdo, mas se ele estivesse determinado sobre a questão, é claro que não tinha como detê-lo.

— Não lutes, meu irmão branco — disse Ignosi, afetuosamente repousando sua mão sobre o braço de Sir Henry. — Tu já lutaste o bastante, e se algo acontecer contigo nas mãos dele, partirá meu coração em dois.

— Eu lutarei, Ignosi — foi a resposta de Sir Henry.

— Está bem, Incubu. Tu és um homem de coragem. Será uma boa luta. Vê, Twala, o Elefante está pronto para ti.

O ex-rei gargalhou selvagemente e, avançando um passo, encarou Curtis. Por um momento eles ficaram assim, e a luz do sol poente iluminou suas figuras robustas e tingiu ambas com fogo. Eram oponentes à altura um do outro.

Começaram a circundar um ao outro, os machados de batalha erguidos.

Súbito Sir Henry saltou à frente e desferiu um golpe terrível em Twala, que deu um passo para o lado. Tão pesado foi o golpe que o agressor se desequilibrou, circunstância da qual seu oponente logo tirou vantagem. Girando seu enorme machado de batalha acima da cabeça, ele o baixou com uma força tremenda. Fiquei com o coração na boca; pensei que já era caso encerrado. Mas não, com um rápido movimento ascendente do braço esquerdo, Sir Henry interpôs o escudo entre ele e o machado, fazendo com que a borda externa fosse cortada fora, o machado caindo sobre seu ombro esquerdo, mas não com força o bastante para provocar algum dano sério. Em outro momento, Sir Henry deu um segundo golpe, que Twala também recebeu com seu escudo.

Seguiu-se um golpe atrás do outro, de que os lutadores se esquivavam ou que aparavam com seus escudos. A emoção se intensificou, o regimento que assistia ao encontro esqueceu sua disciplina e, chegando mais perto, gritava e grunhia a cada golpe. Bem nessa hora, também Good, que fora estendido no chão perto de mim, recuperou-se de seu desmaio e, sentando-se, percebeu o que estava acontecendo. No mesmo instante ele se pôs de pé e, apoiando-se em meu braço, saltitou numa perna só de um lugar ao outro, me puxando consigo e dando gritos de encorajamento a Sir Henry:

— Vai com tudo, meu velho — ele berrou. — Essa foi das boas! Dá-lhe nos quartos. — E assim por diante.

Em seguida Sir Henry, tendo aparado outro golpe com seu escudo, atacou com toda a força. O golpe partiu o escudo de Twala e atravessou a cota de malha, acertando-o no ombro. Com um grito de dor e fúria, Twala revidou o golpe com juros, e tal era sua força que atravessou o cabo de chifre de rinoceronte do machado de batalha de seu oponente, reforçado como estava com tiras de aço, ferindo Curtis no rosto.

Os Búfalos soltaram um grito consternado conforme a lâmina do largo machado de nosso campeão caiu ao chão, e Twala, outra vez erguendo sua arma, o atacou com um grito. Fechei os olhos. Quando os abri de novo foi para ver o escudo de Sir Henry caído ao chão, e o próprio Sir Henry com seus grandes braços ao redor da cintura de Twala. Ambos oscilaram, abraçados feito ursos, esforçando-se com todos os seus poderosos músculos pela vida e pela honra. Com um esforço supremo, Twala derrubou o inglês no chão, e caíram juntos, rolando por sobre o pavimento de pedras calcárias, Twala golpeando a cabeça de Curtis com o machado de batalha, e Sir Henry tentando erguer a *tolla* que havia sacado de seu cinturão contra a armadura de Twala.

Era uma luta acirrada e uma coisa horrível de se ver.

— Pega o machado dele! — berrou Good, e talvez nosso campeão tenha escutado.

De todo modo, largando a *tolla*, ele pegou o machado, que estava preso ao pulso de Twala por uma faixa de couro de búfalo, e ainda rolando um sobre o outro, eles lutaram feito gatos selvagens, aspirando o ar com força. Súbito, a corrente de couro arrebentou, e então, com um grande esforço, Sir Henry se libertou, e a arma ficou em sua mão. Mais um segundo e ele estava de pé, o sangue rubro escorrendo da ferida em seu rosto, e também Twala se ergueu. Puxando a pesada *tolla* de seu cinturão, ele a arremessou em cheio em Curtis e o atingiu no peito. A facada acertou o alvo com força certeira, mas quem quer que tenha feito aquela cota de malha, conhecia sua arte, pois a armadura resistiu ao aço. De novo Twala arremessou com um grito selvagem, e outra vez a faca afiada ricocheteou, e Sir Henry cambaleou para trás. Outra vez Twala avançou, e nosso grande inglês se recompôs enquanto ele vinha, e girando o grande machado acima de sua cabeça com as duas mãos, o acertou com toda sua força.

Houve um grito de empolgação vindo de milhares de gargantas e, vejam! A cabeça de Twala pareceu pular de seus ombros: então caiu e foi quicando e rolando pelo chão na direção de Ignosi, parando bem a seus pés. Por um instante o cadáver permaneceu de pé, o sangue jorrando das artérias cortadas feito uma fonte,[6] então com um baque surdo o corpo caiu ao chão, e o torque de ouro em seu pescoço rolou pelo pavimento. Com isso Sir Henry, dominado pela fraqueza e perda de sangue, caiu pesadamente ao lado do corpo do rei morto.

No mesmo instante ele foi erguido, e mãos ansiosas derramavam água em seu rosto. No momento seguinte, seus olhos cinzentos abriram-se.

Ele não estava morto.

Então, assim que o sol se pôs, fui até onde a cabeça de Twala estava largada no chão, soltei o diamante de sua testa morta e o entreguei para Ignosi.

— Pegue-o — falei. — Legítimo rei dos kukuanas... rei por nascimento e vitória.

Ignosi prendeu o diadema na testa. Então avançou e pôs o pé sobre o peito largo de seu rival decapitado, e irrompeu num canto, ou antes um hino de triunfo, tão belo e contudo tão selvagem, que me desespero ao tentar dar-lhe a forma adequada em palavras. Certa vez escutei um erudito com uma bela voz ler o poeta grego Homero em voz alta, e lembro que o som dos versos contínuos parecia fazer meu sangue congelar. O canto de Ignosi, feito numa língua tão bela e sonora quanto o grego antigo, produziu exatamente o mesmo efeito sobre mim, ainda que eu estivesse exausto pelo esforço e por muitas emoções.

— Agora — ele começou a cantar — agora que nossa rebelião foi tragada pela vitória, nossas más ações se justificam pela força. De manhã, os opressores se ergueram e se alongaram; amarraram seus arreios e os prepararam para a guerra. Levantaram-se e arremessaram suas lanças: os soldados gritaram aos capitães: "Vinde, liderai-nos" — e os capitães gritaram ao rei: "Conduze tu a batalha". Em seu orgulho, eles riram, vinte mil homens, e ainda mais vinte mil. Suas plumas cobriam os vales como as plumas de um pássaro cobrem seu ninho; eles brandiram seus escudos e gritaram, sim, eles brandiram seus escudos à luz do sol, eles ansiaram pela batalha e ficaram contentes.

Eles vieram contra mim. Os mais fortes correram rápido para me matar. Eles gritaram: "Ha! Ha! É como se ele já estivesse morto". Então soprei sobre eles, e meu sopro foi como o de um vento, e eis que se foram. Foram atravessados por meus relâmpagos, sorvi sua força com o relâmpago de minha lança, os derrubei ao chão com o trovão de meus brados. Eles foram quebrados... eles foram despedaçados... eles se foram como a névoa da manhã. Eles são pasto para raposas e papagaios, e o local da batalha engorda com seu sangue. Onde estão os poderosos que se levantaram de manhã? Onde estão aqueles orgulhosos que jogaram suas lanças e gritaram: "É como se ele já estivesse morto"? Eles abaixaram a cabeça, mas não estão dormindo; estão deitados, mas não estão dormindo. Eles estão esquecidos. Eles entraram na escuridão. Eles habitam as luas mortas. Sim, outros tomarão suas esposas, e seus filhos não mais se lembrarão deles. E eu... o rei! Encontrei meu ninho feito uma águia. Vejam! Voei longe durante a noite, porém voltei aos meus filhos ao raiar do dia. Abrigai-vos sob a sombra de minhas asas, ó povo, e eu vos confortarei, e não tereis medo. Agora é a boa hora, a hora dos espólios. Meu é o gado nas montanhas, minhas são as virgens nos *kraals*. As tempestades de inverno já passaram, o verão chegou com flores. Agora a Maldade esconderá seu rosto, agora a Misericórdia e a Alegria habitarão na terra. Alegrai-vos, alegrai-vos, meu povo! Que todas as estrelas se regozijem por essa tirania que foi esmagada, por eu ser o rei.

Ignosi terminou sua canção, e da escuridão que se formava, veio a resposta:

— Tu és o rei!

Assim minha profecia ao arauto se cumpriu, e em quarenta e oito horas o cadáver decapitado de Twala se enrijecia no portão de Twala.

15.
Good fica doente

Depois que a luta terminou, Sir Henry e Good foram levados à cabana de Twala, onde me juntei a eles. Estavam ambos completamente exaustos pelo esforço e pela perda de sangue, e por sinal, eu próprio não estava em melhor estado. Sou bem magro e consigo suportar a fadiga mais do que a maioria dos homens, provavelmente devido a meu pouco peso e longo treinamento. Mas naquela noite eu estava muito cansado, e como sempre acontece comigo quando fico exausto, aquela velha ferida deixada pelo leão começou a doer. Também minha cabeça estava latejando violentamente em virtude do golpe que levara pela manhã, quando fui derrubado inconsciente. No geral, seria difícil encontrar um trio em estado mais miserável do que estávamos naquela noite. E nosso único conforto estava em pensar que éramos afortunados demais em estar ali para nos sentirmos miseráveis, ao invés de estarmos estirados mortos na planície, como tantos dos milhares de bravos homens que se ergueram bem e fortes pela manhã estavam naquela noite.

Com a ajuda da bela Foulata, que, uma vez que fomos os agentes da salvação de sua vida, se colocou como nossa criada, em especial de Good, de algum modo demos um jeito de tirar as camisas de cota de malha, que certamente salvaram a vida de dois de nós naquele dia. Como eu imaginava, encontramos a carne por baixo terrivelmente contundida, pois ainda que os elos de aço tenham evitado que as armas perfurassem, não evitaram que machucassem. Como remédio, Foulata trouxe-nos folhas verdes maceradas com um odor aromático que, quando aplicadas como emplastro, nos deram alívio considerável.

Mas ainda que as contusões fossem dolorosas, não nos causaram tanta apreensão quanto as feridas de Sir Henry e de Good. Good tinha um buraco bem na parte carnuda de sua "linda perna branca" por onde ele havia perdido uma grande quantidade de sangue; e Sir Henry, além de outras feridas, tinha um corte profundo no queixo, infligido pelo machado de batalha de Twala. Por sorte Good é um cirurgião bastante decente, e assim que sua pequena caixa de remédios foi trazida, tendo limpado por completo as feridas, ele se ocupou de suturar primeiro as de Sir Henry e então as dele próprio de modo bastante satisfatório, considerando a luz imperfeita dada pela primitiva lamparina kukuana na cabana. Depois, untou abundantemente os locais machucados com algum unguento antisséptico, do qual havia um pote na caixinha, e nós os cobrimos com os restos de um lenço de bolso que tínhamos.

Nesse ínterim, Foulata preparou-nos um caldo forte, pois estávamos muito cansados para comer. Engolimos o alimento e nos atiramos sobre as pilhas de magníficos *karrosses*, ou tapetes de pele, que estavam espalhados pela grande cabana do falecido rei. Por uma estranha ironia do destino, foi no próprio sofá de Twala, e envolto no próprio *karross* pessoal dele, que Sir Henry, o homem que o havia matado, dormiu naquela noite.

Eu digo dormiu, mas depois daquele dia de trabalho, dormir era um tanto difícil. Para começo de conversa, que o ar se enchia

De adeuses aos moribundos
e lamentos pelos mortos.[1]

Por todo lado vinha o som do lamento das mulheres por seus maridos, filhos ou irmãos que pereceram na batalha. Não é de admirar que lamentassem, pois mais de doze mil homens, ou quase um quinto de todo o exército kukuana, foram destruídos naquele combate terrível. Era de partir o coração deitar e escutar seus choros por aqueles que nunca mais voltariam, e então compreendi o completo horror do trabalho feito naquele dia em nome da ambição humana. Perto da meia-noite, porém, o choro incessante das mulheres se tornou menos frequente, até que por fim o silêncio só era quebrado a intervalos de poucos minutos pelo uivo longo e agudo que vinha de alguma cabana imediatamente atrás de nós e que, como descobri mais tarde, vinha de Gagoula "lamentando" sobre o falecido rei Twala.

Depois disso, tive um sono um pouco agitado, acordando de hora em hora com um sobressalto, pensando que eu atuava outra vez nos eventos das últimas vinte e quatro horas. Ora eu parecia estar vendo aquele guerreiro, que por minha mão fora mandado prestar contas, me atacando no topo da montanha; ora estava outra vez dentro daquele glorioso círculo dos Grisalhos, fazendo sua imortal resistência contra todos os regimentos de Twala na pequena elevação; ora eu via outra vez a cabeça emplumada e sangrenta de Twala rolar a meus pés com dentes cerrados e olhos brilhantes.

Enfim, de um jeito ou de outro, a noite passou, mas quando rompeu a aurora, descobri que meus companheiros não dormiram muito melhor. Na realidade, Good estava com febre alta, e em seguida começou a ficar tonto, e também, para meu alarme, a cuspir sangue, sem dúvida o resultado de alguma ferida interna, infligida durante os esforços desesperados do guerreiro kukuana no dia anterior para forçar a grande lança contra a cota de malha. Sir Henry, contudo, parecia bem descansado, apesar da ferida no rosto, que tornava difícil comer e impossível rir, ainda que estivesse tão rígido e dolorido que mal conseguisse se mover.

Perto das oito horas recebemos a visita de Infadoos, que não parecia muito melhor — velho guerreiro durão que era — depois de seus esforços em batalha, ainda que tenha nos informado que não dormiu a noite toda. Estava feliz em nos ver, mas muito pesaroso pelo estado de Good, e nos cumprimentou cordialmente. Percebi, contudo, que ele se dirigia a Sir Henry com reverência, como se ele fosse mais do que um homem. E de fato, como descobrimos depois, o grande inglês era visto em Kukuanalândia como um ser sobrenatural. Nenhum homem, diziam os soldados, poderia ter lutado como ele lutou ou poderia, ao final de um dia de tanto trabalho e derramamento de sangue, ter derrotado Twala — que além de ser rei, supunha-se ser o guerreiro mais forte no país — num combate singular, cortando aquele pescoço de touro de um golpe. De fato, aquele golpe se tornou proverbial em Kukuanalândia, e todo golpe extraordinário ou feito de força passou a ser conhecido como um "golpe de Incubu".

Infadoos nos contou que todos os regimentos de Twala haviam se submetido a Ignosi, e os chefes nas terras fronteiriças também começavam a enviar suas declarações de submissão. A morte de Twala nas mãos de Sir Henry havia posto um fim a qualquer possibilidade de perturbação, pois Scragga fora seu único filho legítimo, então não havia nenhum pretendente rival ao trono que estivesse vivo.

Observei que Ignosi havia nadado em sangue para chegar ao poder. O velho chefe deu de ombros.

— Sim — respondeu ele. — Mas o povo kukuana só se apazigua deixando o sangue correr às vezes. Muitos são mortos, é verdade, mas as mulheres ficam, e logo outros crescerão para tomar o lugar dos que tombaram. Depois disso, o país ficará tranquilo por algum tempo.

Mais tarde, no decorrer da manhã, recebemos uma rápida visita de Ignosi, em cuja cabeça o diadema real estava agora afixado. Enquanto eu o contemplava avançando com a dignidade de um rei, um guarda obsequioso seguia seus passos. Eu não podia deixar de lembrar do zulu alto que se apresentara a nós em Durban alguns meses antes, pedindo-me para entrar em nosso serviço, e refletir sobre as estranhas voltas da roda da fortuna.

— Salve, ó rei! — falei, me levantando.

— Sim, Macumazahn. Rei afinal, pela força de três grandes braços direitos — foi a pronta resposta.

Tudo ia bem, ele disse, e esperava preparar um grande banquete em duas semanas para se exibir ao povo.

Perguntei-lhe o que havia pensado em fazer com Gagoula.

— Ela é o gênio maligno da terra — ele respondeu. — E vou matá-la, e todos os caçadores-de-bruxas junto com ela! Ela viveu por tanto tempo que ninguém mais lembra quando não era tão velha, e foi sempre ela quem treinou os caçadores-de-bruxas e tornou a terra perversa aos olhos do firmamento.

— E ainda assim, ela sabe muito — respondi. — É mais fácil destruir o conhecimento, Ignosi, do que reuni-lo.

— Isso é verdade — ele disse, pensativo. — Ela, e somente ela, sabe o segredo das Três Bruxas além, para onde corre a Grande Estrada, onde os reis são enterrados e onde se sentam Os Silenciosos.

— Sim, e onde estão os diamantes. Não esqueças tua promessa, Ignosi. Deves nos levar às minas, mesmo que para isso precises poupar Gagoula para nos mostrar o caminho.

— Não esquecerei, Macumazahn, e lembrarei do que disseste.

Depois da visita de Ignosi, fui ver Good e o encontrei bastante delirante. A febre provocada por sua ferida parecia ter tomado conta de seu sistema, complicada por algum dano interno. Por quatro ou cinco dias sua condição foi bastante crítica. Na verdade, acredito firmemente que se não tivesse sido pelos cuidados incansáveis de Foulata, ele teria morrido.

Mulheres são mulheres, em qualquer lugar do mundo, independentemente de sua cor. Mesmo assim, era curioso ver aquela beldade negra curvando-se noite e dia sobre o canapé do homem febril, e realizando todas as piedosas tarefas de um quarto de enfermo com agilidade, gentileza e um instinto tão refinado quanto o de uma enfermeira hospitalar treinada. Nas primeiras noites tentei ajudá-la, e Sir Henry também, assim que sua rigidez lhe permitiu se mover, mas Foulata ficou impaciente com nossa interferência, e por fim insistiu que o deixássemos com ela, dizendo que nossa movimentação o deixava inquieto, o que creio fosse verdade. Dia e noite ela o vigiou e atendeu, dando-lhe seu único remédio, uma bebida nativa refrescante feita de leite, na qual se infundia o suco do bulbo de uma espécie de tulipa, e evitando que moscas pousassem nele. Consigo ver todo aquele quadro agora, do modo como se apresentava noite após noite à luz de nossa lamparina primitiva. Good agitando-se de um lado ao outro, sua aparência emaciada, seus olhos brilhando grandes e luminosos, e murmurando coisas sem sentido pelo pátio. E sentada no chão ao seu lado, suas costas apoiadas contra o muro da cabana, a bela e formosa kukuana de olhos gentis, seu rosto, cansado como estava pela longa vigília, animado por um olhar de compaixão infinita — ou era algo mais do que compaixão?

Por dois dias, pensamos que ele iria morrer, e saímos com o coração pesado.

Apenas Foulata não acreditou nisso.

— Ele vai viver — ela disse.

Houve silêncio por trezentos metros ou mais ao redor da cabana principal de Twala, onde o enfermo estava deitado, pois, por ordem do rei, todos os que viviam nas habitações atrás dela foram removidos, com exceção de mim e de Sir Henry, para que nenhum ruído chegasse aos ouvidos do doente. Numa noite, era o quinto dia da doença de Good, como era de meu hábito fui ver como ele estava antes de me recolher por algumas horas.

Entrei na cabana com cuidado. A lamparina colocada sobre o chão mostrava que a figura de Good não mais se agitava, estava deitado bem quieto.

Então, a morte finalmente havia chegado! Na amargura de meu coração, soltei algo como um soluço.

— Shhhh! — veio do espaço de sombras escuras atrás da cabeça de Good.

Então, chegando mais perto, vi que ele não estava morto, mas dormindo profundamente, com os dedos finos de Foulata entrelaçados com firmeza em sua pobre mão branca. A crise havia passado, ele viveria. Ele dormiu por dezoito horas, e nem gosto de falar, por medo de não acreditarem em mim, mas durante todo esse tempo aquela devotada garota ficou ao lado dele, por medo de que se ela se movesse ou tirasse sua mão, fosse acordá-lo. O que ela deve ter sofrido com cãibras e cansaço, sem falar de fome, ninguém jamais saberá. Mas o fato é que, quando enfim ele acordou, ela precisou ser carregada, pois seus membros estavam tão rígidos que ela não conseguia movê-los.

Passado o pico da doença, a recuperação de Good foi rápida e completa. Foi somente quando ele estava já quase bom que Sir Henry contou-lhe de tudo o que ele devia à Foulata, e quando ele chegou à história de como ela ficara sentada ao seu lado por dezoito horas, temendo que o menor movimento pudesse acordá-lo, os olhos sinceros do marinheiro encheram-se de lágrimas. Ele se virou e foi direto até a cabana onde Foulata estava preparando o almoço, pois estávamos de volta aos nossos antigos aposentos agora, e me levando com ele como intérprete para o caso de ele não conseguir se fazer entender por ela, ainda que eu precise dizer que ela em geral o entendia maravilhosamente bem, considerando a extrema limitação do vocabulário estrangeiro dele.

— Diga a ela — falou Good — que eu lhe devo minha vida e que nunca esquecerei de sua gentileza até meus últimos dias.

Eu traduzi, e apesar de sua pele escura, ela pareceu corar.

Voltando-se para ele com um desses suaves e graciosos movimentos que nela sempre me lembravam o voo de um pássaro silvestre, Foulata respondeu suavemente, olhando para ele com seus grandes olhos castanhos:

— Não, meu senhor, o senhor esqueceu! Não foi ele quem salvou minha vida, e não sou a criada de meu senhor?

Note-se que a donzela aparentemente esqueceu-se por completo da parte que eu e Sir Henry havíamos tomado em preservá-la das garras de Twala. Mas é assim que as mulheres são! Lembro-me que minha querida esposa era igual. Bem, me retirei daquele pequeno colóquio com o coração triste. Não gostei dos olhares suaves da srta. Foulata, pois eu sabia das propensões amorosas fatais dos marinheiros em geral e de Good em particular.

Há duas coisas no mundo, como descobri, que não há como ser evitadas: você não pode impedir um zulu de lutar ou um marinheiro de se apaixonar diante da menor provocação!

Foi alguns dias depois dessa última ocorrência que Ignosi realizou seu grande *indaba*, ou conselho, e foi formalmente reconhecido como rei pelos *indunas*, ou cabeças de Kukuanalândia. O espetáculo foi dos mais imponentes, incluindo-se uma grande revista de tropas. Nesse dia, os elementos restantes dos Grisalhos desfilaram formalmente, e, às vistas do exército, receberam agradecimentos por sua esplêndida condução da batalha. Para cada homem, o rei deu de presente muitas cabeças de gado e promoveu todos ao posto de oficiais do novo regimento de Grisalhos que estava por ser formado. Também foi promulgada uma ordem por toda a extensão de Kukuanalândia para que, enquanto honrássemos o país com nossa presença, nós três fôssemos recebidos com a mesma saudação real que por costume era reservada ao rei. Também o poder de vida e morte nos foi conferido publicamente. E também Ignosi, na presença de seu povo, renovou as promessas que havia feito, de que o sangue de nenhum homem seria derramado sem um julgamento e a caça às bruxas cessaria no país.

Quando a cerimônia se encerrou, esperamos por Ignosi e o informamos que estávamos ansiosos para investigar o mistério das minas para as quais a Estrada de Salomão conduzia, perguntando-lhe se ele havia descoberto algo sobre elas.

— Meus amigos — ele respondeu. — O que descobri foi isso. Está lá onde se sentam as três grandes figuras, que são chamadas de Os Silenciosos, e aos quais Twala ia oferecer a jovem Foulata em sacrifício. É lá também, numa grande caverna bem fundo montanha adentro, que os reis desta terra são enterrados. Lá encontrareis o corpo de Twala, posto junto daqueles que o precederam. Também há lá um poço profundo, cavado por homens mortos já há muito tempo, talvez atrás das pedras de que falais, como as de Kimberley, de que ouvi os homens falarem em Natal.[2] E lá também, no Lugar da Morte, há uma câmara secreta, conhecida apenas pelo rei e por Gagoula. Mas Twala, que a conhecia, está morto, e eu não sei onde fica, tampouco o que há nela. Contudo, há uma lenda nesta terra de que uma vez, muitas gerações atrás, um homem branco cruzou as montanhas, e foi conduzido por uma mulher à câmara secreta e foi-lhe mostrada a riqueza escondida nela. Mas antes que ele pudesse levá-la, ela o traiu, e ele foi conduzido pelo rei de então de volta às montanhas, e desde então nenhum homem entrou nesse lugar.

— Essa história é verdadeira com certeza, Ignosi, pois encontramos o homem branco nas montanhas — falei.

— Sim, nós o encontramos. E agora eu te prometi que se chegares até aquela câmara e às pedras que estão lá...

— Essa gema na tua cabeça é a prova de que elas estão lá — falei, apontando para o grande diamante que eu havia retirado da cabeça morta de Twala.

— Talvez — disse ele. — Se elas estiverem lá, tereis tantos quantos puderdes levar... se realmente quiserdes me deixar, meus irmãos.

— Primeiro temos que encontrar a câmara — falei.

— Só há uma pessoa que poderá te mostrar: Gagoula.

— E se ela não quiser?

— Então ela deve morrer — disse Ignosi, severo. — Eu a mantive viva apenas por isso. Esperai, ela deverá escolher. — E chamando o mensageiro, ele ordenou que Gagoula fosse trazida diante dele.

Em poucos minutos ela veio, conduzida por dois guardas que ela amaldiçoava enquanto caminhava.

— Deixem-na — disse o rei aos guardas.

E assim que os apoios lhe foram retirados, aquele velho embrulho enrugado — pois ela se parecia com um embrulho mais do que qualquer outra coisa, do qual despontavam dois olhos perversos e brilhantes que luziam feito os de uma cobra — caiu ao chão feito uma trouxa.

— Que queres tu comigo, Ignosi? — ela sibilou. — Não ouses tocar em mim. Se tocares em mim, te mato sentado. Cuidado com minha mágica.

— Tua mágica não pode salvar Twala, loba velha, e não pode me ferir — foi a resposta. — Escuta. Isso é o que quero de ti, que reveles a nós a câmara onde estão as pedras brilhantes.

— Ha! Ha! — ela sibilou. — Ninguém além de mim sabe seu segredo, e eu nunca contarei a ti. Os diabos brancos voltarão de mãos vazias.

— Tu irás me contar. Eu te farei contar.

— Como, ó rei? Tu és grande, mas pode teu poder arrancar a verdade de uma mulher?

— É difícil, contudo farei isso.

— Como, ó rei?

— Ora, assim: se não me disseres, irás morrer lentamente.

— Morrer! — ela gritou de terror e fúria. — Não ouses tocar em mim... homem, não sabes quem eu sou. Quantos anos pensas que tenho? Conheci teus pais, e os pais dos pais de teus pais. Quando a terra era jovem, eu estava aqui; quando a terra envelhecer, eu ainda estarei aqui. Não posso morrer a não ser que seja morta pelo acaso, pois ninguém ousa me matar.

— Contudo eu irei te matar. Vê, Gagoula, mãe da maldade, és tão velha que não podes mais amar tua vida. O que pode ser a vida para uma bruxa como tu, que não tens mais nem aspecto, nem forma, nem cabelos ou dentes — nada tens senão malevolência e olhos perversos? Será misericórdia pôr um fim em ti, Gagoula.

— Seu tolo! — gritou o velho demônio. — Seu tolo maldito, pensas que a vida só é doce para os jovens? Não é, e nada sabes do coração dos homens se pensas assim. Para os jovens, a morte às vezes é bem-vinda, pois os jovens podem sentir. Eles amam e sofrem, e se retorcem ao ver seus amados passarem para a terra das sombras. Mas os velhos não sentem nada, eles não amam e... Ha! Ha! Eles gargalham ao ver outro partir para a escuridão. Ha! Ha! Eles gargalham ao ver o mal que é feito sob as estrelas. Tudo o que eles amam é a vida, o calor, o calor do sol, e os doces, doces ares. Eles têm medo do frio, medo do frio e da escuridão, ha-ha-ha! — E a velha bruxa se contorceu no chão numa alegria medonha.

— Para com tua conversa maligna e me responde — disse Ignosi, irritado. — Irás mostrar o lugar onde estão as pedras ou não irás? Se não fores, vais morrer agora mesmo. — E ele ergueu a lança e a manteve sobre ela.

— Não vou mostrar, não ouses me matar, não ouses! Aquele que me matar será amaldiçoado para sempre.

Aos poucos Ignosi baixou a lança até que ela cutucasse aquela pilha de farrapos prostrada.

Com um grito selvagem, Gagoula saltou e se pôs de pé, e então caiu de novo e rolou pelo chão.

— Não, eu te mostrarei. Apenas me deixa viver, deixa-me sentar ao sol e ter um pedacinho de carne para chupar, e eu te mostrarei.

— Está bem. Imaginei que eu conseguiria encontrar um modo de argumentar contigo. Amanhã deves ir com Infadoos e meus irmãos brancos ao lugar, e cuida para não falhar, pois se não mostrares o caminho, irás morrer lentamente. E tenho dito.

— Eu não irei falhar, Ignosi. Eu sempre mantenho minha palavra... Ha! Ha! Ha! Uma vez uma mulher mostrou a câmara para um homem branco, e vê! O mal recaiu sobre ele. — E aqui seus olhos malignos brilharam. — Seu nome também era Gagoula. Talvez eu tenha sido aquela mulher.

— Mentes — falei. — Isso foi há dez gerações.

— Talvez, talvez. Quando se vive muito, a gente esquece. Talvez tenha sido a mãe de minha mãe quem me contou, certamente seu nome também era Gagoula. Mas cuida, irás encontrar no lugar onde estão as coisas brilhantes uma sacola de couro cheia de pedras. O homem encheu aquela sacola, mas ele nunca a levou embora. O mal recaiu sobre ele, eu digo, o mal recaiu sobre ele! Talvez tenha sido a mãe de minha mãe quem me contou. Será uma jornada alegre... poderemos ver os cadáveres dos que morreram na batalha enquanto caminhamos. Seus olhos já terão desaparecido e suas costelas estarão vazias. Ha! Ha! Ha!

16.
O Lugar da Morte

No terceiro dia após a cena descrita no capítulo anterior, já estava escuro quando acampamos em algumas cabanas aos pés das "Três Bruxas", como era chamado o triângulo de montanhas para o qual a Grande Estrada de Salomão conduzia. Nosso grupo consistia de nós três e Foulata, que nos servia — especialmente a Good —, Infadoos, Gagoula, que era carregada numa liteira, dentro da qual podia-se escutá-la resmungando e amaldiçoando o dia todo, e um grupo de guardas e serviçais. As montanhas, ou melhor, os três picos da montanha, pois a formação era claramente o resultado de uma sublevação solitária, tinham, como eu disse, a forma de um triângulo, cuja base estava virada na nossa direção, um pico estando à nossa direita, um à nossa esquerda e um bem em frente a nós. Jamais esquecerei a visão proporcionada por esses três gigantescos picos sob a luz da manhã seguinte. Bem acima de nós, alto no céu azul, erguiam-se suas retorcidas coroas nevadas. Abaixo da linha da neve os picos estavam roxos de urzes, assim como as charnecas silvestres que subiam as encostas em sua direção. Bem à nossa frente, a faixa branca da Grande Estrada de Salomão esticava-se adiante colina acima aos pés do pico central, a cerca de cinco milhas de nós, e lá parava. Era seu final.

É melhor eu deixar à imaginação de quem lê esta história o sentimento de intensa empolgação com que nos pusemos em marcha naquela manhã. Enfim estávamos chegando perto das maravilhosas minas que foram a causa da morte miserável do velho cavaleiro português três séculos atrás, de meu pobre amigo, seu malfadado descendente, e também, como temíamos, de George Curtis, o irmão de Sir Henry. Estaríamos destinados, depois de tudo por que passamos, a nos sair melhor? O mal recaíra sobre eles, como disse aquela velha maligna da Gagoula. Recairia também sobre nós? De algum modo, enquanto marchávamos por aquele último trecho da bela estrada, eu não podia evitar de me sentir um pouco supersticioso sobre a questão, e creio que tampouco Good e Sir Henry.

Por uma hora e meia ou mais, seguimos pelo caminho orlado de urzes, indo tão rápido em nossa empolgação que os homens que suportavam a liteira de Gagoula mal conseguiam seguir nosso ritmo, e sua ocupante sibilou para que parássemos.

— Caminhai mais devagar, branquelos — ela disse, projetando seu rosto enrugado e horrendo por entre as cortinas e nos encarando com seu olho brilhante. — Por que correis ao encontro do mal que recairá sobre vós, ó caçadores de tesouros? — E ela soltou aquela gargalhada horrível que sempre fazia correr um calafrio pelas minhas costas, e por algum tempo tirou um pouco do nosso entusiasmo.

Contudo, continuamos, até que vimos diante de nós, entre onde estávamos e o pico, uma vasta abertura circular em declive, com cem metros ou mais de profundidade, e quase oitocentos metros de diâmetro.

— Não conseguem adivinhar o que é isso? — perguntei para Sir Henry e Good, que encaravam atônitos aquele horrível buraco diante de nós.

Eles balançaram a cabeça.

— Então está claro que vocês nunca viram as escavações de diamantes em Kimberley. Podem apostar que essa é a Mina de Diamantes de Salomão. Olhem lá — falei, apontando as camadas de dura argila azul, que ainda podiam ser vistas por entre a grama e os arbustos que cobriam as laterais do fosso. — A formação é a mesma. Garanto que, se descermos ali, encontraremos "canos" de pedra-sabão brechada.[1] Olhem ali, também. — E apontei uma série de placas de pedra gastas posicionadas em um declive suave abaixo do nível do curso d'água que em algum passado distante fora cortado de rocha sólida. — Se aquelas não são mesas que foram usadas para lavar o "produto", então eu sou holandês.

Na beira desse vasto buraco, que era nenhum outro senão o poço marcado no velho mapa do português, a Grande Estrada se dividia em duas para circundá-lo. Em muitos pontos, por sinal, a estrada ao redor era toda construída de blocos de pedra, aparentemente com o objetivo de sustentar as bordas do poço e prevenir a queda de restingas. Passamos ao longo desse caminho, levados pela curiosidade de ver o que eram os três imensos objetos que podíamos distinguir do lado mais distante desse grande golfo. Conforme nos aproximamos, percebemos que eram algum tipo de colossos, e supomos com precisão que diante de nós estavam os três "Silenciosos" que são tão admirados pelo povo kukuana. Mas não foi até que estivéssemos bem perto deles que percebemos a completa majestade desses "Silenciosos".

Lá, sobre imensos pedestais de rocha negra, esculpidos com rudes emblemas de adoração fálica, separados um do outro por uma distância de cinquenta passos, e olhando na direção da estrada que percorria cem quilômetros de planície até Loo, estavam três colossais figuras sentadas — dois homens e uma mulher —, cada qual medindo cerca de nove metros da coroa em sua cabeça até o pedestal.

A figura feminina, que estava nua, era de uma beleza enorme ainda que severa, mas infelizmente as feições haviam sido marcadas por séculos de exposição às intempéries. Erguendo-se de cada lado de sua cabeça estavam as pontas de uma lua crescente. Os dois colossos masculinos, ao contrário, estavam vestidos, e exibiam um conjunto de feições assustadoras, especialmente o que ficava à nossa direita, que tinha o rosto de um demônio. Aquele à nossa esquerda tinha um semblante sereno, mas sua calma parecia temível. Era a calma da crueldade inumana, Sir Henry observou, que os antigos atribuíam a seres poderosos que, mesmo tendo potencial benigno, eram no entanto capazes de assistir aos sofrimentos da humanidade, se não em regozijo, ao menos sem nenhum pesar. Essas três estátuas formavam uma trindade das mais impressionantes, ali sentadas em sua solidão, olhando eternamente para a planície.

Contemplando esses "Silenciosos", como os kukuanas os chamam, outra vez fomos tomados por uma intensa curiosidade em saber de quem foram as mãos que os moldaram, quem foi que cavou aquele poço e fez a estrada. Enquanto eu olhava e me perguntava, de súbito me ocorreu — familiarizado que sou com o Velho Testamento — que Salomão se perdeu indo atrás de deuses estranhos, dos quais eu lembrava o nome de três — "Astarte, a deusa dos sidônios, Quemós, o deus dos moabitas, e Moloque, o deus dos filhos de Amom" —, e sugeri a meus companheiros que as figuras diante de nós poderiam representar essas falsas divindades.

— Hmm — disse Sir Henry, que é um estudioso, tendo obtido um alto grau em estudos clássicos na faculdade. — Pode ter algo nisso. Astarô dos hebreus era a Astarte dos fenícios, que eram os grandes mercadores no tempo de Salomão. Astarte, que depois se tornou a Afrodite dos gregos, era representada com chifres como os da meia-lua, e lá na cabeça daquela figura feminina notam-se chifres. Talvez esses colossos tenham sido criados por algum oficial fenício que supervisionava as minas. Quem saberá dizer?*

---

* Compare-se com o *Paraíso perdido* de Milton, Livro I: "Com estes, tendo em torno larga turma,/ Vem Astorete a que os fenícios chamam/ Astarte, que se diz do Céu rainha,/ Toucada de hástias lúcidas, curvadas,/ A cuja imagem as sidônias virgens/ Cantos e votos dão no albor da lua". [N. E.]

Antes que tivéssemos terminado de examinar essas extraordinárias relíquias da Antiguidade remota, Infadoos se aproximou, e tendo saudado os "Silenciosos" com um erguer de sua lança, perguntou-nos se tínhamos intenção de entrar logo no Lugar da Morte, ou se esperaríamos até depois de comermos ao meio-dia. Se estivéssemos dispostos a partir de imediato, Gagoula havia anunciado sua intenção de nos guiar. Como ainda não passava das onze horas — e levados a isso por uma curiosidade crescente —, anunciamos nossa intenção de seguir no mesmo instante, e sugeri que, no caso de nos determos nas cavernas, deveríamos levar alguma comida conosco. Com isso, a liteira de Gagoula foi trazida, e dela essa senhora foi ajudada a descer. Enquanto isso Foulata, a meu pedido, guardou um pouco de *biltong*, ou carne-seca, junto de um par de cabaças de água, numa cesta de junco com tampa articulada. Bem à nossa frente, a uma distância de cinquenta passos a partir dos colossos, elevava-se um paredão de pedra, com vinte e cinco metros de altura ou mais, que se inclinava para cima gradualmente até formar a base de um alto pico coberto de neve, que se erguia no ar a novecentos metros acima de nós. Assim que desceu da sua liteira, Gagoula lançou-nos um sorriso maligno, e então, apoiando-se num cajado, saiu mancando em direção à face desse paredão. Nós a seguimos até chegarmos a um portal estreito solidamente arqueado, que se parecia com a abertura de uma galeria ou mina.

Ali Gagoula ficou esperando por nós, ainda com aquele sorriso maligno em seu rosto horrível.

— Agora, brancos das Estrelas — ela sibilou —, grandes guerreiros, Incubu, Bougwan e Macumazahn, o Sábio, estão prontos? Vede, estou aqui para cumprir o acordo com meu senhor, o rei, e para mostrar-vos o depósito das pedras brilhantes. Ha! Ha! Ha!

— Estamos prontos — falei.

— Bom, bom! Fortalecei vosso coração para suportar o que vereis. Também vens, Infadoos, tu que traíste teu mestre?

Infadoos franziu a testa ao responder:

— Não, não vou. Não cabe a mim entrar lá. Mas tu, Gagoula, segura tua língua e cuida como lidas com meus senhores. Eu os coloco em tuas mãos, e se deles um fio de cabelo for ferido, Gagoula, sejas tu cinquenta vezes bruxa, irás morrer. Escutaste?

— Escuto, Infadoos. Eu te conheço, sempre amaste grandes palavras, quando eras um bebê lembro de te ver ameaçar tua própria mãe. Isso parece que foi ontem. Mas, não temas, não temas, vivo apenas para cumprir as ordens do rei. Eu cumpri as ordens de muitos reis, Infadoos, até que ao final eles cumprissem as minhas. Ha! Ha! Vou olhar vosso rosto mais uma vez, e também o de Twala! Vinde, vinde, aqui está a lamparina. — E tirou de debaixo de sua capa uma grande cabaça de óleo, guarnecida com pavio de junco.

— Tu vens, Foulata? — perguntou Good, com seu péssimo domínio de kukuana, no qual ele vinha melhorando sob a batuta daquela moça.

— Tenho medo, meu senhor — a garota respondeu, tímida.

— Então me dê o cesto.

— Não, meu senhor, aonde tu fores, eu irei também.

O diabo que vai!, pensei comigo mesmo. Isso vai ficar um pouco estranho se algum dia sairmos dessa.

Sem mais delongas, Gagoula atravessou a passagem, que era bastante escura e larga o suficiente para admitir que dois andassem lado a lado. Seguimos o som de sua voz enquanto ela sibilava para que fôssemos adiante, coisa que não fizemos sem algum medo e temor, que não foi atenuado por um súbito bater de asas esvoaçantes.

— Epa! O que foi isso? — alertou Good. — Algo bateu na minha cara.

— Morcegos — falei. — Vamos em frente.

Quando, pelo que podíamos julgar, tínhamos avançado uns cinquenta passos, percebemos que aos poucos a passagem ia ficando mais clara. Mais um minuto e estávamos no que talvez fosse o lugar mais maravilhoso que os olhos de um homem vivo já contemplaram.

Que o próprio leitor imagine a nave da mais vasta catedral em que jamais tenha entrado — sem janelas, é verdade, mas levemente iluminada de cima, presume-se que por dutos conectados com o ar externo e conduzindo ao topo, que se arqueava trinta metros acima de nossa cabeça — e ele terá uma ideia do tamanho da gigantesca caverna em que nos encontrávamos, com a diferença de que essa catedral desenhada pela natureza era mais espaçosa e ampla do que qualquer uma construída pelo homem. Mas seu tamanho estupendo era a menor das maravilhas do lugar, pois correndo em fileiras ao longo de seu comprimento havia gigantescos pilares do que parecia ser gelo, mas eram, na realidade, enormes estalactites. É impossível para mim transmitir qualquer ideia da grandeza e beleza avassaladoras desses pilares de longarina branca, alguns dos quais não tinham menos de seis metros de diâmetro na base, e se projetavam até o teto distante com uma beleza delicada e altiva. Outros ainda estavam em processo de formação. Desses, havia no chão de pedra os que, segundo Sir Henry, se pareciam exatamente com uma coluna quebrada em um antigo templo grego, enquanto no alto, pendendo do teto, uma enorme ponta de gelo podia ser vagamente vista.

Mesmo enquanto olhávamos podíamos escutar o processo em andamento, pois naquele momento, com um pequeno respingo, uma gota d'água caía da distante ponta de gelo para a coluna abaixo. Em algumas colunas a gota só caía uma vez a cada dois ou três minutos, e nesses casos seria interessante calcular quanto tempo, naquela velocidade de gotejamento, levaria para formar um pilar com, digamos, vinte e cinco metros por dez de diâmetro. Que o processo, ao menos num caso, era incalculavelmente lento, o exemplo a seguir seria suficiente para demonstrar. Talhadas em um desses pilares nós descobrimos as feições rudes de uma múmia, acima da qual havia o que pareceu ser a figura de um deus egípcio, sem dúvida esculpida por um trabalhador da mina no mundo antigo. Essa obra de arte foi executada com a altura natural que um camarada ocioso, seja ele um trabalhador fenício ou um britânico abobado, tem por hábito tentar imortalizar a si mesmo às custas das obras-primas da natureza, ou seja, a cerca de um metro e meio do chão. Contudo, na época em que nós a vimos, que deve ter sido quase três mil anos após a data de execução da escultura, a coluna tinha apenas dois metros e meio de altura e ainda estava em processo de formação, o que nos dá a velocidade de crescimento de trinta centímetros a cada mil anos e três centímetros a cada século. Sabíamos disso, pois, enquanto estávamos ali por perto, escutamos uma gota de água cair.

Às vezes, as estalagmites assumiam formas estranhas, presumivelmente onde o gotejar da água nem sempre esteve no mesmo lugar. Assim, um volume enorme, que deve ter pesado umas cem toneladas ou mais, tinha a forma de um púlpito, lindamente ornado do lado externo com formas que se pareciam com rendas. Outros lembravam animais estranhos, e nas laterais da caverna havia traços de marfim em leque, tal qual a geada deixa nas janelas.

Da vasta nave principal abriam-se cavernas menores aqui e ali, que eram exatamente, segundo disse Sir Henry, como as capelas de majestosas catedrais. Algumas eram grandes, mas uma ou duas — e isso é um exemplo maravilhoso de como a natureza realiza seu trabalho pelas mesmas leis invariáveis, totalmente independente do tamanho — eram minúsculas. Um pequeno recanto, por exemplo, não era maior do que uma casa de boneca incomumente grande e, no entanto, poderia servir de modelo para todo o lugar, pois a água caindo formava minúsculos pingentes de gelo, e as grandes colunas eram formadas do mesmo modo.

Contudo, não tivemos tempo o bastante para examinar essa linda caverna de forma tão minuciosa quanto gostaríamos, pois infelizmente Gagoula parecia ser indiferente às estalactites e ansiosa apenas quanto a terminar suas incumbências. Isso me incomodou muito, pois eu estava particularmente interessado em descobrir, se possível, por meio de qual sistema a luz entrava na caverna, e se era pela mão do homem ou pela da natureza que isso era feito. E também se o local fora usado de alguma forma na Antiguidade, o que parecia provável. No entanto, nos consolamos com a ideia de que o investigaríamos minuciosamente no caminho de volta, e seguimos na esteira de nossa estranha guia.

Ela nos conduziu direto ao topo da vasta e silenciosa caverna, onde encontramos outra passagem, não em arco como a primeira, mas quadrada no topo, algo como as portas de templos egípcios.

— Estai preparados para entrar no Lugar da Morte, branquelos? — perguntou Gagoula, com a evidente intenção de nos deixar desconfortáveis.

— Em frente, Macduff[2] — Good falou solene, tentando parecer como se ele não estivesse nem um pouco preocupado, como na verdade todos nós fizemos, exceto Foulata, que segurou Good pelo braço em proteção.

— Isso está ficando um tanto pavoroso — disse Sir Henry, espiando o corredor escuro. — Vamos, Quatermain: *seniores priores*.[3] Não devemos deixar a velha senhora esperando! — E educadamente abriu caminho para que eu fosse à frente, algo pelo qual o amaldiçoei por dentro.

Tap, tap, tap, ia o cajado da velha Gagoula pela passagem, conforme ela trotava adiante, dando risinhos horríveis. Ainda dominado por um pressentimento inexplicável do mal, recuei.

— Vamos, adiante, meu velho — disse Good —, ou vamos perder nossa bela guia.

Assim intimado, desci pela passagem, e após uns vinte passos me vi num cômodo sombrio com cerca de doze metros de comprimento por trinta de largura, o qual evidentemente fora escavado à mão na montanha, em alguma era do passado. Esse cômodo não era tão bem iluminado quanto a vasta antecaverna de estalactites, e à primeira vista tudo o que pude discernir foi uma enorme mesa de pedra correndo por toda sua extensão, com uma figura branca colossal na cabeceira, e figuras brancas em tamanho natural por toda a volta. Em seguida, encontrei uma coisa marrom, sentada sobre a mesa no centro, e logo depois, assim que meus olhos se acostumaram com a escuridão e vi o que eram todas essas coisas, saí daquele lugar correndo tão rápido quanto minhas pernas podiam aguentar.

Não sou um homem nervoso de modo geral e não dou importância para superstições, cuja loucura vivi para ver, mas não me importo em admitir que essa visão me perturbou bastante, e se não fosse por Sir Henry ter me agarrado pelo colarinho e me segurado, acredito honestamente que com mais cinco minutos eu estaria fora da caverna de estalactites, e a promessa de todos os diamantes de Kimberley não me convenceria a entrar ali outra vez. Mas ele me segurou com força, então parei porque não havia o que fazer. No segundo posterior, contudo, foram os olhos dele que se acostumaram à escuridão, e ele me soltou e começou a secar o suor em sua testa. Quanto a Good, ele praguejou vagamente, enquanto Foulata o abraçou pelo pescoço e gritou.

Apenas Gagoula riu alto e por um longo tempo.

Era *mesmo* uma visão horrível. Lá no fim da longa mesa de pedra, segurando nos dedos esqueléticos uma grande lança branca, sentava-se a Morte em pessoa, na forma de um esqueleto humano colossal, com uns cinco metros de altura. Bem acima de sua cabeça, ela segurava uma lança, como se prestes a golpear. Uma mão ossuda repousava sobre a mesa de pedra diante dela, na posição que um homem assume ao se levantar de sua cadeira, enquanto seu corpo se inclinava à frente de modo que as vértebras do pescoço e o crânio sorridente e brilhante se projetassem na nossa direção, fixando os buracos dos olhos vazios em nós, a mandíbula um pouco aberta, como se prestes a falar.

— Meu Deus! — sussurrei, enfim. — O que será isso?

— E o que são *essas coisas*? — perguntou Good, apontando a companhia branca ao redor da mesa.

— Hi! Hi! Hi! — riu Gagoula. — Sobre aqueles que entram no Salão da Morte, o mal recai. Hi! Hi! Hi! Ha! Ha! Vem, Incubu, corajoso em batalha, vem e vê o que mataste. — E a velha criatura pegou a cota de malha de Curtis com seus dedos magros e o conduziu na direção da mesa. Fomos atrás.

Logo ela parou e apontou para o objeto marrom sentado sobre a mesa. Sir Henry olhou e saltou para trás com uma exclamação. Não era de admirar, pois ali, completamente nu, com a cabeça que o machado de batalha de Curtis havia separado do corpo descansando sobre os joelhos, estava o corpo magro de Twala, o último rei dos kukuanas. Sim, ali, a cabeça nos joelhos, sentado em toda sua feiura, as vértebras se projetando para fora da carne encolhida do pescoço, e parecendo-se como a versão negra de Hamilton Tighe.[*][4] Sobre a superfície do cadáver acumulava-se uma fina película vítrea, que tornava sua aparência ainda mais apavorante, algo que não estávamos, naquele momento, em condições de explicar, até que enfim observamos que do teto da câmara a água caía constante — Ping! Ping! Ping! — sobre o pescoço do cadáver, descendo por toda

---

* "Agora se apressem, minhas criadas, e vejam com seus próprios olhos/ Como ele se senta lá e floresce, tendo a cabeça entre os joelhos." [N. E.]

a superfície, e por fim escorrendo para a rocha por um buraco na mesa. E então entendi o que era aquela película: *o corpo de Twala estava sendo transformado num estalactite.*

Uma olhada nas formas esbranquiçadas sentadas no banco de pedra que cercava aquele tabuleiro pavoroso confirmou essa ideia. Eram de fato corpos humanos, ou ao menos foram humanos, pois agora eram *estalactites*. Era assim que o povo kukuana preservava sua realeza morta, desde tempos imemoriais. Eles os petrificavam. Qual era o método exato, se é que havia algum além de posicioná-los por longos períodos de anos debaixo das goteiras, nunca descobri, mas ali estavam sentados, congelados e preservados para sempre por aquele fluido silicioso.

É impossível imaginar qualquer coisa mais digna de assombro que o espetáculo de uma longa linha de monarcas falecidos (havia vinte e sete deles, sendo o último o pai de Ignosi), cada um enrolado numa espécie de pilastra de gelo, através da qual suas feições podiam ser vagamente distintas, e sentados ao redor daquela mesa inóspita, com a própria Morte de anfitriã. Que a prática de preservarem seus reis assim deveria ser ancestral era algo evidente por seu número, o qual, levando-se em conta um reinado médio de quinze anos, e supondo-se que cada rei que reinara fora colocado ali — uma coisa improvável, já que muitos devem ter perecido em batalha muito longe de casa —, poder-se-ia fixar sua data de início a quatrocentos e vinte e cinco anos atrás.

Mas a Morte colossal, que se senta à cabeceira da mesa, é bem mais antiga que isso e, a não ser que eu esteja muito enganado, deve sua origem ao mesmo artista que criou os três colossos. Ela foi esculpida de uma única estalactite e, vista como obra de arte, foi muito bem concebida e executada. Good, que entende dessas coisas, declarou que, até onde ele podia ver, o desenho anatômico do esqueleto é perfeito inclusive nos menores ossos.

Minha impressão pessoal é que esse objeto terrível foi um capricho bizarro da parte de algum escultor do mundo antigo e que sua presença sugeriu aos kukuanas a ideia de colocar sua realeza morta sob sua terrível presidência. Ou talvez tenha sido deixado ali para espantar qualquer saqueador que visasse a câmara de tesouros mais além. Não sei dizer. Tudo o que posso fazer é descrever como ela é, e o leitor deve tirar suas próprias conclusões.

De qualquer forma, aquela era a Morte Branca e aqueles eram os Mortos Brancos!

17.
A câmara do tesouro de Salomão

Enquanto nos empenhávamos em nos recuperar de nosso medo e em examinar as terríveis maravilhas do Lugar da Morte, Gagoula estava ocupada com outra coisa. De algum jeito ou de outro — pois era maravilhosamente ágil quando queria — ela subiu na grande mesa e foi até onde nosso falecido amigo Twala estava, debaixo da goteira, segundo ela para ver como estava indo a "salmoura" dele, ou por algum outro motivo sombrio dela. Então, depois de se abaixar para beijar os lábios gelados dele numa saudação afetuosa, ela coxeou de volta, parando aqui e ali para fazer algum comentário, cujo teor não consegui entender, para uma ou outra daquelas formas encobertas, como eu e você daríamos boas-vindas a um velho conhecido. Tendo passado por essa cerimônia misteriosa e horrível, ela se agachou sobre a mesa imediatamente debaixo da Morte Branca e começou, pelo que pude entender, a fazer orações. O espetáculo dessa criatura perversa derramando súplicas, sem dúvida maldosas, ao arqui-inimigo da humanidade, era tão estranho que nos fez acelerar nossa investigação.

— Agora, Gagoula — falei em voz baixa, pois por algum motivo não se ousa falar mais alto do que um sussurro naquele lugar —, leve-nos à câmara.

A velha bruxa prontamente desceu da mesa.

— Meus senhores não estão com medo? — falou, olhando meu rosto de esguelha.

— Em frente.

— Bom, meus senhores. — Ela mancou até as costas da grande Morte. — Aqui está a câmara. Que meus senhores acendam a lamparina e entrem. — Colocou a cabaça cheia de óleo no chão e encostou-se na lateral da caverna. Peguei um fósforo, do qual ainda tínhamos alguns em uma caixa, acendi um pavio rápido e depois procurei a porta, mas não havia nada diante de nós, exceto a rocha sólida. Gagoula sorriu. — O caminho está ali, meus senhores. Ha! Ha! Ha!

— Não brinque conosco — falei, severo.

— Não estou brincando, meus senhores. Vejam! — E ela apontou a rocha.

E ao fazer isso, erguendo a lamparina percebemos que um bloco de pedra se erguia lentamente do chão e desaparecia na rocha acima, onde sem dúvida havia uma cavidade pronta para recebê-lo. O bloco era da largura de uma porta de bom tamanho, com cerca de três metros de altura e com não menos de um metro e meio de espessura. Devia pesar ao menos vinte ou trinta toneladas e foi claramente removido com base em algum princípio simples de equilíbrio de contrapesos, provavelmente o mesmo arranjo com o qual uma janela comum moderna abre e fecha. Como esse princípio foi posto em movimento, é claro que nenhum de nós viu, Gagoula teve o cuidado de evitar isso. Mas não tenho dúvidas de que havia uma alavanca muito simples, que era movida com uma leve pressão em algum ponto secreto, jogando assim peso adicional sobre os contrapesos ocultos e fazendo com que o monólito fosse erguido do chão.

Lenta e suavemente a grande rocha ergueu-se sozinha, até que por fim desapareceu por completo, e um buraco negro se apresentou à nossa frente no lugar antes ocupado pela porta.

Nossa empolgação foi tão intensa, ao vermos o caminho para a câmara do tesouro de Salomão enfim aberto, que comecei a me agitar e tremer. Seria afinal uma farsa, pensei, ou o velho Silvestra estava certo? Haveria vastos depósitos de riquezas ocultos naquele lugar escuro, depósitos que fariam de nós os homens mais ricos de todo o mundo? Saberíamos em um ou dois minutos.

— Entrai, brancos das Estrelas — disse Gagoula, avançando pela passagem. — Mas antes escutai vossa serva, a velha Gagoula. As pedras brilhantes que vereis foram tiradas do poço sobre o qual os Silenciosos foram postos, e guardadas aqui, não sei por quem, pois isso foi feito há mais tempo do que eu lembro. Mas apenas uma vez alguém entrou aqui, desde que aqueles que esconderam as pedras partiram apressados, deixando tudo para trás. O relato do tesouro de fato espalhou-se entre o povo que vivia nesta terra de uma era a outra, mas ninguém sabia onde ficava a câmara, nem o segredo da porta. Mas aconteceu que um homem branco chegou a esta terra vindo pelas montanhas… talvez ele também tenha "vindo das Estrelas"… e foi bem recebido pelo rei de então. É aquele que está sentado ali. — E ela apontou o quinto rei na mesa da Morte. — E aconteceu que junto de uma mulher dessa terra que estava com ele, viajaram até este lugar, e por acaso a mulher aprendeu o segredo da porta… podem procurar por mil anos, e nunca irão descobrir o segredo. Então o homem branco entrou com a mulher e encontrou as pedras, e encheu com elas uma pequena pele de cabra, que a mulher tinha consigo para levar comida. E quando ele estava saindo da câmara, ele pegou só mais uma pedra, uma grande, e a segurou em sua mão.

Aqui ela fez uma pausa.

— E então? — perguntei, sem respirar de tanto interesse que estávamos. — O que aconteceu com Da Silvestra?

A bruxa velha ficou alarmada com a menção do nome.

— Como sabes o nome do homem morto? — ela perguntou com ferocidade, e então, sem esperar por uma resposta, continuou: — Ninguém sabe dizer o que aconteceu, mas soube-se que o homem estava assustado, pois largou a pele de cabra com as pedras e saiu correndo apenas com a pedra grande na mão, e esta o rei lhe tomou, e é a pedra que tu, Macumazahn, tiraste da cabeça de Twala.

— E ninguém mais entrou aqui desde então? — perguntei, olhando pela passagem escura.

— Ninguém, meus senhores. Apenas o segredo da porta foi mantido, e cada rei a abriu, embora nenhum tenha entrado. Há um ditado de que aquele que entrar ali irá morrer dentro de uma lua, desde que o homem branco morreu dentro da caverna nas montanhas, onde o encontraram, Macumazahn, e portanto os reis não entram. Ha! Ha! Verdadeiras são as minhas palavras.

Nos entreolhamos enquanto ela falava, e fiquei enjoado e com frio. Como que a bruxa velha sabia todas essas coisas?

— Entrai, meus senhores. Se eu falo a verdade, a pele de cabra com as pedras estará caída no chão, e se for verdade que estará morto aquele que entrar ali, isso sabereis depois. Ha! Ha! Ha! — E coxeou pela passagem, levando a luz com ela, mas confesso que outra vez hesitei em seguir.

— Ah, pelas minhas barbas — disse Good. — Aqui vamos nós. Não vou me deixar assustar por aquela velha diaba. — E seguido por Foulata, que, contudo, evidentemente não gostava nem um pouco do negócio, pois estava tremendo de medo, ele mergulhou na passagem atrás de Gagoula, um exemplo que rápido seguimos.

Alguns metros adiante na passagem, no caminho estreito escavado direto na rocha, Gagoula havia parado e esperava por nós.

— Vede, meus senhores — ela disse, segurando a lamparina diante de si. — Aqueles que usavam a câmara para armazenar fugiram às pressas e pensaram naquilo ali para proteger contra qualquer um que descobrisse o segredo da porta, mas não tiveram tempo. — E ela apontou para grandes blocos quadrados de pedra que, com a altura de quase um metro, haviam sido dispostos ao longo da passagem com a intenção de murá-la. Ao longo da lateral da passagem havia blocos similares prontos para serem usados e, o mais curioso de tudo, uma pilha de argamassa e um par de espátulas de pedreiro, ferramentas que, até onde pudemos examiná-las, pareciam ser de feitio e formato similar àquelas usadas por trabalhadores até hoje.

Aqui Foulata, que vinha num estado de grande pavor e agitação, disse que se sentia fraca e não iria mais adiante, mas esperaria ali. Assim, a acomodamos na parede inacabada, colocando o cesto de mantimentos ao seu lado, e a deixamos para se recuperar.

Seguindo pela passagem por cerca de mais quinze passos, de súbito chegamos a uma porta de madeira de pintura elaborada. Estava escancarada. Quem quer que tenha estado por último ali não encontrou tempo para fechá-la ou se esqueceu de fazê-lo.

Para além da soleira dessa porta havia uma bolsa de pele, feita de pele de cabra, que parecia estar cheia de cascalho.

— Hi! Hi! Branquelos — riu Gagoula, conforme a luz da lamparina incidiu sobre a bolsa. — O que foi que falei, que o homem branco que veio aqui fugiu apressado e deixou cair a bolsa de mulher... vede! Olhai mais além e vereis também uma cabaça de água entre as pedras.

Good se abaixou e a ergueu. Estava pesada e tilintava.

— Por Júpiter! Creio que esteja cheia de diamantes — ele falou, com um murmúrio impressionado, e de fato a ideia de uma pequena bolsa de pele de cabra cheia de diamantes é o bastante para impressionar qualquer um.

— Continue em frente — disse Sir Henry, impaciente. — Aqui, minha senhora, me dê a lamparina. — E tomando-a das mãos de Gagoula, ele avançou pela passagem segurando-a bem acima de sua cabeça.

265

Nós o seguimos, esquecendo por um momento da bolsa de diamantes, e então nos encontramos na câmara do tesouro do rei Salomão.

A princípio, tudo o que a luz fraca que a lamparina fornecia revelou foi um cômodo escavado direto na rocha, e aparentemente com não mais que três metros quadrados. Em seguida, o que se via era uma esplêndida coleção de presas de elefantes, armazenadas umas sobre as outras até os arcos do teto. Quantas delas havia ali, não se sabia, pois é claro que não podíamos ver até que profundidade elas iam, mas visíveis aos nossos olhos não podia haver menos do que umas quatrocentas ou quinhentas presas de primeira qualidade. Só ali havia marfim o bastante para fazer um homem rico pelo resto da vida. Talvez, pensei, tenha sido desse mesmo depósito que Salomão tirou a matéria-prima para seu "grande trono de marfim", do qual "não havia nada igual em nenhum outro reino".

No lado oposto da câmara havia cerca de vinte caixas de madeira, parecidas com caixas de munição Martini-Henry,[1] só que bem maiores e pintadas de vermelho.

— Ali estão os diamantes — gritei —, tragam a luz.

Sir Henry o fez, segurando a lamparina perto da caixa de cima, cuja tampa, apodrecida pelo tempo mesmo naquele lugar seco, parecia ter sido esmagada, provavelmente pelo próprio Silvestra. Enfiei a mão no buraco da tampa e a tirei cheia não de diamantes, mas de peças de ouro, de um formato que nenhum de nós já havia visto, e com o que pareciam caracteres hebraicos estampados sobre elas.

— Ah! — falei, colocando a moeda de volta. — Não vamos voltar de mãos vazias, de qualquer modo. Deve haver umas duas mil peças em cada caixa, e há dezoito caixas. Creio que fosse o dinheiro para pagar os trabalhadores e os mercadores.

— Bem — disse Good —, acho que deve ser isso. Não estou vendo nenhum diamante, a não ser que o velho português tenha colocado todos na sua bolsa.

— Que meus senhores olhem adiante, onde é mais escuro, para ver se encontram as pedras — disse Gagoula, interpretando nossos olhares. — Lá meus senhores encontrarão um nicho e três baús de pedra no nicho, dois fechados e um aberto.

Antes de traduzir isso para Sir Henry, que carregava a luz, não pude evitar de perguntar como ela sabia dessas coisas, se ninguém havia entrado naquele lugar desde aquele homem branco, gerações atrás.

— Ah, Macumazahn, o que vigia à noite — foi a resposta zombeteira. — Vós que viveis nas Estrelas, não sabeis que uns vivem muito e outros possuem olhos que podem ver através da rocha? Ha! Ha! Ha!

— Olhe naquele canto, Curtis — falei, indicando o ponto que Gagoula nos mostrou.

— Olá, rapaziada! — ele anunciou. — Aqui está o nicho. Por Deus! Vejam isso.

Nos apressamos até onde ele estava parado no nicho, moldado como uma espécie de pequena janela de arqueiro. Contra a parede desse recesso estavam posicionados três baús de pedra, cada um com cerca de sessenta centímetros quadrados. Dois tinham tampas de pedra, e a tampa do terceiro jazia ao lado do baú, que estava aberto.

— Vede! — ela repetiu numa voz rouca, segurando a lamparina sobre o baú aberto. Olhamos, e por um instante não conseguimos ver nada, cegos por um brilho prateado. Quando nossos olhos se acostumaram, vimos que o baú estava cheio de diamantes brutos, a maioria deles de tamanho considerável. Curvando-me, peguei um. Sim, não havia dúvidas, ali estava sua inconfundível sensação ensaboada ao toque.

Quase engasguei quando o deixei cair.

— Nós somos os homens mais ricos do mundo inteiro — falei. — O conde de Monte Cristo não seria nada perto de nós.

— Vamos inundar o mercado com diamantes — falou Good.

— Temos que levá-los até lá antes — sugeriu Sir Henry.

Ficamos parados imóveis e pálidos encarando um ao outro, a lamparina no meio das gemas brilhantes abaixo, como se fôssemos conspiradores prestes a cometer um crime, ao invés de sermos, como pensamos, os homens mais afortunados sobre a terra.

— Hi! Hi! Hi! — gargalhou a velha Gagoula atrás de nós, esvoaçando feito uma morcega vampira. — Aí estão as pedras brilhantes que amais, branquelos, tantas quanto queirais. Levai-as, enchei as mãos com elas, *comei* todas elas! Hi! Hi! *Bebei* todas elas! Ha! Ha!

Naquele momento, a ideia de comer e beber diamantes se tornou tão ridícula na minha mente que comecei a rir escandalosamente, um exemplo seguido pelos demais, sem saberem por quê. Ali ficamos ganindo de tanto rir pelas gemas que eram nossas, que foram encontradas *para nós* milhares de anos atrás pelos pacientes exploradores no grande buraco além, e guardadas *para nós* pelo já há muito falecido capataz de Salomão, cujo nome, talvez, estivesse escrito nos caracteres estampados na cera desbotada que ainda se grudava às tampas dos baús. Salomão nunca os recebeu, nem Davi, ou Silvestra, nem mais ninguém. Nós os pegamos: ali diante de nós havia milhões de libras em diamantes, e milhares de libras em ouro e marfim apenas aguardando para serem levados embora.[2]

De repente, o surto passou, e paramos de rir.

— Abri os outros baús, branquelos — grunhiu Gagoula. — Com certeza deve haver mais ali. Aproveitai, senhores brancos. Ha! Ha! Aproveitai.

Assim incitados, nos pusemos ao trabalho de abrir o tampo de pedra dos outros dois, primeiro — e não sem a sensação de cometer um sacrilégio — quebrando o selo que os envolvia.

Viva! Estavam cheios também, cheios até as bordas. Ao menos o segundo estava, nenhum Silvestra ladrão e miserável esteve enchendo peles de cabra ali. Quanto ao terceiro baú, estava apenas um quarto cheio, mas as pedras eram todas selecionadas, nenhuma delas com menos de vinte quilates, e algumas tão grandes quanto ovos de pombos. Contudo, uma boa parte dessas maiores, pudemos ver segurando-as contra a luz, eram amareladas, "desbotadas" como chamam lá em Kimberley.

O que nós não vimos, porém, foi o olhar de terrível malevolência que a velha Gagoula nos lançou enquanto se esgueirava, feito uma cobra, para fora da câmara do tesouro e descendo pela passagem na direção da porta de rocha maciça.

* * *

Ouçam! Choro atrás de choro vêm ecoando pelo caminho abobadado. É a voz de Foulata!

— Ai, Bougwan! Acuda! Acuda! A pedra está descendo!

— Afaste-se, menina! Que...

— Acuda! Acuda! Ela me esfaqueou!

A essa altura nós já estamos correndo de volta pela passagem, e é isso o que a luz da lamparina nos mostra. A porta na rocha está baixando e fechando lentamente, não está a um metro do chão. Perto dela, Foulata e Gagoula lutam. O sangue rubro da primeira escorre por seus joelhos, mas mesmo assim a corajosa menina segura a bruxa velha, que luta feito um gato selvagem. Ah! Ela se liberta! Foulata tomba, e Gagoula se atira ela própria ao chão, se contorcendo feito uma cobra pelo vão da pedra descendo. Ela está embaixo e... ah! Deus! Tarde demais! Tarde demais! A pedra a pressiona, e ela grita em agonia. Vai descendo, descendo, com todas as suas trinta toneladas, lentamente pressionando seu velho corpo contra o chão de pedra. Um grito atrás do outro, tais como nunca se escutou, e então um longo e doentio *estouro*, e a porta é fechada bem quando, correndo pela passagem, nos atiramos contra ela.

Em quatro segundos, estava tudo terminado.

Então nos voltamos para Foulata. A pobre menina fora esfaqueada no corpo, e vi que ela não conseguiria viver muito mais.

— Ah! Bougwan, vou morrer! — engasgou-se a linda criatura. — Ela saiu sorrateira... Gagoula. Eu não a vi, estava desmaiada... e então a porta começou a descer. Então ela voltou, e estava olhando pelo caminho... eu vi quando ela passou pela porta que descia lentamente, e a agarrei e a segurei, ela me esfaqueou, e *vou morrer*, Bougwan!

— Pobre menina! Pobre menina! — Good começou a chorar de angústia, e como não podia fazer mais nada, começou a beijá-la.

— Bougwan — ela falou, após uma pausa. — Macumazahn está aqui? Está ficando tão escuro, não consigo ver.

— Estou aqui, Foulata.

— Macumazahn, seja minha língua por um momento, eu imploro, pois Bougwan não consegue me entender, e antes que eu vá para a escuridão quero lhe dizer uma palavra.

— Diga, Foulata, e eu traduzo para ele.

— Diga a meu sr. Bougwan que... eu o amo e que estou feliz que vou morrer, pois sei que ele não pode atrapalhar sua vida por alguém como eu, pois o sol não se casa com a escuridão, nem o branco com o preto. Diga-lhe que, desde que o vi, por vezes senti que havia um pássaro em meu ventre, que um dia voaria para cantar em algum lugar. Mesmo agora, ainda que eu não possa erguer minha mão, e meu cérebro vai esfriando, não sinto que meu coração esteja morrendo. Ele está tão cheio de amor que eu poderia viver dez mil anos e ainda ser jovem. Diga que se eu viver outra vez, talvez eu o veja nas Estrelas, e que... eu vou procurar em todas elas, ainda que lá eu deva continuar sendo negra e ele seria... ainda seria branco.

Diga... não, Macumazahn, não diga mais nada, diga que eu o amo... Ah, me abrace mais forte, Bougwan, não consigo sentir teus braços... ah! Ah!

— Ela está morta... ela está morta! — balbuciou Good, levantando-se com pesar, as lágrimas correndo por seu rosto sincero.

— Não deixe que isso o perturbe, meu velho — disse Sir Henry.

— Eh! — exclamou Good. — O que quer dizer?

— Quero dizer que logo você estará na posição de se juntar a ela. *Não está vendo que nós fomos enterrados vivos, homem?*

Até que Sir Henry pronunciasse essas palavras, acho que eu não havia pensado no completo horror do que havia acontecido conosco, preocupados que estávamos com a visão da morte da pobre Foulata. Mas agora compreendemos. O enorme bloco de pedra estava fechado, provavelmente para sempre, pois o único cérebro que conhecia seu segredo fora esmagado até virar pó debaixo de seu peso. Essa era uma porta que ninguém poderia ter esperança de forçar com nada além de dinamite em grande quantidade. E ainda estávamos do lado errado!

Por alguns minutos, ficamos horrorizados, ali com o cadáver de Foulata. Toda a virilidade parecia ter escapado de nós. O primeiro choque da noção do fim lento e miserável que nos aguardava foi avassalador. Agora víamos tudo. Gagoula, aquele demônio, havia planejado essa armadilha para nós desde o início.

Teria sido a piada com que sua mente má teria se regozijado, a ideia de que os três homens brancos que, por alguma razão própria dela, ela sempre odiara, iriam lentamente perecer de sede e fome na companhia do tesouro que tanto cobiçavam. Agora entendi o sentido daquela zombaria dela sobre comer e beber os diamantes. Provavelmente alguém tentara fazer o mesmo com o pobre velho português, quando ele abandonou o saco cheio de joias.

— Isso nunca vai dar certo — disse Sir Henry, rouco. — A lamparina logo vai apagar. Vamos ver se conseguimos encontrar a mola que faz a rocha funcionar.

Pulamos à frente com uma energia desesperada e, sobre uma geleia sangrenta, começamos a tatear para cima e para baixo e pelos lados da passagem. Mas não conseguimos descobrir nenhuma maçaneta ou mola.

— Podem acreditar — falei. — Não funciona pelo lado de dentro. Se funcionasse, Gagoula não teria se arriscado a engatinhar por baixo da pedra. Foi porque ela sabia disso que tentou escapar a todo custo, maldita seja.

— Em todo caso — disse Sir Henry, com uma risadinha cruel —, a retribuição foi rápida, e o fim dela foi quase tão horrível quanto o nosso provavelmente será. Não podemos fazer nada quanto à porta, vamos voltar à sala do tesouro.

Demos meia-volta e saímos e, ao passarmos, percebi ao lado da parede inacabada ao longo da passagem o cesto de comida que a pobre Foulata carregava. Peguei-o e o trouxe comigo até a amaldiçoada câmara do tesouro que seria nosso túmulo. Então voltamos e reverentemente carregamos o corpo de Foulata, depositando-o no chão ao lado das caixas com moedas.

A seguir nos sentamos, apoiando as costas contra os três baús de pedra que continham o inestimável tesouro.

— Vamos dividir a comida — disse Sir Henry. — Para fazer com que dure o máximo possível. — Assim o fizemos. Pelos nossos cálculos, daria para quatro minúsculas refeições para cada um de nós, o bastante, digamos, para manter a vida por uns dois dias. Além do *biltong*, ou carne-seca, havia duas cabaças de água, cada uma com não mais que um quartilho.

— Agora — disse Sir Henry, sombrio —, vamos comer e beber, pois amanhã morreremos.

Cada um de nós comeu uma pequena porção do *biltong* e bebeu um gole de água. Não é preciso dizer, tínhamos pouco apetite, ainda que estivéssemos necessitados de comida, e nos sentimos melhor após engoli-la. Então nos levantamos e fizemos um exame sistemático das paredes de nossa casa-prisão, na tênue esperança de encontrar algum meio de saída, sondando elas e o chão com cuidado.

Não havia nenhum. Era improvável que houvesse algum numa câmara do tesouro.

A lamparina começou a queimar mais fraca. A gordura estava quase exaurida.

— Quatermain — disse Sir Henry —, que horas são... seu relógio funciona?

Saquei-o e olhei. Eram seis da tarde, havíamos entrado na caverna às onze.

— Infadoos vai dar pela nossa falta — sugeri. — Se não retornarmos à noite, ele irá buscar por nós pela manhã, Curtis.

— Ele vai buscar em vão. Ele não sabe o segredo da porta, nem mesmo onde ela fica. Nenhuma pessoa viva o sabia ontem, exceto Gagoula. Agora ninguém mais sabe. Mesmo que encontrasse a porta, ele não teria como abrir. Todo o exército kukuana não conseguiria romper um metro e meio de rocha maciça. Meus amigos, não vejo nada que se possa fazer senão nos curvarmos à vontade do Todo-Poderoso. A busca por tesouros levou muitos a terminarem mal, nós iremos nos somar a eles.

A lamparina ficou ainda mais fraca.

De repente a luz flamejou e exibiu toda a cena num forte relevo, a grande quantidade de presas brancas, as caixas com o ouro, o corpo da pobre Foulata estirado diante deles, a bolsa de couro de cabra cheia de tesouros, o brilho fraco dos diamantes e os rostos pálidos e selvagens de três homens brancos sentados ali aguardando a morte pela fome.

E então a chama se apagou.

18.
Perdemos a esperança

Não consigo fazer uma descrição adequada dos horrores da noite que se seguiu. Felizmente, até certo ponto eles foram mitigados pelo sono, pois mesmo estando nessa posição, a natureza do nosso cansaço se impôs. Mas de qualquer forma, eu não conseguia dormir muito. Mesmo colocando de lado a terrível ideia de nossa desgraça iminente — pois até o homem mais corajoso da terra bem poderia se acovardar com o destino que nos aguardava, e nunca tive a pretensão de ser corajoso —, o próprio *silêncio* era grande demais para me permitir isso. Leitor, você pode já ter ficado acordado à noite e pensado que tal silêncio era opressor, mas digo-lhe com confiança que você não faz ideia do quão vívida e tangível é a quietude perfeita. Na superfície da terra sempre há algum som ou movimento, e mesmo que ele seja imperceptível, ainda assim amortece a lâmina afiada do silêncio absoluto. Mas ali não havia nenhum. Estávamos enterrados nas entranhas de um enorme pico coberto de neve. Milhares de metros acima de nós, o ar fresco corria sobre a neve branca, mas nenhum som chegava até nós. Éramos separados por um longo túnel e um metro e meio de rocha até mesmo da câmara da Morte, e os mortos não fazem barulho. Não sabíamos nós que jazíamos ao lado da pobre Foulata? O estrondo de toda a artilharia do céu e da terra não poderia ter chegado aos nossos ouvidos nessa nossa tumba viva. Fomos isolados de todos os ecos do mundo — éramos como homens já em suas covas.

Então a ironia da situação se impôs sobre mim. Ali ao nosso redor havia tesouros o bastante para pagar uma dívida externa moderada, ou construir uma frota de couraçados,[1] e mesmo assim teríamos negociado todos eles com prazer, em troca da menor chance de escaparmos. Logo mais, sem dúvida teríamos nos alegrado em trocá-los por um pouco de comida ou um copo d'água e, depois disso, até mesmo pelo privilégio de acelerar o fim de nossos sofrimentos. A verdade é que a riqueza, que os homens gastam suas vidas em acumular, é uma coisa sem valor no final das contas.

E assim a noite avançou.

— Good — a voz de Sir Henry falou afinal, e soando horrível naquele silêncio intenso —, quantos fósforos você tem na caixa?

— Oito, Curtis.

— Risque um para que eu veja a hora.

Ele fez isso, e em contraste com a densa escuridão, a chama quase nos cegou. Eram cinco horas pelo meu relógio. A linda aurora estava agora corando sobre as neves muito acima de nossa cabeça, e a brisa estaria soprando a bruma da noite por entre os vãos.

— É melhor comermos alguma coisa e mantermos nossa força — sugeri.

— Comer para quê? — respondeu Good. — Quanto antes morrermos, melhor.

— Enquanto houver vida, há esperança — disse Sir Henry.

Assim comemos e bebemos um pouco de água, e outro período de tempo se passou. Então Sir Henry sugeriu que seria melhor ficarmos o mais perto da porta possível e gritar, pela tênue possibilidade de alguém escutar algo lá fora. Com isso Good, que de sua longa prática no mar conseguia atingir uma boa nota penetrante, tateou seu caminho pela passagem e se pôs ao trabalho. Devo dizer que ele fazia um barulho dos diabos. Nunca havia escutado gritos assim, mas bem poderia ser um mosquito zumbindo, pelo efeito que produziam.

Depois de algum tempo ele desistiu, voltou com muita sede e precisou beber. Então paramos de gritar, já que isso interferia no nosso suprimento de água.

Assim, nos sentamos outra vez contra aqueles baús de diamantes inúteis naquela inação horrível que era uma das circunstâncias mais difíceis de nosso destino, e devo dizer que, da minha parte, me entreguei ao desespero. Apoiando minha cabeça contra o ombro largo de Sir Henry, caí em prantos, e acho que ouvi Good soluçando do outro lado e praguejando consigo próprio por fazê-lo.

Ah, como era bom e corajoso aquele grande homem! Fôssemos nós duas crianças assustadas, e ele nossa babá, não teria nos tratado com mais ternura. Esquecendo-se de sua própria cota de misérias, ele fez tudo o que podia para acalmar nossos nervos alquebrados, contando histórias de homens que estiveram em circunstâncias um pouco similares e escaparam miraculosamente. E quando isso falhou em nos animar, apontando como, afinal, estava-se apenas antecipando um fim que deveria recair sobre todos nós, que logo tudo estaria terminado, e que a morte por exaustão era das mais misericordiosas (o que não é verdade). Então, de um modo meio tímido, como já o havia visto fazer antes, ele sugeriu que devíamos nos entregar à misericórdia de um poder superior, algo que da minha parte fiz com grande vigor.

Ele tem uma personalidade bonita, muito quieta, mas muito forte.

E assim de algum modo o dia passou, como a noite já havia passado, se é que se pode usar estes termos onde tudo é a noite mais densa, e quando acendi um fósforo para verificar meu relógio, eram já sete horas.

Mais uma vez comemos e bebemos, e enquanto fazíamos isso, me veio uma ideia.

— Como é que o ar neste lugar se mantém fresco? — falei. — É denso e pesado, mas perfeitamente fresco.

— Céus! — disse Good, dando um salto. — Nunca pensei nisso. Não pode estar vindo da porta de pedra, pois está mais selada que qualquer porta já esteve. Deve vir de algum lugar. Se não houvesse uma corrente de ar aqui, já teríamos caído duros ou envenenados logo que entramos. Vamos dar uma olhada.

Foi maravilhosa a mudança que essa mera faísca de esperança nos trouxe. No mesmo instante, nós três estávamos tateando ao redor com nossas mãos e joelhos, buscando pelo menor sinal de uma corrente. Logo meu ardor sofreu um baque. Coloquei minha mão sobre algo frio. Era o rosto morto de Foulata.

Seguimos tateando por uma hora ou mais, até que por fim Sir Henry e eu desistimos em desespero, ficando consideravelmente machucados de tanto bater nossa cabeça contra presas, baús ou as paredes da câmara. Mas Good perseverou, dizendo, com algo próximo de uma alegria, que era melhor do que não fazer nada.

— Ora, ora, meus caros — ele falou enfim, com a voz contida. — Venham aqui.

Desnecessário dizer que corremos rapidamente na direção dele.

— Quatermain, coloque sua mão aqui onde está a minha. Agora, sente algo?

— Eu *acho* que estou sentindo ar entrando.

— Agora, escute. — Ele se ergueu e deu umas batidas naquele ponto, e uma chama de esperança se acendeu em nosso coração. — *Parece ser oco.*

Com as mãos trêmulas, acendi um fósforo. Restavam-me apenas mais três, e vimos que estávamos num ângulo mais afastado da câmara, fato que explicou não termos percebido o som oco do lugar durante nossa exaustiva busca anterior.

Examinamos o local enquanto o fósforo queimava. Havia uma junção no piso de rocha maciça, e, céus! Ali, nivelado com a rocha, havia um anel de pedra. Não dissemos uma palavra, estávamos muito entusiasmados, e nosso coração batia forte demais de esperança para que pudéssemos falar. Good tinha uma faca, em cujo cabo havia um daqueles ganchos feitos para arrancar pedras dos cascos de cavalo. Ele abriu o gancho e raspou ao redor do anel com ele. Por fim, o fez entrar por baixo do anel e o ergueu de leve, por medo de quebrar o gancho. O anel começou a se mover. Sendo feito de pedra, não havia enferrujado durante todos aqueles séculos em que ficou ali, como teria sido o caso se fosse de ferro. Enfim ficou de pé. Então Good meteu as mãos nele e o puxou com toda a força, mas nada se moveu.

— Deixe-me tentar — falei impaciente, pois a posição da pedra, bem no ângulo do canto, era tal que tornava impossível duas pessoas puxá-la ao mesmo tempo. Eu segurei e tentei puxar, mas sem resultados.

Então Sir Henry tentou e falhou.

Pegando o gancho outra vez, Good raspou ao redor da fenda onde sentíamos que o ar estava entrando.

— Agora, Curtis — falou —, segure isso e coloque força nos ombros, você é tão forte quanto dois. Pare. — E puxou um robusto lenço de seda preta, o qual, fiel a seus hábitos de higiene, ele ainda usava, e o passou ao redor do anel. — Quatermain, segure Curtis pela cintura e puxe como se sua vida dependesse disso, assim que eu disser. *Agora.*

Sir Henry puxou com toda sua força enorme, e Good e eu fizemos o mesmo, com a capacidade que a natureza nos deu.

— Puxe! Puxe! Está cedendo — ofegou Sir Henry, e escutei os músculos de suas costas largas estalarem. Súbito, veio um som áspero, e então um sopro de ar, e estávamos todos de costas no chão com uma pesada laje em cima de nós. A força de Sir Henry havia feito o serviço, e nunca antes a força muscular serviu tão bem a um homem.

— Acenda um fósforo, Quatermain — ele falou, assim que nos levantamos e recuperamos o fôlego. — Com cuidado, agora.

Fiz isso, e ali diante de nós, louvado seja Deus!, havia *o primeiro degrau de uma escada de pedra.*

— Agora, o que se faz? — perguntou Good.

— Segue-se a escada, é claro, e confia-se na Providência.

— Pare! — disse Sir Henry. — Quatermain, pegue um pouco do *biltong* e da água que sobrou, podemos precisar deles.

Fui, rastejando de volta até nosso lugar perto dos baús com esse propósito, e no caminho tive uma ideia. Não havíamos pensado muito nos diamantes pelas últimas vinte e quatro horas, é verdade, a própria ideia dos diamantes era nauseante, por tudo a que nos condenara. Mas, refleti, bem posso meter alguns nos bolsos no caso de conseguirmos sair deste maldito buraco. Então enfiei a mão no primeiro baú e enchi todos os bolsos disponíveis da minha velha casaca e calções de caçador, completando — essa foi uma ideia feliz — com alguns dos grandões do terceiro baú. Além disso, pensando melhor, enchi também o cesto de Foulata, que estava vazio agora, exceto pela cabaça de água e um pequeno *biltong*, com grandes quantidades das pedras.

— Olhem só, vocês aqui — falei —, não querem levar alguns diamantes com vocês? Eu enchi meus bolsos e o cesto.

— Ah, convenhamos, Quatermain! Danem-se os diamantes! — disse Sir Henry. — Espero nunca mais ver outro.

Quanto a Good, não respondeu nada. Estava, acho eu, dando seu último adeus a tudo o que sobrara da pobre menina que tanto o amara. E por mais curioso que pareça a você, meu leitor, sentado em casa relaxado e refletindo sobre a vasta, aliás imensurável, riqueza que estávamos abandonando, posso lhe assegurar que se você tivesse passado umas vinte e quatro horas com quase nada para comer e beber naquele lugar, não teria se preocupado em encher-se de diamantes enquanto mergulhava nas entranhas da terra, com uma esperança selvagem de escapar de uma morte agonizante. Se, pelos hábitos de uma vida inteira, não tivesse se tornado em mim uma espécie de segunda natureza nunca deixar para trás nada de valor quando houvesse a chance de poder levar algo comigo, tenho certeza de que não teria me incomodado em encher meus bolsos e aquele cesto.

— Vamos, Quatermain — repetiu Sir Henry, que já estava de pé no primeiro degrau da escada de pedra. — Calma, eu irei primeiro.

— Cuidado com onde coloca seu pé, pode ter algum buraco terrível embaixo — respondi.

— Mais provável que seja outra sala — disse Sir Henry, enquanto ele descia lentamente, contando os degraus no caminho. Quando chegou em "quinze", ele parou. — Aqui é o último degrau — falou. — Graças a Deus! Acho que é uma passagem. Sigam-me.

Good foi em seguida, e eu por último, carregando o cesto, e ao atingir o último degrau acendi um dos dois últimos fósforos. Com sua luz pudemos ver apenas que estávamos num túnel estreito, que corria à esquerda e à direita em ângulos retos em relação à escadaria que havíamos descido. Antes que pudéssemos ver mais, o fósforo queimou meus dedos e se apagou. Então surgiu a questão delicada de qual lado seguir. Claro, era impossível saber o que era o túnel, ou para onde levava, contudo, ir para um lado poderia nos conduzir para a segurança, e o outro para a destruição. Estávamos totalmente perplexos, até que de súbito Good se deu conta de que quando acendi o fósforo, a corrente de ar na passagem inclinara a chama para a esquerda.

— Vamos contra a corrente — falou. — O ar sopra para dentro, não para fora.

Aceitamos essa sugestão, e tateando pela parede com as mãos, enquanto experimentávamos o chão diante de nós a cada passo, partimos daquela câmara de tesouros amaldiçoada, em nossa terrível busca pela vida. Se algum dia for outra vez visitada por um vivente, o que não creio ser possível, ele encontrará lembranças de nossa visita nos baús de joias abertos, a lamparina vazia, e os ossos brancos da pobre Foulata.

Quando já tateávamos nosso caminho por cerca de vinte minutos ao longo da passagem, o túnel deu uma guinada súbita, ou então era cortado por outro, que nós seguimos, apenas para, pouco depois, sermos levados a um terceiro. E assim seguimos por algumas horas. Parecíamos estar num labirinto de pedra que não levava a lugar nenhum. O que eram todas aquelas passagens, é claro que não saberia dizer, mas nos ocorreu que poderiam ter pertencido a uma antiga mina, da qual vários poços e galerias cruzavam de um lado ao outro conforme as jazidas os conduziam. Essa era a única razão que podíamos encontrar para a existência de tantas galerias.

Por fim paramos, completamente exaustos de cansaço e por aquela esperança postergada que faz o coração adoecer, e comemos aquele pobre pedaço que restava de *biltong* e bebemos o último gole d'água, pois nossa garganta estava como forno de cal. A nós parecia que tínhamos escapado da morte na escuridão da câmara do tesouro apenas para encontrar a morte na escuridão dos túneis.

E ali parados, outra vez desanimados, pensei ter escutado um som, ao qual chamei a atenção dos outros. Era muito fraco e muito distante, mas *era* um som, fraco e murmurante, pois os outros também escutaram, e palavra alguma pode descrever a bênção daquilo após horas do mais terrível e absoluto silêncio.

— Céus! É água corrente — disse Good. — Vamos.

Partimos de novo na direção de onde o leve murmúrio parecia vir, tateando nosso caminho como antes, ao longo das paredes rochosas. Lembro de que larguei o cesto de diamantes, desejando me livrar de seu peso, mas pensando melhor, o peguei de volta. Pode-se morrer rico ou pobre, refleti. À medida que avançávamos, o som tornava-se cada vez mais audível, até que finalmente parecia muito alto no silêncio. Adiante e mais adiante. Agora podíamos distinguir claramente o inconfundível torvelinho de água corrente. E no entanto, como poderia haver água corrente nas entranhas da terra? Agora estávamos bem perto dela, e Good, que estava na dianteira, jurou que podia sentir seu cheiro.

— Vai com calma, Good — disse Sir Henry —, devemos estar perto.

Splash! E um grito de Good.

Ele havia caído.

— Good! Good! Onde está você? — gritamos, aterrorizados. Para nosso grande alívio, uma resposta veio numa voz embargada.

— Está tudo bem, me segurei em uma pedra. Acenda a luz para me mostrar onde vocês estão.

Rapidamente, acendi o último fósforo restante. Seu brilho fraco nos revelou um volume escuro de água correndo a nossos pés. O quão largo era, não conseguíamos ver, mas ali, de algum modo, estava a silhueta escura de nosso companheiro pendurado em uma rocha saliente.

— Fique pronto para me pegar — gritou Good. — Vou ter que nadar com tudo.

Então escutamos um salpicar e um grande esforço. Mais um minuto e ele agarrou a mão estendida de Sir Henry, e o puxamos para cima e para o seco no túnel.

— Te juro! — falou, arfando. — Essa foi por pouco. Se não tivesse conseguido me agarrar naquela pedra e não soubesse nadar, eu estaria perdido. A correnteza é forte, e não consegui sentir o fundo.

Não ousamos seguir as margens do rio subterrâneo, por medo de cairmos nele outra vez na escuridão. Então, depois de Good ter descansado um pouco e de termos matado nossa sede com aquela água doce e fresca, e lavado nossos rostos tão bem quanto possível, algo de que estávamos precisando, seguimos pelas margens daquele Estige africano e começamos a retraçar nossos passos ao longo do túnel, Good pingando desagradavelmente à nossa frente. Por fim chegamos a outra galeria, conduzindo à nossa direita.

— Bem, podemos segui-lo — disse Sir Henry, cansado. — Todos os caminhos são iguais aqui, só podemos seguir adiante até cairmos.

Devagar, por um longo, longo tempo, avançamos aos tropeços, totalmente exaustos, ao longo desse novo túnel, agora com Sir Henry abrindo caminho. Mais uma vez pensei em abandonar aquele cesto, mas não o fiz.

De repente, ele parou e nos chocamos contra ele.

— Vejam! — ele sussurrou. — Estou ficando louco, ou isso é luz?

Olhamos de olhos bem abertos, e sim, havia lá, muito distante de nós, um tênue e oscilante ponto de luz, não maior que a janela de uma cabana. Era tão tênue que duvido que qualquer olho que não estivesse, como os nossos, por dias sem ver nada além de escuridão, pudesse tê-lo percebido de todo.

Com um suspiro de esperança, avançamos. Em cinco minutos, não havia nenhuma dúvida: era *mesmo* uma faixa de luz fraca. Mais um minuto e uma lufada de ar fresco de verdade soprava em nós. Seguimos adiante. De repente, o túnel se estreitou. Sir Henry avançou de joelhos. O túnel foi ficando menor ainda, até que tivesse o tamanho de uma grande toca de raposa — e agora era terra mesmo, veja bem. As rochas haviam acabado.

Uma espremida, um repuxão, e Sir Henry passou, assim como Good, e eu também, arrastando o cesto de Foulata comigo. E lá acima de nós estavam as abençoadas estrelas, e em nossas narinas o doce ar. Então de súbito algo cedeu, e estávamos todos rolando e rolando sem parar por sobre grama e arbustos e chão macio e úmido.

O cesto se prendeu em algo e eu parei. Sentando-me, chamei vigorosamente. Um grito de resposta veio de baixo, onde a descida selvagem de Sir Henry foi interrompida por um terreno plano. Corri até ele e o encontrei ileso, ainda que sem fôlego. Em seguida, procuramos por Good. Um pouco mais adiante, ali estava ele também, metido numa raiz bifurcada. Ele levou umas boas pauladas pelo caminho, mas logo se recuperou.

Nos sentamos juntos, ali na grama, e a profusão de sentimentos foi tão grande que realmente acho que choramos de alegria. Havíamos escapado daquela masmorra horrível, que por pouco não se tornou nosso túmulo. Certamente algum poder piedoso guiou nossos passos até aquele buraco de chacal no fim do túnel, pois é isso que deve ter sido. E vejam, lá nas montanhas, o amanhecer que pensamos que não veríamos nunca mais estava outra vez corando em vermelho-rosado.

Logo a luz cinzenta desceu furtiva pela encosta, e vimos que estávamos no fundo, ou melhor, quase no fundo, do vasto poço em frente à entrada da caverna. Agora podíamos distinguir as formas difusas dos três colossos posicionados na sua beirada. Sem dúvida aqueles túneis horríveis, ao longo dos quais vagamos a noite toda, haviam sido originalmente conectados de algum modo com a grande mina de diamantes. Quanto ao rio subterrâneo nas entranhas da montanha, só Deus sabe o que é, de onde flui, ou para onde vai. Da minha parte, não estou ansioso para traçar seu curso.

Foi ficando mais e mais claro. Agora já podíamos ver uns aos outros, e nunca pus os olhos, antes ou depois, num espetáculo tal como o que apresentamos. Uns miseráveis de olhos fundos, faces encovadas, sujos da cabeça aos pés de pó e lama, machucados, sangrando, o medo prolongado da morte iminente ainda escrito em nossos semblantes; éramos, de fato, um espetáculo de espantar a luz do dia. E no entanto, é fato solene que o monóculo ainda estava fixo no olho de Good. Duvido que ele alguma vez o tenha tirado. Nem a escuridão, nem a queda no rio subterrâneo, nem o rolar ladeira abaixo foram capazes de separar Good de seu monóculo.

Logo nos levantamos, temendo que nossos membros enrijecessem se parássemos por mais tempo, e começamos a subir as encostas do grande fosso em passos lentos e dolorosos. Por uma hora ou mais, labutamos firmes contra a argila azul, escalando com a ajuda das raízes e da grama com que era coberta. Mas agora eu não pensava mais em largar o cesto. Na verdade, só a morte teria nos separado.

Enfim, estava feito, e paramos à beira da grande estrada, naquele lado do poço oposto ao dos colossos.

Ao lado da estrada, a cem metros de distância, uma fogueira queimava em frente a algumas cabanas, e ao redor da fogueira havia figuras. Cambaleamos em direção a elas, nos apoiando um no outro e parando um pouco após alguns passos. Por fim uma das figuras se ergueu, nos viu e se prostrou no chão, chorando de medo.

— Infadoos, Infadoos! Somos nós, teus amigos.

Ele se ergueu. Correu até nós, encarando espantado e ainda tremendo de medo.

— Ah, meus senhores, meus senhores, são mesmo vocês que voltaram dos mortos... voltaram dos mortos!

E o velho guerreiro se jogou diante de nós e, agarrando-se aos joelhos de Sir Henry, chorou alto de alegria.

19.
O adeus de Ignosi

Dez dias depois daquela manhã agitada, estávamos outra vez em nossos antigos aposentos em Loo. E, é estranho dizer, não muito piores após nossa terrível experiência, exceto que meu cabelo despenteado saiu da caverna dos tesouros uns três tons mais grisalho do que entrou, e Good nunca mais foi o mesmo após a morte de Foulata, que pareceu tocá-lo profundamente. Devo dizer, olhando a coisa do ponto de vista de um velho homem do mundo, que considero sua remoção uma ocorrência afortunada, uma vez que, de outro modo, teriam certamente ocorrido complicações. A pobre criatura não era nenhuma menina nativa comum, mas uma pessoa de grande beleza, eu diria quase majestática, e de considerável refinamento mental. Mas quantidade alguma de beleza ou refinamento poderia ter tornado um enlace entre Good e ela uma ocorrência desejável, pois, como ela mesma havia dito: "Pode o sol casar com a escuridão, ou o branco com o preto?".[1]

Nem preciso dizer que nunca mais penetramos na câmara do tesouro de Salomão. Depois de nos recuperarmos de nossa fadiga, processo que nos tomou quarenta e oito horas, descemos ao grande poço na esperança de encontrar o buraco pelo qual havíamos saído da montanha, mas sem sucesso. Para começar, havia chovido, obliterando assim nosso rastro. E o que é pior, as laterais do vasto poço eram cheias de formigueiros e outros buracos. Era impossível dizer a qual deles devíamos nossa salvação.

Além disso, no dia antes de voltarmos para Loo, fizemos um exame mais aprofundado das maravilhas da caverna de estalactite e, atraídos por uma espécie de inquietude, até mesmo penetramos outra vez na Câmara dos Mortos. Passando por baixo da lança da Morte Branca contemplamos, com sensações que seria totalmente impossível para mim descrever, a imensa rocha que nos impediu de escapar, pensando um pouco nos tesouros inestimáveis do outro lado, na misteriosa velha bruxa cujos restos achatados jaziam esmagados abaixo dela e na bela garota de cujo túmulo era o portal. Eu digo que olhei para a "rocha", pois, examinando como podíamos, não encontramos vestígios da junção da porta corrediça. Nem mesmo conseguimos descobrir o segredo, agora totalmente perdido, que antes funcionara, embora tenhamos tentado por uma hora ou mais. É certamente um mecanismo maravilhoso e típico, em sua maciça porém inescrutável simplicidade, da época que o produziu. E duvido que o mundo tenha outro para mostrar.

Por fim, desistimos com repulsa. Entretanto, se a rocha tivesse subitamente se erguido diante de nossos olhos, duvido que reuniríamos coragem de passar por cima dos restos esmagados de Gagoula e entrar outra vez na câmara do tesouro, mesmo com a certeza de ter diamantes ilimitados. E ainda assim, eu poderia ter chorado com a ideia de abandonar todo aquele tesouro, provavelmente o maior já acumulado em um único lugar na história do mundo. Mas não havia como evitar. Só dinamite abriria caminho por um metro e meio de rocha sólida.

Então fomos embora. Talvez, em algum século distante ainda por nascer, um explorador mais afortunado consiga acertar o "abre-te Sésamo" e inundar o mundo com gemas. Mas, da minha parte, eu duvido. De algum modo, estou propenso a sentir que as dezenas de milhões de libras em joias que jazem nos três cofres de pedra nunca brilharão em volta do pescoço das belas terrenas. As joias e os ossos de Foulata farão mútua companhia até o fim de todas as coisas.

Com um suspiro de desapontamento, fizemos nosso caminho de volta, e no dia seguinte partimos para Loo. E ainda assim era realmente muito ingrato da nossa parte estarmos desapontados. Pois, como o leitor irá lembrar, por uma ideia feliz, tomei a precaução de encher os largos bolsos de meu velho casaco e calções de caça com gemas antes de deixarmos nossa prisão, e também o cesto de Foulata, que levava duas vezes mais, ainda que a cabaça com água tenha ocupado algum espaço. Uma boa porção deles caiu enquanto rolávamos pelas encostas do poço, incluindo vários dos grandes, que eu havia colocado por cima nos bolsos da minha casaca. Mas, comparativamente falando, uma quantidade enorme ainda ficou, incluindo noventa e três pedras grandes pesando cerca de duzentos e setenta quilates. Meu velho casaco de caça e o cesto ainda continham tesouros suficientes para fazer de todos nós senão milionários, como se diz na América, ao menos homens excessivamente ricos, e ainda assim manter joias o bastante para fazer os três melhores conjuntos de gemas da Europa. Então, não havíamos nos saído assim tão mal.

Ao chegarmos em Loo, fomos recebidos com muita cordialidade por Ignosi, o qual encontramos bem e ativamente empenhado em consolidar seu poder, reorganizando os regimentos que mais sofreram no grande combate com Twala.

Ele escutou nossa história maravilhosa com intenso interesse, mas quando lhe contamos do fim terrível da velha Gagoula, ele ficou pensativo.

— Aproxima-te — ele chamou um Induna, ou conselheiro, muito idoso, que estava sentado com outros num círculo ao redor do rei, mas fora de alcance. O ancião levantou-se, aproximou-se, saudou e se sentou. — Estás envelhecido — disse Ignosi.

— Sim, meu senhor rei! O pai de teu pai e eu nascemos no mesmo dia.

— Dize-me, em tua vasta vida, conheceste Gagoula, a caçadora de bruxas?

— Sim, meu senhor rei!

— Como ela era então... jovem, como tu?

— Não tanto, meu senhor rei! Ela era muito como é agora, e como ela era nos dias de meu avô antes de mim. Velha e seca, muito feia e cheia de maldade.

— Não é mais, ela está morta.

— Ora, ó rei! Então uma antiga maldição foi tirada da terra.

— Vá!

— *Koom!* Irei, ó Filhote Preto, que arrancou a garganta do cão velho. *Koom!*

— Vede, meus irmãos — disse Ignosi. — Essa era uma mulher estranha, e me alegro que esteja morta. Ela os teria deixado para morrer naquele lugar sombrio, e talvez depois ela encontrasse um modo de me matar, como ela encontrou um modo de matar meu pai e em seu lugar colocar Twala, que o negro coração dela amava. Agora, segui com a história, certamente nunca houve outra igual!

Após eu narrar toda a história de nossa fuga, já que havíamos combinado entre nós que seria eu a fazer isso, aproveitei a oportunidade para levantar a questão de nossa partida de Kukuanalândia com Ignosi.

— E agora, Ignosi — falei —, chegou a hora de te dizermos adeus e partirmos para ver nossa própria terra outra vez. Vê, Ignosi, vieste conosco como serviçal e agora te deixamos como um poderoso rei. Se tens gratidão por nós, lembra-te de fazer como havias prometido: reinar com justiça, respeitar a lei e não matar ninguém sem motivo. Assim irás prosperar. Amanhã, ao nascer do dia, Ignosi, nos darás uma escolta que nos guiará através das montanhas. Será assim, ó rei?

Ignosi cobriu o rosto com as mãos por um tempo, antes de responder.

— Meu coração está dolorido — ele disse enfim. — Vossas palavras dividiram meu coração em dois. Que fiz eu a vós, Incubu, Macumazahn e Bougwan, para que me deixeis desolado? Vós que ficastes ao meu lado em rebelião e em batalha, ireis me deixar em dias de paz e vitória? Que quereis vós... esposas? Escolhei dentre as donzelas! Um lugar para viver? Vede, a terra é vossa até onde podeis ver. As casas de homens brancos? Ensinareis meu povo a construí-las. Gado para carne e leite? Cada homem casado vos trará um boi ou vaca. Animais selvagens para caçar? Não caminha o elefante por minhas florestas, e o hipopótamo dorme entre os juncos? Quereis fazer guerra? Meus Impis aguardam vossas ordens. Se houver algo mais que possa dar, vos darei.

— Não, Ignosi, não queremos nenhuma dessas coisas — respondi. — Nós buscamos nosso próprio lugar.

— Agora percebo — disse Ignosi, amargo, e com olhos brilhantes — que amais as pedras brilhantes mais do que a mim, vosso amigo. Possuís as pedras, agora podeis ir para Natal e atravessar as negras águas móveis e vendê-las, e sereis ricos, como é o desejo do coração do homem branco ser. Malditas sejam por vossa causa as pedras brancas e maldito seja aquele que as buscar. A morte recairá sobre aquele que pôr os pés no Lugar da Morte para encontrá-las. Tenho dito. Brancos, podeis partir.

— Ignosi — falei, pousando minha mão no seu braço —, dize-nos, quando vagavas por Zululândia, e entre gente branca de Natal, teu coração não se voltava para a terra de que tua mãe te falava, teu lugar nativo, onde viste a luz e brincavas quando eras pequeno, a terra que era teu lugar?

— Foi isso mesmo, Macumazahn.

— Do mesmo modo, Ignosi, nosso coração se volta para nossa terra e para nosso próprio lugar.

Então veio o silêncio. Quando Ignosi o quebrou, foi com uma voz diferente.

— Percebo que agora, como sempre, tuas palavras são sábias e cheias de razão, Macumazahn. Aquele que voa pelo ar não ama correr pelo chão. O homem branco não ama viver no nível dos negros ou morar entre seus *kraals*. Bem, deveis partir e deixar meu coração dolorido, porque estareis mortos para mim, uma vez que para onde ireis nenhuma notícia poderá vir a mim. Mas escutai e deixai que vossos irmãos escutem minha palavra. Nenhum outro homem branco deve cruzar as montanhas, mesmo que algum homem viva para chegar tão longe. Não receberei nenhum mercador com suas armas e gim. Meu povo irá lutar com lanças e beber água, como seus antepassados antes deles. Não receberei nenhum missionário para incutir o medo da morte no coração dos homens, para incitá-los contra o rei e a lei, ou abrir caminho para os brancos que vêm em sua esteira. Se algum homem branco chegar aos meus portões, eu o mandarei embora. Se uma centena vier, eu os empurrarei de volta. Se vier um exército, contra eles farei guerra com todas as minhas forças, e eles não irão prevalecer contra mim. Ninguém jamais deverá buscar pelas pedras brilhantes. Não, nem um exército, pois se eles vierem, mandarei um regimento e encherei o poço e quebrarei as colunas brancas das cavernas e os sufocarei com rochas, para que ninguém chegue sequer àquela porta de que falais e cujo modo de abertura se perdeu. Mas para vós três, Incubu, Macumazahn e Bougwan, o caminho estará sempre aberto. Pois eis que sois mais caros a mim do que tudo o que respira. E agora parti. Infadoos, meu tio e meu Induna, deverá levá-los pela mão e guiá-los com um regimento. Existe, como bem aprendi, um outro caminho pelas montanhas que ele deverá mostrar-vos. Adeus, meus irmãos, bravos homens brancos. Não nos vejamos mais, pois não tenho coração para suportar. Contemplai! Farei um decreto, e será publicado de montanha a montanha. Vossos nomes, Incubu, Macumazahn e Bougwan, deverão ser *hlonipa* assim como os nomes de reis mortos, e aquele que pronunciá-los morrerá.* Assim vossa memória será preservada na terra para sempre. Ide agora, pois meus olhos choram feito os de uma mulher. Por vezes, quando olhardes para trás pelo caminho da vida, ou quando fordes velhos e juntos vos agachardes frente ao fogo, pois o sol para vós já não terá mais calor, pensareis em como ficamos ombro a ombro, naquela grande batalha que tuas sábias palavras planejaram, Macumazahn. De como estavas na ponta do chifre que atacou o flanco de Twala, Bougwan. De como permaneceste no círculo dos Grisalhos, Incubu, e homens caíam diante de teu machado feito milho diante da foice. Sim, e de como quebraste aquela força de touro selvagem de Twala, e jogaste seu orgulho no chão. Adeus para sempre, Incubu, Macumazahn e Bougwan, meus senhores e meus amigos.

Ignosi se ergueu e olhou seriamente para nós por alguns segundos. Então ele jogou a ponta de seu *karross* sobre a cabeça, para cobrir seu rosto de nós.

Partimos em silêncio.

Deixamos Loo ao amanhecer do dia seguinte, escoltados por nosso velho amigo Infadoos, que estava de coração partido com nossa ida, e pelo regimento dos Búfalos. Era cedo ainda, e toda a rua principal da cidade estava apinhada de gente em multidões, que nos deram a saudação real conforme passávamos à frente do regimento, enquanto as mulheres nos

---

* Essa forma extraordinária e negativa de demonstrar intenso respeito não é de modo algum desconhecida entre os povos africanos, e o resultado é que se, como de costume, o nome em questão possui um significado, o sentido deve ser expresso por uma gíria ou outra palavra. Deste modo, a memória é preservada por gerações, ou até que a nova palavra acabe por suplantar a antiga. [A. Q.]

abençoavam por termos livrado a terra de Twala, lançando flores diante de nós enquanto partíamos. Foi mesmo muito comovente, e não o tipo de coisa que se está acostumado a ver dos nativos.

Contudo, ocorreu um incidente ridículo, mas que achei bastante positivo, pois nos deu algo com o qual rir.

Pouco antes de alcançarmos os limites da cidade, uma bela jovem, com alguns adoráveis lírios em mãos, correu para entregá-los a Good — por algum motivo, todos eles pareciam gostar de Good. Creio que seu monóculo e a costeleta solitária davam-lhe certo valor peculiar — e então ela disse que queria pedir um obséquio.

— Pois diga — ele respondeu.

— Que meu senhor mostre à sua serva suas lindas pernas brancas, que sua serva possa vê-las e lembrar delas por todos os seus dias e falar delas para seus filhos. Esta sua serva viajou quatro dias para vê-las, pois a fama delas se espalhou pela terra.

— O diabo que farei isso! — disse Good, agitado.

— Vamos, vamos, meu caro — disse Sir Henry —, você não pode recusar o pedido de uma dama.

— Recuso-me — retrucou Good, obstinado. — Isso é totalmente indecente.

Contudo, no final ele consentiu em baixar seus calções até os joelhos, entre suspiros de admiração extasiada de todas as mulheres presentes, especialmente da jovem satisfeita, e assim ele precisou caminhar até estarmos longe da cidade.

Receio que as pernas de Good nunca serão tão admiradas outra vez. De seus dentes que desapareciam ou mesmo de seu "olho transparente", os kukuanas já estavam mais ou menos cansados, mas de suas pernas jamais.

Enquanto viajávamos, Infadoos nos contou que havia outra passagem pelas montanhas ao norte daquela seguida pela Grande Estrada de Salomão, ou no caso, que havia um lugar onde era possível descer a parede do penhasco que separa Kukuanalândia do deserto, e é quebrado pelas imensas curvas dos Seios de Sabá. Parece também que, havia mais de dois anos, um grupo de caçadores kukuanas tinha descido esse caminho para o deserto em busca de avestruzes, cujas plumas são muito apreciadas entre eles para adereços de guerra, e que no decorrer de sua caçada eles foram levados para longe das montanhas e foram muito perturbados pela sede. Vendo árvores no horizonte, contudo, eles caminharam na direção delas, e descobriram um grande e fértil oásis com alguns quilômetros de extensão, e abundantemente banhado. Foi por meio desse oásis que Infadoos sugeriu nosso retorno, e a ideia nos pareceu boa, pois assim escaparíamos da rigorosa travessia da montanha. Também alguns dos caçadores estavam presentes para nos guiar até o oásis, a partir do qual, segundo eles, podiam perceber outros pontos férteis ao longe no deserto.*

Viajando com facilidade, na noite do quarto dia de jornada nos vimos outra vez na crista da montanha que separava Kukuanalândia do deserto, cujos lençóis arenosos ondulavam a nossos pés, a cerca de quarenta metros ao norte dos Seios de Sabá.

Ao amanhecer do dia seguinte, fomos levados à beira de um abismo muito íngreme, por cujo precipício deveríamos descer, e alcançar a planície seiscentos metros abaixo de nós.

---

* Não raro nos púnhamos a cogitar como teria sido possível à mãe de Ignosi, levando uma criança consigo, sobreviver aos perigos de sua jornada através das montanhas e do deserto, perigos que a nós se mostraram quase fatais. Tenho pensado, e deixo ao leitor decidir o quanto isso vale, que ela deve ter tomado esse segundo caminho, e vagado pelo deserto como Agar. Se ela assim o fez, então não resta mais nada inexplicável na história, uma vez que, como o próprio Ignosi contou, ela bem pode ter sido encontrada por algum caçador de avestruzes antes que ela ou a criança ficassem exaustas, e por ele ter sido conduzida ao oásis, e dali em estágios para a terra fértil, e assim em passos lentos ao sul, para Zululândia. [A. Q.]

Aqui nos despedimos de Infadoos, aquele velho e forte guerreiro e um verdadeiro amigo, que nos desejou solenemente tudo de bom e quase chorou de tristeza.

— Nunca, meus senhores — disse ele —, meus velhos olhos verão gente como vocês outra vez. Ah! O modo como Incubu derrubava os homens em batalha! Ah! A visão daquele golpe com que ele cortou a cabeça de meu irmão Twala! Foi lindo… lindo! Eu talvez nunca tenha a esperança de ver isso novamente, exceto talvez em sonhos felizes.

Sentimos muito por termos que nos separar dele. E de fato, Good ficou tão comovido que lhe deu como souvenir — o que você acha? — um *monóculo*. Depois descobrimos que era um reserva. Infadoos ficou encantado, prevendo que a posse de tal artigo aumentaria enormemente seu prestígio, e após várias tentativas em vão, ele teve sucesso em prendê-lo no próprio olho. Jamais nada me pareceu mais incongruente do que o velho guerreiro de monóculo. Monóculos não combinam bem com mantos de pele de leopardo e plumas pretas de avestruz.

Então, vendo que nossos guias estavam bem guarnecidos de água e provisões, e tendo recebido uma estrondosa saudação de despedida dos Búfalos, apertamos a mão de Infadoos e começamos a nossa descida. Mostrou-se um trabalho bastante árduo, mas de algum modo ao entardecer nos vimos na planície sem acidentes.

— Sabem de uma coisa — disse Sir Henry naquela noite, ao nos sentarmos ao redor de nossa fogueira e contemplarmos os penhascos acima de nós —, acho que existem lugares piores do que Kukuanalândia no mundo, e que eu já tive tempos mais infelizes do que os últimos dois meses, ainda que nunca tenha vivido tempos mais estranhos. Hein? E vocês?

— Eu quase desejo estar lá de novo — disse Good, com um suspiro.

Quanto a mim, refleti que tudo está bem quando acaba bem, mas no decorrer de uma longa vida no fio da navalha, nunca estive tanto por um fio quanto nessas últimas experiências. A lembrança daquela batalha me enche de calafrios, e quanto à nossa experiência na câmara do tesouro...!

Na manhã seguinte, partimos para uma penosa caminhada ao longo do deserto, tendo conosco um bom suprimento de água carregado por nossos cinco guias, e, depois de acampar naquela noite em espaço aberto, marchamos de novo ao amanhecer do dia seguinte.

Ao entardecer do terceiro dia de viagem, podíamos ver as árvores do oásis de que os guias haviam falado, uma hora após o pôr do sol estávamos mais uma vez caminhando por sobre a grama e escutando o som de água corrente.

20.
Encontrados

E agora eu chego no que talvez seja a mais estranha aventura que nos aconteceu em todo esse negócio estranho, e uma que mostra como as coisas acontecem de modo maravilhoso.

Eu caminhava em silêncio, um pouco à frente dos outros dois, descendo as margens do riacho que ia do oásis até ser engolido pelas ávidas areias do deserto, quando de súbito parei e esfreguei meus olhos, tão bem quanto pude. Lá, nem vinte metros à minha frente, numa situação encantadora, à sombra de uma espécie de figueira e frente ao riacho, havia uma confortável cabana, construída mais ou menos pelos princípios dos *cafres*, com grama e folhas, mas com uma porta inteira em vez de um buraco de abelha.

— Mas que diabos — falei para mim mesmo — uma cabana está fazendo aqui?

E enquanto eu falava, a porta da cabana abriu, e dela saiu mancando um *homem branco* em roupas de peles, e com uma enorme barba negra. Achei que eu havia tomado sol demais. Era impossível. Nenhum caçador jamais chegou a um lugar assim. Certamente, nenhum caçador se acomodaria ali. Eu olhei e olhei, e o outro homem fez o mesmo, e bem nessa hora, Sir Henry e Good me alcançaram.

— Olhem ali, meus caros — falei. — Aquilo é um homem branco, ou fiquei louco?

Sir Henry olhou, e Good olhou, e então, de repente, o branco manco da barba preta soltou um grito e começou a saltitar na nossa direção. Quando chegou perto, caiu numa espécie de desmaio.

Com um salto, Sir Henry se pôs ao seu lado.

— Por Deus! — ele gritou. — É meu irmão George![1]

Com o barulho dessa perturbação, outra figura, também envolta em peles, emergiu da cabana, arma em mãos, e correu na nossa direção. Ao me ver, também ele soltou um grito.

— Macumazahn — ele saudou. — Não se lembra de mim, *baas*? Eu sou Jim, o caçador. Eu perdi o bilhete que você me deu para entregar ao *baas*, e nós estamos aqui há quase dois anos. — E o camarada caiu aos meus pés e rolou de um lado ao outro, chorando de alegria.

— Seu canalha descuidado! — falei. — Você deveria estar bem *sjambocked*, isto é, escondido.

Enquanto isso, o homem com a barba preta se recuperou e se levantou, e ele e Sir Henry se cumprimentavam com força, aparentemente sem dizer uma palavra. Mas seja lá pelo que tenham discutido no passado — suspeito que tenha sido por uma dama, embora eu nunca tenha perguntado —, estava evidentemente esquecido agora.

— Meu velho — Sir Henry enfim falou —, pensava que você estava morto. Estive procurando você pelas Montanhas de Salomão. Eu já havia abandonado qualquer esperança de vê-lo outra vez, e agora dou com você pousado no deserto, feito um velho *assvögel*.*

— Eu tentei cruzar as Montanhas de Salomão há quase dois anos — foi a resposta, dita na voz hesitante de um homem que tivera muito poucas oportunidades recentes de usar a língua. — Mas quando cheguei aqui, uma rocha caiu sobre minha perna e a esmagou, e não tive condições nem de avançar nem de voltar.

* Um abutre. [A. Q.]

Então me meti.

— Como vai você, sr. Neville? — falei. — Você se lembra de mim?

— Ora — ele falou. — Se não é o caçador Quatermain, hein, e Good também? Esperem um pouco, camaradas, estou ficando tonto outra vez. É tudo muito estranho, quando um homem deixa de ter esperanças, estou tão feliz!

Naquela noite, ao redor da fogueira, George Curtis contou-nos sua história, que, a seu modo, era quase tão cheia de acontecimentos quanto a nossa e, para encurtar, consistiu nisto. Pouco menos de dois anos antes, ele partira do Kraal de Sitanda, para tentar alcançar as Montanhas de Solimão. Quanto ao bilhete que lhe enviei por intermédio de Jim, aquele infeliz perdeu, e ele nunca tinha escutado falar disso até hoje. Mas, guiando-se por informações que recebera dos nativos, ele partiu não para os Seios de Sabá, mas para a descida em escada nas montanhas, por onde acabávamos de vir, que claramente é uma rota melhor do que aquela marcada no velho mapa de d. Silvestra. No deserto, ele e Jim sofreram grandes privações, mas enfim alcançaram o oásis, onde um acidente terrível recaiu sobre George Curtis. No dia de sua chegada, ele estava sentado à beira do riacho, e Jim estava extraindo mel de um ninho de abelhas sem ferrões que se encontra no deserto, no topo de um barranco imediatamente acima dele. Ao fazer isso, ele soltou um grande pedregulho, que caiu sobre a perna direita de George Curtis, esmagando-a horrivelmente. Desde aquele dia ele tem estado tão manco que se viu impossibilitado de avançar ou recuar, e acabou preferindo a possibilidade de morrer no oásis do que a certeza de perecer no deserto.

Quanto à comida, contudo, estavam indo muito bem, pois tinham um bom estoque de munição, e o oásis era frequentado, especialmente à noite, por grandes quantidades de caça, que vinha até ali em busca de água. Eles caçavam a tiros, ou faziam buracos com armadilhas, usando a carne como comida e, depois que suas roupas ficaram gastas, as peles como roupas.

— E assim — terminou George Curtis — nós temos vivido por quase dois anos, feito um segundo Robinson Crusoé e seu Sexta-Feira, na esperança de que alguns nativos pudessem aparecer aqui para nos ajudar, mas nenhum veio. Foi só ontem à noite que acertamos que Jim iria me deixar e tentar alcançar o Kraal de Sitanda para buscar ajuda. Ele iria partir amanhã, mas eu tinha pouca esperança de vê-lo outra vez. E agora *você*, de todas as pessoas no mundo, *você* que, imagino, já tinha havia muito tempo me esquecido por completo, e estaria vivendo confortavelmente na velha Inglaterra, aparece assim aleatoriamente e me encontra onde menos se esperava. É a coisa mais maravilhosa que jamais pude imaginar, e a mais piedosa também.

Então Sir Henry se pôs ao trabalho e lhe contou os principais fatos de nossas aventuras, para o que ficou acordado até tarde da noite.

— Por Júpiter! — disse George Curtis, quando lhe mostrei alguns dos diamantes. — Bem, ao menos levaram algo por seus trabalhos, além de minha presença inútil.

Sir Henry riu.

— Eles pertencem a Quatermain e Good. Era parte da barganha que eles dividissem quaisquer espólios que pudesse haver.

Essa observação me pôs a pensar, e tendo conversado com Good, contei a Sir Henry que era nosso desejo em comum que ele ficasse com um terço dos diamantes, ou, caso não quisesse, que sua parte fosse entregue para seu irmão, que havia sofrido ainda mais do que nós em sua tentativa de consegui-los. Por fim, prevalecemos sobre ele no consenso desse arranjo, mas George Curtis não soube disso até algum tempo depois.

* * *

Aqui, neste ponto, creio que devo encerrar minha história. Nossa jornada pelo deserto de volta ao Kraal de Sitanda foi das mais árduas, ainda mais por termos que dar apoio a George Curtis, cuja perna direita estava mesmo muito fraca, com lascas de osso ainda despontando. Mas de alguma forma conseguimos, e ficar entrando em detalhes iria apenas reproduzir muito do que nos aconteceu naquela ocasião.

Seis meses após o dia de nosso retorno a Sitanda, onde encontramos nossas armas e outros bens a salvo, ainda que o velho malandro no comando tenha ficado muito insatisfeito por termos sobrevivido para reclamá-las, estávamos todos sãos e salvos em meu lugarzinho em Berea, perto de Durban, de onde agora escrevo. Aqui me despeço de todos que me acompanharam através da mais estranha viagem que já fiz, no curso de uma longa e variada experiência.

P.S. — Bem quando eu havia escrito a última palavra, um *cafre* veio dos correios até minha alameda de laranjeiras, trazendo uma carta num galho fendido. Revelou-se sendo de Sir Henry, e como fala por si mesma, a transcrevo inteira.

1º de outubro de 1884.
Brayley Hall, Yorkshire.

Meu caro Quatermain,

Enviei-lhe algumas linhas algum tempo atrás para dizer que nós três, George, Good e eu, chegamos bem na Inglaterra. Descemos do navio em Southampton e subimos para a cidade. Você precisava ter visto que janota Good pareceu já no dia seguinte, lindamente barbeado, sobrecasaca ajustada feito uma luva, monóculo novo em folha etc. etc. Fui caminhar no parque com ele, onde encontrei algumas pessoas que conheço, e de imediato lhes contei a história de suas "lindas pernas brancas".

Ele está furioso, principalmente porque alguma pessoa mal-intencionada imprimiu a história num jornal da alta sociedade.

Mas falando de negócios, Good e eu levamos os diamantes para serem avaliados no Streeter's,[2] como combinamos, e sinceramente estou com medo de lhe dizer o que disseram deles, parece tão enorme. Eles disseram que é mais ou menos um trabalho de adivinhação, claro, já que essas pedras nunca foram colocadas no mercado em tal quantidade. Ao que parece (e com exceção de uma ou duas das maiores), elas são todas de primeira água, e em tudo iguais às melhores joias brasileiras.[3] Perguntei se iriam comprá-las, mas eles disseram que estava além da sua capacidade fazer isso, e nos recomendaram vendê-las aos poucos, ao longo dos anos até, por medo de que inundássemos o mercado. Contudo, eles ofereceram cento e oitenta mil por uma porção muito pequena delas.

Você precisa voltar para casa, Quatermain, e ver quanto a essas coisas, ainda mais se você insiste em dar o magnífico presente da terça parte, que *não* me pertence, ao meu irmão George. Quanto ao Good, ele não serve para nada. Seu tempo está muito ocupado com sua barba e outros assuntos relacionados aos vãos adornos corporais. Mas creio que ele ainda está muito afetado por Foulata. Ele me disse que desde que voltou para casa, não viu nenhuma mulher que lhe chegasse aos pés, na beleza ou doçura de sua expressão.

Quero que você volte para casa, meu bom e velho camarada, e compre uma casa por aqui. Você cumpriu o seu trabalho e tem bastante dinheiro agora, e há um lugar à venda bem perto que irá servi-lo admiravelmente. Venha, quanto mais cedo melhor, você pode terminar de escrever a história de suas aventuras a bordo do navio. Nós nos recusamos a contar a história até que esteja escrita por você, por medo de que não acreditem em nós. Se você partir ao receber desta, poderá chegar aqui a tempo do Natal, e farei preparativos para que fique hospedado comigo. Good está vindo, e George, e também, por sinal, o seu menino Harry (aí vai um suborno para você). Eu o levei para uma semana de caçadas e gostei dele. Ele é um jovem de mão firme. Acertou-me na perna, cortou os chumbinhos e fez observações sobre as vantagens de ter um estudante de medicina num grupo de caça!

Adeus, meu velho. Não há mais o que dizer, mas sei que você virá, ao menos para nos agradar.

Seu amigo sincero,
Henry Curtis

P.S. — As presas do grande macho que matou o pobre Khiva foram colocadas no saguão aqui, sobre o par de chifres de búfalo que você me deu, e ficaram magníficas. E o machado com que cortei a cabeça de Twala está pendurado acima de minha escrivaninha. Queria que pudéssemos ter trazido as cotas de malha. Não vá perder o cesto da pobre Foulata, que você usou para carregar os diamantes.

H.C.

Hoje é terça-feira. Há um vapor saindo na sexta, e realmente acho que deveria levar a sério a palavra de Curtis e embarcar nele para a Inglaterra, ao menos para vê-lo, Harry, meu garoto, e para cuidar de imprimir esta história, uma tarefa que não gostaria de confiar a mais ninguém.

Allan Quatermain

Notas

Introdução [pp. 43-4]

1. Ainda que Kukuanalândia seja um território fictício, na época o Sul do continente africano era repleto de pequenos reinos e territórios de nomes semelhantes, como Basutolândia, Griqualândia e Fingolândia, de modo que o nome criado por Haggard acrescentava verossimilhança ao relato. Em notas posteriores, Haggard se refere aos matabeles como "os verdadeiros kukuanas". Matabelelândia ficava mais acima, na região do Transvaal, onde hoje seria o Zimbábue.

2. Shaka kaSenzangakhona (1787-1828), ou Shaka Zulu, rei dos zulus de 1816 a 1828, foi o responsável por unificar diversos clãs e povos nativos do Sul da África, elevando os zulus de uma pequena tribo para um império militarizado. Sua habilidade militar, que incluiu a invenção de novas armas como a azagaia, lhe valeu o apelido de "Napoleão da África".

1. Encontro Sir Henry Curtis [pp. 45-55]

1. Cabo da Boa Esperança, antiga colônia holandesa fundada originalmente em 1652 pela Companhia das Índias Orientais, mas tomada pelos britânicos em 1806, em território que hoje é parte da África do Sul. Sua capital era a Cidade do Cabo.

2. *As lendas de Ingoldsby*, uma coletânea de versos cômicos, histórias de fantasmas, aventura e lendas grotescas, publicados em periódicos em 1837 e depois reunidos em livro, escritos por Thomas Ingoldsby, pseudônimo do clérigo Richard Harris Barnham, muito populares no mundo inglês do final do século XIX.

3. Descendentes dos primeiros colonos holandeses, alemães e franceses huguenotes, estabelecidos no Sul da África a serviço da Companhia das Índias Orientais no século XVIII. Após a tomada da Colônia do Cabo pelos ingleses no início do século XIX, migraram massivamente para o interior,

movimento conhecido como Grande Jornada. Eram ferrenhos opositores do domínio britânico e de qualquer tentativa de equiparar nativos africanos a colonos brancos. Haggard tinha profunda antipatia pelos bôeres, cujos preconceitos raciais eram excessivos até mesmo para seus padrões.

4. No original, a palavra *nigger* já recebia, ao tempo de Haggard, a conotação racista que possui até hoje. Haggard pretendia estabelecer que Quatermain, por mais que fosse um aventureiro à moda antiga, era um tipo mais liberal do que o britânico médio, nacionalista e racista, de então.

5. Termo originado do árabe *kaffir*, "infiel", relacionado ao povo banto do Sudeste da África, não muçulmano. A princípio de sentido neutro, ao longo do século XIX tornou-se um termo pejorativo na boca de colonizadores britânicos e bôeres quando relacionado a africanos negros, e por influência da língua inglesa hoje é considerado altamente ofensivo.

6. Antigo Reino de Ngwato, um dos territórios da atual Botswana.

7. Em africâner, menino que conduz uma parelha de bois.

8. O povo Ndebele do Norte, historicamente chamado de matabeles no período colonial, é um grupo étnico que hoje habita majoritariamente o Zimbábue.

9. Eça de Queirós fez alterações, acréscimos e supressões nos diálogos entre o final deste capítulo e o início do seguinte. O mais significativo foi um acréscimo à fala do capitão Good, para: "Não havia neste momento nada interessante a fazer na velha Europa!... Gasta, insipidíssima, a velha Europa!".

2. A lenda das minas de Salomão [pp. 56-66]

1. A lenda das minas do rei Salomão está ligada à exploração portuguesa da África a partir do século XVI, e a relatos ouvidos por Vasco da Gama e outros navegadores sobre uma fortaleza destinada a proteger minas de ouro inativas. Portugal enviou exploradores ao interior do continente africano em busca da localização da cidade bíblica de Ofir, mas estes foram mortos e a busca foi abandonada em 1550. No século XIX, após os primeiros avistamentos feitos por europeus das ruínas de Grande Zimbábue, capital medieval do Reino do Zimbábue, estas foram registradas em 1871 pelo geógrafo alemão Karl Mauch, que, após ler os relatos dos antigos portugueses, convenceu-se de que estavam associadas à lenda de Salomão e a rainha de Sabá. O boato de que as ruínas seriam as minas de Salomão se espalhou entre colonos holandeses, para desgosto de arqueólogos sérios. Localizadas na colônia inglesa da Rodésia, se tornariam alvo de disputas entre arqueólogos, colonialistas brancos e nacionalistas negros. A ex-colônia, ao consolidar sua independência em 1980,

assumiu o nome do antigo reino, tornando-se o atual Zimbábue, enquanto as aves talhadas em pedra-sabão presentes nas ruínas viraram símbolos nacionais, ostentadas em sua bandeira. Por sua vez as ruínas, que se localizam na fronteira com Moçambique, foram declaradas patrimônio mundial pela Unesco.

2. Duas espécies de antílopes nativas da África meridional.

3. Um *kraal* é um ajuntamento circular de choças com um espaço central para criar gado, e cercado por uma paliçada de espinheiros ou muro de barro, típicos do Sul da África.

4. Atual Maputo, capital de Moçambique. Os portugueses a alcançaram em 1502, onde instalaram uma feitoria. Sua posição estratégica foi disputada ao longo do século XIX por portugueses, ingleses e bôeres. Uma arbitragem internacional deu a posse das terras aos portugueses em 1875. Cem anos depois, em 1975, Moçambique tornou-se independente de Portugal, mas sofreu com guerras civis até 1992.

5. Haggard escreveu *Minas* concomitante à Conferência de Berlim, ocorrida entre janeiro de 1884 e junho de 1885, quando os Estados europeus dividiram a África entre si, frustrando pretensões portuguesas sobre o Congo ao vincularem a posse dos territórios africanos pela ocupação efetiva, e não por prioridade histórica de chegada. Portugal se voltou então a seu antigo plano de consolidar-se no centro da África criando um "corredor português" ligando Angola a Moçambique, plano conhecido como "Mapa cor-de-rosa". Isso se chocou com planos ingleses de ligar o Egito à África do Sul, e Portugal iniciou uma campanha na imprensa britânica defendendo seu "direito histórico", devido aos séculos de exploração portuguesa na região. A visão de Haggard se insere nesse contexto, e no estereótipo que os ingleses da época tinham sobre os portugueses, "a nação por excelência do tráfico de escravos e dos maus-tratos aos escravos", conforme registraram diplomatas portugueses da época. Por sua vez, Eça de Queirós alterou por completo esse trecho, ressaltando a primazia portuguesa e omitindo referências ao comércio de escravos: "Entre os portugueses de Lourenço Marques — há sofrível e há péssimo. Mas este era dos melhores que eu vira — um homem muito alto e muito magro, de belos olhos negros, os bigodes já grisalhos todos retorcidos, e umas maneiras graves que me fizeram pensar *nos velhos fidalgos portugueses que aqui vieram há séculos e de que tanto se lê nas histórias*".

6. Diagnóstico médico hoje obsoleto, mas usado até o século XIX, que poderia indicar desde malária a hepatites virais.

7. A menção de Silvestra como "refugiado político de Lisboa", uma referência indireta à Inquisição portuguesa, também foi omitida na tradução de Eça de Queirós.

8. Provável inspiração de Silvestra, o padre português Gonçalo da Silveira, mencionado no Canto X dos *Lusíadas*, morreu em 1561 no Reino de Monotapa, reino africano medieval localizado no atual Zimbábue, de onde os portugueses colheram os primeiros relatos sobre minas de ouro e diamantes no interior da África.
9. *Disselboom* é o eixo principal da carroça, em africâner.
10. *Baas* é o termo africâner para "chefe", usado em geral por trabalhadores negros quando se dirigem a patrões brancos.

3. Umbopa entra para nosso serviço [pp. 67-79]

1. East London é uma cidade na costa sudoeste da África do Sul, fundada pelos ingleses em 1836 perto de Durban. Por muito tempo, foi o único porto marítimo da África do Sul pelo lado do oceano Índico, perto do rio Búfalo, e a atracação era considerada difícil devido a diversos bancos de areia.
2. *Kloofs*, em africâner, o mesmo que ravina, sanga ou barranco.
3. Os griquas são um subgrupo africano, descendentes dos primeiros colonizadores europeus com os nativos khoikhois, como eram chamados pelos holandeses. Alvos de preconceito por sua cultura e origem mistas, fugiram da perseguição na Colônia do Cabo e se estabeleceram na região chamada Gricualândia, reincorporada de volta ao Cabo após a corrida de diamantes de 1870.
4. A pseudociência conhecida como frenologia, popular no século XIX e na primeira metade do século XX, sustentava que o caráter de uma pessoa poderia ser determinado pelo formato de seu crânio. Nessa leitura, considerava-se que a qualidade da "precaução" ficava na lateral do crânio.
5. Babesiose, "doença do carrapato" ou piroplasmose, mal transmitido por carrapatos que atacam os glóbulos vermelhos do sangue, provocado por protozoários.
6. Tuberculose bovina.
7. Armas para caçar animais de grande porte precisavam não apenas de grande poder de fogo, mas de recarregamento rápido, pois dificilmente o animal era derrubado já no primeiro disparo.
8. O termo "expresso" designava na época uma arma ou munição própria para caça, por atingir maior velocidade no disparo. Balas semiocas despedaçavam-se no impacto, aumentando as chances de o caçador derrubar ou matar o animal já no primeiro disparo.
9. Um cartucho de fogo central é uma bala que contém a espoleta já inserida numa cavidade do centro, uma invenção relativamente recente na época. Já um estrangulador é uma constrição cônica colocada na ponta da arma, para reduzir a dispersão do disparo.

10. Termo que os primeiros colonos holandeses usavam para designar os khoikhois, povo de pastores nômades do Sudoeste africano, que com o tempo se tornou pejorativo.

11. A Batalha de Isandlwana foi a primeira travada na Guerra Anglo-Zulu, que começou quando forças inglesas, sem autorização do próprio governo britânico, invadiram Zululândia em janeiro de 1879. Em 22 de janeiro daquele ano, o Exército britânico acampado em Isandlwana foi atacado e aniquilado por uma força de 20 mil guerreiros zulus, liderados por Ntshingwayo Khoza. No dia anterior à batalha, o comandante inglês, lorde Chelmsford, havia saído em expedição com tropas compostas de caçadores locais, deixando o acampamento desprotegido. O episódio marcou uma grande derrota e humilhação militar para os ingleses. Posteriormente, os ingleses viriam a vencer a guerra através do uso ostensivo de metralhadoras. O conflito foi tema do épico *Zulu* (1964), filme inglês estrelado por Michael Caine e censurado na África do Sul do apartheid, por medo de que inspirasse revolta entre a população negra.

12. Rei Cetshwayo kaMpande (1826-84), sobrinho de Shaka (fundador do império zulu), foi rei durante a Guerra Anglo-Zulu e liderou seus homens à vitória na Batalha de Isandlwana.

4. Uma caçada de elefantes [pp. 80-90]

1. A mosca tsé-tsé (*Glossina palpalis*) é um inseto hematófago cuja picada transmite um parasita chamado *Trypanosoma brucei*, que provoca um estado quase contínuo de torpor e letargia ao atingir o sistema nervoso central, podendo levar até a morte. A palavra *tsetse* significa "mosca" no dialeto tswana, língua banta do Sul da África.

2. Lobengula Khumalo (1845-94), segundo e último rei dos matabeles, demonizado pela imprensa inglesa. Haggard tinha motivos pessoais para detestá-lo: enviado em missão de negociação, viu os soldados do rei matarem seus criados Ventvögel e Khiva, aqui homenageados nos nomes dos criados de Quatermain.

3. *Homeria flaccida*, ou tulipa-do-cabo, flor venenosa comum na África do Sul.

4. Em africâner, um *scherm* é uma cabana ou abrigo feito de arbustos, peles de animais ou lona.

5. Látex extraído de várias árvores da família das sapotáceas, nativas da Malásia, e uma das matérias-primas mais utilizadas no comércio inglês.

6. Também chamado *dagga*, nome usado na África para a *Cannabis sativa*, ou cânhamo, erva de efeito entorpecente utilizada há séculos pelo homem em diversas culturas.

308

7. Napoleão Eugênio, príncipe imperial da França (1856-79), era o filho único de Napoleão III. Após a deposição de seu pai e o fim do Segundo Império Francês, viveu exilado na Inglaterra, onde se alistou no Exército britânico e insistiu para participar da Guerra Anglo-Zulu, levando consigo a espada que seu tio Napoleão I usara na batalha de Austerlitz. Tomou parte na expedição que pretendia vingar a derrota inglesa na Batalha de Isandlwana. Avançando à frente das tropas de modo descuidado, acabou encontrando uma patrulha zulu que o matou a golpes de lança em junho de 1879. Mais tarde, os zulus declararam que não o teriam matado se soubessem quem ele era. O episódio causou escândalo na Europa, e houve quem acusasse os ingleses de terem planejado sua morte, marcando uma segunda humilhação para o Exército britânico.

8. Livros da época, como *Wild Beasts and Their Ways*, do explorador inglês Samuel White Baker, sustentavam a crença arraigada de que elefantes africanos eram mais selvagens e menos dóceis do que os indianos, defendendo até mesmo que possuíam um "gosto cruel pelo assassinato". O conceito do "caçador civilizado contra a fera selvagem" era parte do imaginário europeu da época, metáfora visual do processo de levar a "civilização" ao continente através da violência. Contudo, Haggard foi criticado na época pela violência crua de suas descrições.

5. Nossa marcha deserto adentro [pp. 91-106]

1. Também chamado porco-da-terra ou aardvark, animal comum em todo o Sul da África que se alimenta de cupins à noite e dorme em tocas no chão durante o dia.

2. Uma referência à prática do Exército britânico de se comunicar por longas distâncias usando código Morse por meio de espelhos.

3. Canção popular inglesa, cantada quando exércitos partem em marcha ou navios se lançam ao mar, que se popularizou no mundo anglófono a partir das guerras napoleônicas.

4. Mamífero equídeo, semelhante à zebra, porém com listras apenas na metade da frente do corpo, enquanto a metade traseira era castanha. Devido à caça indiscriminada, competição por pasto com o gado e distribuição limitada, foi extinto no final da década de 1870, antes da publicação de *As minas do rei Salomão*. Recentemente, cientistas sul-africanos criaram uma iniciativa chamada Projeto Quagga, que visa recriar a aparência do extinto quaga através de reprodução seletiva.

5. Na realidade, a frase é de Shakespeare, em *Hamlet*, ato 4, cena V. Parte da piada recorrente de que Quatermain atribui tudo a apenas dois livros: a Bíblia e as *Lendas de Ingoldsby*.

6. Em 1756, desobedecendo ordens do Nababo de Bengala, os ingleses reforçaram as defesas de Fort William, em Calcutá, feito para defender os interesses da Companhia das Índias Orientais. Como punição, o nababo atacou o forte e aprisionou os cerca de setenta sobreviventes numa masmorra com não mais que cinco metros quadrados. Com o calor da noite, a maioria morreu sufocada ou desidratada, e apenas vinte saíram dali vivos. O episódio se tornou lendário na cultura militar inglesa e foi usado pelo discurso colonialista para defender a ideia de que os povos nativos possuíam uma crueldade inata.

6. Água! Água! [pp. 107-19]

1. O poema, cujo título original em inglês é "The Jackdawn of Rheim", foi um dos mais populares da coletânea das *Lendas de Ingoldsby*, e conta sobre uma gralha que rouba o anel de um cardeal e vira santa.
2. A cabra-de-leque, ou *springbok*, é um pequeno antílope castanho muito ágil, comum nas savanas da África austral. É o animal símbolo da África do Sul, dando nome à seleção nacional de rúgbi.
3. Ilha vulcânica no meio do Atlântico Sul, descoberta por portugueses em 1501, mas que, devido à sua posição remota, só foi povoada no início do século XIX pela Inglaterra. Servia como ponto de abastecimento para navios e base para o Esquadrão da África Ocidental da Marinha britânica, criado para combater o tráfico negreiro a partir de 1808.
4. *Pow, paauw* ou *paou* em africâner se refere às abetardas, nome geral dado a diversas aves de médio ou grande porte, como a abetarda-de-kori ou a abetarda-de-barriga-branca, típicas do Sudoeste da África, parentes distantes do grou e da saracura.

7. A Estrada de Salomão [pp. 120-37]

1. Eça de Queirós reformulou esse trecho, acrescentando detalhes e restaurando um ponto inicial esquecido por Haggard, de que não era "ao mundo" que o velho Silvestra queria revelar o segredo das Minas de Salomão, e sim ao rei de Portugal: "E parecia que ante mim pouco a pouco ressurgiam visíveis, redivivos, os momentos passados há três séculos: — o heroico fidalgo, morto de frio e de fome, procurando revelar ao seu Rei o segredo imenso que descobrira; a camisa rasgada, a veia aberta; as linhas trémulas ansiosamente lançadas; a pena informe escorregando-lhe da mão; a treva da noite enchendo a cova; o derradeiro beijo pousado no crucifixo; um pensamento dado ainda aos seus, à terra donde partira num galeão, ao Rei que servia com indomada fé; por fim a morte, o lento e sereno resvalar para a morte, naquele imenso silêncio e na imensa solidão!".

2. O Passo de São Gotardo, na Suíça, é uma passagem nos Alpes que foi palco de diversos feitos de engenharia europeus desde a Idade Média. Como muitas civilizações ao sul da África não legaram escritos, era crença comum na visão colonialista europeia do século XIX — que via uma divisão entre África primitiva e Europa civilizada — que as ruínas encontradas no interior da África fossem de origem externa, como romanos ou fenícios, e não construídas por povos nativos africanos. Os detalhes das ruínas imaginadas por Haggard, como arcadas e inscrições nas paredes, sugerem ao leitor vitoriano uma arquitetura de origem greco--romana, egípcia ou fenícia.
3. Fanagaló, língua compósita, baseada no zulu, com um pouco de inglês e toques de africâner, nascida do contato do colonizador inglês com os nativos zulus, e usada sobretudo na comunicação entre o patrão branco com seus criados domésticos.
4. O nome Twala possivelmente vem de *utshwala*, tradicional cerveja zulu.
5. *Bayéte Nkosi* ("Nós o saudamos!"), saudação real zulu para o rei Shaka.

8. Entramos em Kukuanalândia [pp. 138-47]

1. Ave típica do Sul da África, também conhecida como viúva-rabilonga.
2. A azagaia curta utilizada pelos zulus foi criada pelo rei Shaka e era chamada *iklwa* devido ao som de sucção que faz ao ser retirada da carne do inimigo. O nome *bangwan* é registrado apenas por Haggard.
3. Os regimentos do exército zulu se identificavam pela cor dos escudos como marcadores de idade e experiência: o preto era sinal de um regimento jovem, e o branco ou acinzentado, a cor de um regimento de veteranos. Ao mesmo tempo, Haggard sinaliza para o leitor inglês a associação com o lendário regimento escocês dos Scots Greys, que se destacaram por bravura na Guerra da Crimeia em 1854, na conquista britânica do Egito em 1882 e na Guerra dos Bôeres em 1899 — e que usavam uniformes cinzentos.

9. O rei Twala [pp. 148-62]

1. Loo é o nome de um antigo jogo de carteado, também conhecido como Lanterlu ou Lu, semelhante ao Mouche francês e ao Mus jogado na América Latina. Um Loo Ilimitado é uma das modalidades de jogo.
2. Uma *kaross* é uma capa típica feita de pele animal, usada principalmente pelos povos san e khoikhoi do Sul da África. Em geral era feita de pele de ovelha para pessoas comuns, e de grandes felinos como o leopardo e o caracal para os líderes, mas hoje é amplamente vendida como item

turístico, feita de couro de vaca comum. Haggard se engana ao descrever uma *kaross* de tigre, pois não há tigres na África.

3. "Adivinho", em zulu.

10. A caça às bruxas [pp. 163-77]

1. A Caça às Bruxas foi uma prática ritual entre zulus, onde uma feiticeira "farejava" bruxos e bruxas, acusação que resultava numa condenação imediata à morte. Durante o reinado de Shaka, a prática foi amplamente usada como forma de perseguição política e assassinatos em massa, motivo pelo qual a imagem do monarca é até hoje ambígua na tradição oral africana; ora ele é descrito como herói nacional, ora como tirano opressor. A prática foi duramente combatida e reprimida pelos colonizadores britânicos. Haggard, que serviu como administrador colonial na cidade de Natal, na África do Sul, baseou este capítulo em seus testemunhos diretos de rituais zulus em 1876.

2. Na versão de Eça de Queirós, antecedendo a fala de Ignosi foi acrescentado o seguinte pensamento da parte de Quatermain: "Ainda me parece incrível que eu tivesse assistido a lance tão romanesco, tão semelhante aos que se leem nos contos de grande enredo".

3. Outra forma de se referir ao povo zulu, que significa, literalmente, "povo do céu".

4. Tipo de porrete característico da África meridional e oriental, com uma bolota grande numa ponta, usado como arma de caça e de combate.

11. Damos um sinal [pp. 178-93]

1. Na primeira versão do texto, publicada em 1885, previa-se um eclipse solar, e não lunar, com duração de uma hora. Logo que o livro foi publicado, leitores apontaram o erro astronômico de Haggard, lembrando-o de que um eclipse solar que fosse visto nas Ilhas Canárias jamais seria visto na África do Sul e vice-versa, e que eclipses solares duram em média apenas cinco minutos. Haggard reescreveu partes substanciais do texto substituindo o eclipse solar por um eclipse lunar, opção mais realista ainda que menos impactante visualmente, em todas as edições a partir de 1887. A tradução feita por Eça de Queirós entre 1889 e 1890 baseou-se na primeira versão, mantendo o eclipse solar.

2. Aqui, Eça de Queirós acrescentou algumas linhas, trocando "sem julgamento" por: "sem ter sido julgado pelos doze mais velhos do lugar. Era o júri, santíssimo Deus! Era a nobre instituição do júri, que este digno barão queria implantar no centro selvagem da África! Não há senão um

liberal inglês para estas esplêndidas imposições de civilização e de ordem". Nem sempre os colonizadores europeus impunham suas leis sobre os nativos, e muitos territórios possuíam autonomia para ser autogeridos, contanto que a aplicação da pena de morte fosse submetida aos devidos processos legais. Garantir o cumprimento desse acordo era uma das funções de Haggard como oficial colonial, e o rompimento desse acerto serviu de constante justificativa para invasões e anexações territoriais. Quando Cetshwayo foi coroado rei dos zulus em 1876, uma das condições inglesas para sua aceitação foi o fim das execuções extrajudiciais.

3. Esta passagem, frequentemente lembrada como uma das mais racistas do livro, reflete um argumento constante da literatura imperial de que povos não europeus dariam pouco valor à vida humana — o que, na lógica colonial, seria usado para justificar todo tipo de agressões e massacres. Note-se que aqui, ao colocar um pensamento colonial na boca de Umbopa, o argumento ganha uma autoridade adicional, excluindo os personagens brancos da responsabilidade quanto ao que virá. Esse recurso se tornaria constante na literatura de aventura.

4. Referência à personagens da peça *Vida e morte do Rei João*, de Shakespeare.

5. "*Balbus aedificavit murum*", uma frase comum em livros escolares de latim no século XIX.

12. Antes da batalha [pp. 194-205]

1. Referência a "What Have You Got for Dinner, Mrs. Bond?", popular cantiga de ninar inglesa do século XIX, cujo refrão era: "*Oh, what have you got for dinner, Mrs. Bond?/ There's beef in the larder, and ducks in the pond;/ Dilly, dilly, dilly, dilly, come to be killed,/ For you must be stuffed, and my customers filled!*".

13. O ataque [pp. 206-16]

1. "Atacar" em zulu.

2. Os suázis são um grupo étnico de origem banto que habita principalmente Moçambique, África do Sul e o Reino de Essuatíni, nome adotado desde 2018 pelo antigo Reino de Suazilândia.

14. A última batalha dos Grisalhos [pp. 217-35]

1. Na versão de Eça de Queirós, este capítulo, rebatizado "A batalha de Lu", foi editado eliminando-se cerca de seis páginas de descrições da batalha, resumidas por ele no seguinte parágrafo inicial: "Não contarei os pormenores

313

sangrentos deste grande combate, que se ficou chamando a 'batalha de Lu'. Todos estes medonhos conflitos de selvagens, mesmo travados com a disciplina dos kakuanas, se assemelham. É sempre uma vasta confusão de corpos escuros e emplumados, um estridente ruído de escudos a entrechocarem-se, azagaias reluzindo no ar, saltos, guinchos, uivos, clamores imensos onde destaca uma nota assobiada, o *sgghi! sgghi!* que solta o selvagem quando trespassa com o ferro o inimigo".

2. Segundo a lenda, a ponte Sublício, a mais antiga de Roma, foi defendida contra uma invasão etrusca por três oficiais romanos — Horácio Cocles, Espúrio Lárcio e Tito Hermínio Aquilino — numa ponta, enquanto os soldados romanos se encarregavam de destruí-la do outro lado, para impedir a passagem do invasor. A lenda se tornou tema de uma popular coleção de poemas vitorianos, *Lays of Ancient of Rome*, de Thomas Macaulay.

3. Os versos são do poema "Marmion", de Walter Scott. Na primeira edição do texto, Quatermain atribuía sua autoria às *Lendas de Ingoldsby*, uma piada recorrente de Haggard com o único outro livro, além do Velho Testamento, a que Quatermain atribui a autoria de tudo. A brincadeira passou batida por vários leitores, incluindo seu amigo Robert Louis Stevenson, que questionou em carta como Haggard conseguiu confundir o poema épico de Scott com os versos paroquiais de Ingoldsby. A piada acabou cortada em edições posteriores.

4. Guerreiros nórdicos lendários que lutavam em estado de fúria animalesca induzido por transe.

5. Palavra que originalmente indicava qualquer soldado zulu, mas passou a designar, aos olhos ingleses, os novos regimentos especializados, moldados conforme as inovações táticas e de armamentos criados pelo próprio rei Shaka.

6. A brutalidade no texto de Haggard foi alvo de críticas na época, de acordo com as quais seu gosto por descrições de carnificinas ferozes e sangrentas era muito mórbido e pouco adequado ao cavalheiro inglês. A frase "o sangue jorrando das artérias cortadas feito uma fonte" fazia parte da primeira edição do livro (e da tradução de Eça de Queirós), mas foi discretamente eliminada em edições posteriores. Optou-se aqui por manter a violência dessa passagem na versão original.

15. Good fica doente [pp. 236-47]

1. Segunda estrofe do poema "Resignation" (1850), de Henry Longfellow.

2. A descoberta de diamantes nas minas de Kimberley, na África do Sul, foi em grande parte responsável pela tomada de terras por colonos europeus, que levou à guerra Anglo-Zulu, à Primeira Guerra matabeles e à Guerra dos Bôeres. A cratera no local da mina é hoje conhecida como

The Big Hole, "o Grande Buraco", sendo o maior buraco escavado à mão pelo homem no mundo.

16. O Lugar da Morte [pp. 248-60]

1. Haggard baseou-se nas descrições de ruínas africanas cuja origem e datação ainda eram alvo de teorias e discussões a seu tempo. Embora se acreditasse firmemente que fossem de povos mediterrâneos, como os fenícios, posteriormente foram identificadas como sendo as ruínas do reino africano medieval de Grande Zimbábue.
2. Referência à peça *Macbeth*, de Shakespeare.
3. "Primeiro os mais velhos", em latim.
4. Personagem de poema das "Lendas de Ingoldsby" que, neste caso, Quatermain citou corretamente.

17. A câmara do tesouro de Salomão [pp. 261-73]

1. O Martini-Henry era um fuzil de retrocarga de tiro único, que passou a ser usado pelo Exército britânico a partir de 1871 até a Primeira Guerra Mundial. Originalmente, as caixas de munição eram seladas com um lacre de cobre aparafusado com parafusos em excesso, o que, no calor da batalha, foi considerado um dos vários motivos para que os ingleses fossem derrotados pelos zulus em Isandhlwana, mesmo apesar da vantagem tecnológica.
2. Na tradução de Eça de Queirós, o texto é alterado para: "Não tinham sido para o atrevido e velho fidalgo português, nem para nenhum dos portugueses que vinham singrando de leste em caravelas armadas! Tinham sido para nós! Só para nós! Para nós aqueles milhões e milhões de libras, que, neste século, em que o dinheiro tudo domina, nos tornavam tão poderosos como outrora Salomão. De facto éramos Salomões!". O texto sugere, como observou Alan Freeland, o comentário de Eça sobre o materialismo inglês, sustentado pelo poder do dinheiro e beneficiando-se dos espólios do Império Português.

18. Perdemos a esperança [pp. 274-85]

1. Os primeiros navios couraçados, ou *ironclads*, eram uma novidade ainda recente, e sua necessidade e custo de produção eram um assunto quente na imprensa inglesa, dada a superioridade francesa naquele momento.

19. O adeus de Ignosi [pp. 286-96]

1. A ênfase na impossibilidade de um relacionamento inter-racial reflete a ideologia colonial da época, que criava barreiras absolutamente instransponíveis para tal. Havia uma elaborada linguagem própria para os filhos de casais multirraciais, com territórios inteiros na metade sul da África dedicados a populações racialmente mistas, como os griquas, que descendem de colonos holandeses e khoikhois. Note-se que, mais uma vez, a inserção de sentimentos racistas europeus na boca de personagens nativos africanos, e no caso de Foulata, teoricamente sem contato com o mundo exterior, foi uma forma particularmente cruel de naturalização de um discurso racista.

20. Encontrados [pp. 297-303]

1. Essa incrível coincidência que encerra o enredo recebeu de Eça de Queirós o acréscimo de uma frase, vinda logo após a fala de Sir Henry, na voz narrativa de Quatermain: "Quase tenho vergonha de narrar este lance. Parece banalmente inventado pelos moldes do teatro antigo. Mas foi assim".
2. Streeter's & Co, famosa joalheria londrina do final do século XIX, localizada no número 18 de New Bond Street.
3. Em joalheria, as pedras preciosas são classificadas de acordo com a pureza de sua cor, variando conforme a quantidade de impurezas de nitrogênio, que se ligam facilmente ao carbono durante a cristalização. As mais puras, sem traços de nitrogênio, são raríssimas e ditas "de primeira água" pelo tom cristalino. Ao longo dos séculos XVIII e XIX, o mercado de diamantes europeu dependeu largamente das joias extraídas do Brasil.

SIR HENRY RIDER HAGGARD nasceu em 22 de junho de 1856 em Bradenham, no condado de Norfolk, na Inglaterra. Oitavo de dez irmãos, aos dezenove anos foi enviado para trabalhar de modo voluntário como secretário do governador da Colônia de Natal, na África do Sul. Ali testemunhou eventos como as guerras anglo-zulu, a primeira guerra dos bôeres e a anexação da República do Transvaal. Retornou ao Reino Unido em 1880, casou-se e teve quatro filhos, mas seu primogênito, Jack, morreu de sarampo aos dez anos. Após publicar algumas obras de pouca repercussão, o sucesso literário veio com *As minas do rei Salomão*, publicado em 1885. Fundadora do subgênero dos *mundos perdidos*, a obra introduziu um de seus personagens mais conhecidos, o aventureiro Allan Quatermain. No ano seguinte, Haggard obteve um sucesso ainda maior com *Ela: Uma história de aventura* (1886), onde apresentou a feiticeira imortal Ayesha, e que se tornou um dos livros mais vendidos de todos os tempos. Considerado um dos escritores ingleses mais populares de sua época, Haggard escreveu inúmeras obras de aventura, com frequência retornando a seus personagens mais famosos em obras como *Allan Quatermain* (1887), *Ayesha: O retorno de Ela* (1905), e *Ela e Allan* (1921). Sua obra influenciou autores tão diversos quanto Kipling e Tolkien, Lovecraft e Crichton, além de ser considerada a referência original de personagens de cinema como Indiana Jones. Haggard distinguiu-se também na carreira como servidor público, com especial interesse por questões imperiais e de reforma agrária, sendo sagrado comendador da Ordem do Império Britânico em 1919. Faleceu em 1925, em Londres, aos 68 anos.

SAMIR MACHADO DE MACHADO nasceu em Porto Alegre, em 1981. Escritor, tradutor e mestre em escrita criativa pela PUC-RS, é autor de romances históricos e de aventura como *Quatro soldados*, *Homens elegantes* e *Tupinilândia*, este último vencedor do Prêmio Minuano de Literatura e traduzido para o francês. Escreveu também o infantojuvenil *Piratas à vista!* e é um dos coautores de *Corpos secos*. Traduziu *O mundo perdido*, de Arthur Conan Doyle, para a Todavia.

King Solomon's Mines © Henry Rider Haggard, 1885
© *tradução, prefácio e notas*, Samir Machado de Machado, 2021

Todos os direitos desta edição reservados à Todavia.

Grafia atualizada segundo o Acordo Ortográfico da Língua Portuguesa de 1990, que entrou em vigor no Brasil em 2009.

capa
Flávia Castanheira
ilustração de capa
Zansky
mapa da p. 62
Adaptação do mapa publicado pela Cassell & Co em 1907
composição
Jussara Fino
preparação
Ana Cecília Agua de Melo
revisão
Huendel Viana
Ana Maria Barbosa

Dados Internacionais de Catalogação na Publicação (CIP)
——

Rider Haggard, Henry (1856-1925)
As minas do rei Salomão: Henry Rider Haggard
Título original: *King Solomon's Mines*
Tradução: Samir Machado de Machado
São Paulo: Todavia, 1ª ed., 2021
320 páginas

ISBN 978-65-5692-158-7

1. Literatura inglesa 2. Romance 3. Aventura
I. Machado de Machado, Samir II. Título

CDD 823
——

Índice para catálogo sistemático:
1. Literatura inglesa: Romance 823

todavia
Rua Luís Anhaia, 44
05433.020 São Paulo SP
T. 55 11 3094 0500
www.todavialivros.com.br

fonte
Register*
papel
Pólen soft 80 g/m²
impressão
Geográfica